Blutspur am Schloss Bothmer

Frank Pergande

BLUTSPUR AM SCHLOSS BOTHMER

HINSTORFF

»Respice finem« (Bedenke das Ende)
Inschrift am Schloss Bothmer im Klützer Winkel

Mit einem Aufruhr am Schloss Bothmer war die mecklenburgische Justiz, genauer die Großherzogliche Justizkanzlei zu Rostock, im August 1852 tatsächlich beschäftigt. Dennoch erzählen wir hier eine erfundene Geschichte.

EIN TAGEBUCHEINTRAG

Bothmer, 6. Juni 1851

Dieser lärmende Haufen. Als wäre es ein Ausflug zu Himmelfahrt. Die wirklich wichtigen Dinge liegen immer in den Händen der falschen Leute. Das ist mir schon häufiger aufgefallen. Sie haben nicht einmal bemerkt, wie ich neben ihnen herlief, verdeckt von Buschwerk. Singelmann, das alte Schlachtross, an der Tete hatte endlich das Tor zur Meierei erreicht. Der ganze Haufen blieb stehen, ohne in seinem Lärmen nachzulassen. Auch in der Meierei erhob sich Lärm.

Ich hatte alle Zeit der Welt mich einzurichten. Dan – wer ihn gut kennt, darf Dan zu ihm sagen – stand in nächster Nähe zu mir und sah mit den anderen zur Meierei hinüber. Ich schlug mit einem zufällig gefundenen Ast auf den Strauch vor mir, um auf mich aufmerksam zu machen. Dan drehte sich in meine Richtung. Ich drückte gleich ab, verfehlte. Dann noch einmal. Er fiel, ohne einen Laut von sich zu geben.

Ich machte mich auf den Rückweg, schoss noch einmal in die Luft, was im allgemeinen Getümmel auch nicht weiter auffiel. Ich reinigte den Revolver mit der Sorgfalt, wie sie mir eigen ist, beim Schießen genau wie bei der Pflege der Waffen. Dann legte ich den Revolver zurück, er ist ein Prachtstück im wohlgeordneten Waffenschrank. Wie viel Mühe hat Dan auf sich und sein Leben verwandt, und wie leicht war es, ihn und sein Leben auszulöschen.

Und so begann ich mein Tagwerk. Es war ein sonniger Frühsommertag, an dem nichts weiter geschah, was notierenswert gewesen wäre.

ERSTES KAPITEL

Richter Friedrich Förster wird zum Abendessen gerufen und erlebt dank Schaumwein eine nette Überraschung, bei der Wallenstein sich dezent zurückzieht

Der Gong wurde angeschlagen. Es war ein schöner, satter, bronzener Klang. Der Ruf zum Abendessen. Friedrich Förster, Doktor der Rechtswissenschaften und seit vielen Jahren Richter an der Großherzoglichen Justizkanzlei zu Rostock, schloss die Mappe, die vor ihm auf dem Schreibtisch mit den lächerlich zierlichen Löwentatzen lag. »Bothmer-Arpshagen« stand auf der Mappe, geschrieben in der schwungvollen, selbstbewussten Handschrift des Richters. Der Schreibtisch war aus der Barockzeit übrig geblieben, jetzt unvorzeigbar unmodern, durch viele juristische Arbeit verschrammt und mit Tintenflecken übersät wie seines Eigentümers Gesicht mit Falten und Sommersprossen. Aber der Richter mochte sich von den Löwentatzen nicht trennen.

Es war ein Sonntag, der 1. August 1852. Förster erhob sich und wuchs damit zu seiner vollen Länge, fast zwei Meter. Er überragte gleichsam ganz Mecklenburg. Er war jedoch kein Mecklenburger, er war Berliner. Mit eleganter Lässigkeit schritt er in seinen Hausschuhen aus Saffianleder über die teppichbespannte geschwungene Treppe nach unten. Vorbei am Porträt seines Vaters, der auch schon Richter gewesen war und, längst tot, das Tun seines Sohnes noch immer mit skeptischem Blick vom Bild her verfolgte. Förster behauptete, der Alte würde manchmal aus seinem Porträt heraus zornig zwinkern, manchmal die Augen verdrehen, wenn er, sein Sohn, vorüberschritt. Lächeln würde er nie. Auch nach seinem Tod lächle er, der Vater, so wenig wie zuvor in seinem Leben.

Der Sohn dachte nicht gern an seinen Vater zurück, auch wenn er ihm vieles, wenn nicht alles zu verdanken hatte. Beruf und Berufung, die Villa und die Wohlhabenheit, die herrisch gebogene Nase und das selbstbewusste gespaltene Kinn, die Körpergröße, das volle Haar und die Sommersprossen. Sogar die Bekanntschaft mit jener Frau, die des Sohnes Ehefrau werden sollte, hatte der Vater vermittelt, wenn auch indirekt, weil er seinen Sohn für ein Semester an die Universität von Bayreuth geschickt hatte, Widerspruch wie immer nicht duldend. Und in Bayreuth lebte die schöne Ricarda, die auf einen Ehemann wartete, denn die Ehe sah sie als Befreiung aus häuslicher Enge an, an sich ein Irrtum, bei Förster aber tatsächlich eine Hoffnung, die sich, mehr oder weniger, erfüllen sollte.

All die Förderung des Sohnes durch den Vater verknüpfte sich freilich mit einem allzu hohen Anspruch des Vaters an Wesen und Wirken des Sohnes, dem dieser auch bei größter Anstrengung und größtem Erfolg nie hätte genügen können.

Förster betrat das Erdgeschoss. Ging vorüber an dem Gong, der ihn gerufen hatte, jetzt aber wieder das tat, was er die meiste Zeit des Tages tat: schweigend da hängen. Ging vorüber an dem ausgestopften Waschbären mit ausgestreckter Pfote, die einen Teller hielt, für die Post und für Visitenkarten.

In der Diele gesellte sich Wallenstein zu seinem Herrchen, der Hund des Hauses, eine Mischung aus Labrador und belgischem Schäferhund. Gemeinsam betraten sie den Salon. Förster tat es mit leicht gesenktem Haupt, was bei der Höhe der Tür an sich nicht notwendig gewesen wäre, ihm aber aus böser Erfahrung anderswo zur gepflegten Gewohnheit geworden war. Selbst diese Bewegung gelang ihm mit Lässigkeit. Wallenstein war der Stolz auf sein Herrchen anzusehen, er ließ den Blick nicht von ihm.

So erreichten Herr und Hund den Salon, just in dem Augenblick, da auf der anderen Seite aus ihren Räumen Ricarda hervortrat, die Bayreutherin, ebenfalls hochgewachsen, apart, üppig, rotblond. Die Verirrungen des Schicksals hatten sie, als sie ein Ehepaar geworden waren, nicht nach München geführt, wie von Ricarda erhofft, auch nicht nach Hamburg, wie von Friedrich gewünscht, sondern nach Rostock. Inzwischen lebten sie aber beide gern als Rostocker und liebten das Meer, das sie beide zuvor, bis zu ihrem Umzug nach Mecklenburg, noch nie gesehen hatten.

»Ich habe dem Mädchen gesagt, es soll hier für uns decken, nicht im Speisesaal. Ein paar Kleinigkeiten, nur Häppchen und etwas Brauchbares zum Trinken. Du hast nichts dagegen, will ich hoffen. Ich habe Sophie nach Hause geschickt, wir brauchen heute keine Hilfe mehr, denke ich.« Übergangslos, aber im selben warmherzigen Ton fuhr sie fort: »Und morgen Grevesmühlen, du Armer? In aller Frühe? Wallenstein, Platz!«

Sie setzten sich, Wallenstein artig zu Füßen seines Herrn. Es stand zur Überraschung des Hausherrn eine Flasche Schaumwein in einem Kühler voller Eisstücken auf dem Tisch, schon entkorkt. Er schenkte ein. Sie stießen mit schönen, schmalen Kelchen aus Kristall an. Ein herrlicher Klang. Auch die Gläser waren Erbe des Vaters wie so vieles hier, wie der Kühler, die Teller mit Wappen, das Besteck, wie die lächerlichen Löwentatzen am Schreibtisch und die Joppe, die der Hausherr trug.

»Grevesmühlen«, bestätigte er und stellte das Glas ab. »Und sogar mit Übernachtung, womöglich dauert der Spaß einige Tage, nächste Woche und übernächste, denke ich, vielleicht noch länger. Wieder so eine schauderhafte Herberge, die mich da erwartet. Und das einfallslose Essen. Alle Herbergen in diesem Land sind schauderhaft, und das Essen immer furchtbar. Und, als wäre das nicht schlimm genug, stets Freund Bratspieß an der Seite. Jeden Prozess kostet er aus, als gäbe es nichts anderes in seinem Leben. Schon weil er dabei ist, wird es dauern.«

»Als gäbe es nichts anderes in seinem Leben? Abgesehen von den Frauen, meinst du«, lachte Ricarda. Förster nannte sie Ric.

»Stimmt, der alte Schwerenöter. Bestimmt hat er auch in Grevesmühlen eine Flamme, die ihn wärmt und ihm etwas Anständiges kocht. Er scheint in jedem Nest eine Flamme zu haben, so wie jedes Haus einen Schornstein hat oder einen Blitzableiter. Erleichtert ihm das Reisen, so hat er es stets warm und gemütlich. Wo immer das Rechtswesen ihn hinschickt, eine seiner Geliebten ist schon da. Und ich? Muss mich von meiner herrlichen Frau trennen. Und das gleich am Montagmorgen. Mit der Aussicht auf tagelang schlechtes Essen, Wanzen im Bett und anzügliche Erzählungen des geschätzten Kollegen. Von der Langeweile beim Prozess gar nicht zu reden. Ric, es schaudert mich, ich sehne meine Pensionierung herbei.«

»Na, so schlimm wird es schon nicht werden. Dein Pessimismus passt selten zu den Tatsachen, ist dir das schon mal aufgefallen? Worum geht es eigentlich? Ich meine, in der Verhandlung.«

»Ric, ich will dich nicht langweilen.«

»Aber wenn Spürnase Bratspieß dabei ist? Dann muss es doch etwas Besonderes …«

»Ach, was. Es geht wie gewohnt nach Dienstplan. So bin ich zu dem Fall gekommen, so auch Freund Bratspieß. Wir waren dran. Der Fall selbst ist öde: Der Pächter von Gut Arpshagen, wer immer das ist und wo immer das liegt, hat einen Holländer eingestellt. Keinen richtigen Holländer, du verstehst, sondern einen ordinären Mecklenburger, der nur so genannt wird, weil er sich um die Milch zu kümmern hat auf so einem Gut. Der also Kühe melkt, die Milch verarbeitet und so etwas.«

»Wir nannten die bei uns zu Hause Schweizer.«

»Jedenfalls darf ein Pächter weder einen Holländer noch einen Schweizer bestellen. Jedenfalls nicht ohne Erlaubnis des

Gutsherrn, in unserem Fall der Bothmers in Klütz. Gutsherrlicher Konsens, so wird das genannt. Steht so im Pachtvertrag und ist nicht misszuverstehen, wenn man nicht gerade Analphabet ist. Der Pächter in Arpshagen kann lesen, mag sich aber nicht daran halten. Er hat sich schon einmal den Holländer ausgesucht und musste ihn dann gleich wieder wegschicken, weil der gutsherrliche Konsens fehlte und ihm der Bothmersche Oberinspektor auf die Pelle rückte, mit dem Vertrag wedelnd: Den Holländer bestimmen wir! Auch Holländer zwei hat der Pächter einfach so hergeholt, unbelehrbar. Offenbar ein Fall von mecklenburgischem Dickschädel.«

»Wie? Und deswegen gleich einen Prozess. Noch dazu einen, zu dem die Koryphäen aus der Großherzoglichen Justizkanzlei am Montagmorgen in aller Frühe nach Grevesmühlen reisen müssen? Nicht dein Ernst!«

»Ernst daran ist auch gar nicht der Streit selbst, sondern der Aufruhr, den die Sache mit dem Holländer verursacht hat. Der Herzog war sehr ungehalten, als man ihn unterrichtete.«

»Den Herzog unterrichtet? Wegen eines Milchbubis Aufruhr? Wallenstein, Platz!«

»Milchbubi ist hübsch. Es fing harmlos an, es fängt ja immer alles harmlos an. Der Bothmersche Gerichts- und Polizeidiener – Singelmann heißt er, mir fällt sogar sein Name ein, sieh an – macht sich in aller Herrgottsfrühe auf, diesmal aus leidvoller Erfahrung vom ersten Holländer gleich mit einer eigenen Heerschar, alles Leute aus dem Schloss Bothmer, bewaffnet mit Knütteln. Ein halbes Dutzend, sie erreichen den Hof des Pächters. Dort wird Alarm geschlagen, die Gutsglocke läutet, alles schreit durcheinander, Schüsse in die Luft, Hundegebell, das Tor wird geschlossen. Keine Ahnung, wie weit der Weg von Bothmer nach Arpshagen ist, kann aber so weit nicht sein. Der Pächter ruft schließlich, er weiche roher Gewalt, er werde nicht angreifen, er werde sich nur verteidigen, wenn er angegriffen werde. Die Bothmer-Leute müssen durch ein Spalier kampfbereiter Arpshagener, wird eine lustige Szene gewesen sein. Sie betreten das Gutsgelände, genauer gesagt die Meierei – und finden was?«

»Nichts.«

»So gut wie nichts. Jedenfalls keinen rechtswidrig nach Arpshagen geholten Holländer. Ein paar verängstigte Mägde. Die eine immerhin verstand sich gut auf Blutstillen und Verbinden.«

»Ach, es gab Blut?«

»Nicht alle Schüsse gingen in die Luft. Zumindest ein Schuss traf. Der bothmersche Holzvogt blieb auf dem Platz. Ohne die tüchtige Magd wäre er da wohl verblutet. Sie wollten schon einen Priester holen, der Mann ist katholisch, für die letzte Ölung. Aber dann schlug er doch wieder die Augen auf, er muss viel Glück gehabt haben, die Kugel ist knapp an Lebensnotwendigem vorbeigegangen, am Herz oder an der Lunge, das weiß ich jetzt nicht mehr so genau. Inzwischen ist der Mann wieder ansprechbar und über den Berg. Ich werde ihn kennenlernen, im Zeugenstand.«

»Ich nehme an, keiner der Beteiligten wird sich zuvor diplomatisch bemüht haben, die Sache vernünftig beizulegen.

Die prügeln sich doch gern, die vom Dorf. Kein Wirtshaus ohne Schlägerei. So kenne ich es jedenfalls von uns in Franken«, warf Ricarda ein.

»Aber im Unterschied zu deinen Franken passierte unser Fall nicht in einem Krug, sondern vor einer Meierei, und nicht abends im Suff, sondern an einem strahlenden Junimorgen. Und außerdem waren nicht nur Knüttel und Fäuste im Spiel, sondern auch Terzerole.«

»Terzerole?«

»Kleine Pistolen, die Gutspistolen von Arpshagen sozusagen. Du wirst zugeben, dass eine fränkische Wirtshausschlägerei etwas anderes, deutlich liebenswerteres ist, als eine bothmersche Schießerei um nichts. Keiner von der Arpshagener Seite will es gewesen sein, das mit den Schüssen auf den Holzvogt.«

»Und wie richtest du da?«

»Wenn wirklich alles so passiert ist, wie es in den Akten steht, dann ist der Fall sonnenklar wie jener Sommertag, als es passierte. Durchlaucht in Schwerin kann sich Aufruhr nicht anders gesühnt vorstellen als durch Hinrichtung des Aufrührers.«

»Das nennst du sonnenklar?«

»Bei den Bothmerschen war auch der Gutsjäger dabei. Der behauptet allerdings, die Wunde beim Holzvogt habe schlimmer ausgesehen, als ein Pistolenschuss sie, also die Wunde, auf eine solche Entfernung hin hätte anrichten können. Er tippe eher auf eine Flinte, ein Jagdgewehr. Hat er denen vom Criminal-Kollegium gesagt. Die haben dann auch nach einem Gewehr bei den Arpshagenern gesucht, aber nichts gefunden. Sie haben aber auch kein Terzerol gefunden. Kein Wunder, der Pächter soll zwar zum Jähzorn neigen, aber dass er eine noch rauchende Flinte oder Pistole besser nicht im Haus aufbewahrt bis die Gendarmen kommen, soviel Klarheit dürfte er selbst in seinem Zorn gehabt haben. Ich glaube, Wallenstein muss noch mal raus.«

»Und ohne die Schüsse und den armen Holzvogt? Ich meine, wenn das denen aus Arpshagen nicht nachzuweisen ist? Ich gehe gleich mit ihm.«

»Ist es um den Pächter wohl trotzdem geschehen. Ein mecklenburgischer Großherzog kann es sich nicht erlauben, in so einem Fall Gnade vor Recht ergehen zu lassen. Seine Autorität wäre hin. Ist sowieso nur notgedrungene Autorität, die er beim Landadel hat, den Plessens, Bülows, Blüchers, Moltkes, Maltzahns – und wie sie alle heißen. Und den Bothmers eben auch, selbst wenn es Zugezogene sind. Aufruhr ist Aufruhr, und der Rädelsführer kriegt die Höchststrafe, ob nun eine Flinte oder ein Terzerol eine Rolle spielte oder nicht.«

»Das nennt man dann wohl kurzen Prozess.«

»Wollen wir es hoffen. Aber auch ein kurzer Prozess kann dauern. Lehrt bittere Erfahrung. Erst die Schwätzer vom Criminal-Kollegium, die das Verfahren an uns abgeben mussten, wegen des Aufruhrs, so etwas ist nämlich politisch. Und dann die Zeugen, und deren sind vermutlich viele, wenn zwei Bauernheere einander rempeln. Alles betuliche Mecklenburger von gedehnter Wortkargheit, ich freue mich drauf. Und der Pächter wird sich auch verteidigen wollen, bestimmt sogar sehr ausführlich, jeder Verhandlungstag mehr bedeutet ihm ein längeres Leben.«

Ricarda gähnte. »Klingt wirklich nach Langeweile. Sonst hast du wenigstens eine Leiche vorzuweisen, einen Mord und einen Mörder. Aufruhr! Politisch! Puh. Und dann noch solchen. So lächerlichen, meine ich. Und dann noch am Ende der Welt, du hast mein Mitgefühl.«

»Wird langweilig«, nickte Förster. Und dann kam einer seiner Lieblingssätze: »Geht auch vorüber.«

Was nun aber nicht langweilig wurde, das war der Rest des Abends. Lag es am Schaumwein? Oder lag es an der Gewissheit, dass keines der Hausmädchen, keine Sophie, keine Hedwig mehr stören würde? War es die Strähne von Blondhaar bei Ric, die sich auf einmal löste und charmant über ihr Gesicht fiel, was eigentlich niemals hätte passieren dürfen, denn Frau Richter gab sonst viel auf den perfekten Sitz ihrer turmartigen Frisur. War es die Aussicht auf einen langweiligen Prozess, der Förster noch schnell in ein Abenteuer stürzen lassen wollte? Oder war es nur so, dass er ihr leidtat, weil sie wusste, wie ungern er reiste, und sei es nur nach Grevesmühlen?

Egal, sie schafften es in ihrer Leidenschaft nicht einmal mehr ins Schlafzimmer, sie landeten auf der Ottomane, die es zum Glück im Salon gab. So »wohnte ich Ric bei«, wie Förster später seinem Tagebuch anvertraute. Was er meinte, war, unverblümt gesprochen, ziemlich zügelloser Sex, und sollte ihn in den Tagen darauf noch derart berauscht halten, dass er Grevesmühlen und Bratspieß, den Holländer und die Meierei, die Bothmers und die Suche nach einer Flinte plus ihrem Schützen heiter ertrug, als würde er in einer Wolke des weiten mecklenburgischen Himmels über allem schweben.

Einziger Zeuge war der nicht abgeräumte Tisch mit dem befleckten Tischtuch, den hingeworfenen Servietten und den verschobenen Stühlen, die Ruine der Abendmahlzeit. Viel war nicht gegessen worden von den beiden. Und das Marzipan-Konfekt aus Lübeck hatte Förster, sonst unbedingt, wie so viele Männer, einer von der süßen Fraktion, nicht einmal angerührt.

Auch Wallenstein hätte natürlich Zeuge sein können. Aber der Haushund hatte sich, als Herrchen und Frauchen einander näherkamen, dezent zurückgezogen und war allein noch kurz in den Garten geschlichen, sein Geschäft zu verrichten. Er konnte Türen öffnen. Wohlerzogen wie er war, tat er es freilich nur in Notfällen. Und ein solcher war jetzt eingetreten. Aus seiner Sicht jedenfalls.

ZWEITES KAPITEL

Ein Gespräch über Wallenstein, bei dem Hans-Heinrich Bratspieß eine Entdeckung erwähnt, die er in den Akten gemacht hat

»Entschuldige, Fritz, mein Lieber. Ich habe gestern, an diesem wundervollen Sonnensonntag, noch eine wundervolle Dana kennengelernt und sie golden beregnet. Ganz unerwartet. Das dauerte, die Wolke war so mächtig.«

»Abfahrt«, rief Förster hinauf zum Kutscher, der den Namen Wandersee trug, von allen aber nur Wanderer genannt wurde, weil das in gewisser Weise zu seinem Kutscherberuf passte. Und zu Bratspieß gewandt sagte Förster: »So genau wollte ich es nicht wissen, du und deine Liebesgeschichten. Ist dir eigentlich klar, dass du immer zu spät bist, immer fünf Minuten. Vermutlich siehst du darin Stil, aber es ist nur eine Ungehörigkeit, gegen mich, gegen Wanderer, überhaupt gegen jeden, der auf dich warten muss.«

»Ein netter Kollege, der dir sehr, sehr ähnlich ist, sagt mir bei solchen Gelegenheiten gern: Fünf Minuten vor der Zeit ist die wahre Pünktlichkeit. Ich weiß, ich weiß. Ich würde deine Fünf-Minuten-Pingeligkeit abstoßend finden, wenn sie nicht so herrlich zu dir passte.«

Hans-Heinrich Bratspieß hatte, weil der Jüngere, klaglos in der Kutsche auf dem misslichen, engen Sitz entgegen der Fahrtrichtung Platz genommen. Der justizeigene

Kasten – und anders als einen Kasten konnte man das unförmige Gefährt nicht bezeichnen – rumpelte müde dahin und war zu seiner Langsamkeit auch noch unbequem, trotz der mit gelbem Leder bezogenen Sitze. Deren Farbe pflegte Bratspieß mit einem Ausdruck aus der schamlosen Barockzeit Caca du Dauphin zu nennen. Freilich hatte das Dahinrumpeln der Kutsche nicht nur mit dem Gefährt allein zu tun, sondern auch mit den schlechten, sandigen Wegen, die Mecklenburg seit jeher berühmt, ja berüchtigt machten. Hausintern hieß die Kutsche »die fahrende Gerichtslaube«, sie war im Grunde immer nur ein Gegenstand von Spott.

Die letzten Häuser von Rostock zogen am kleinen Kutschfenster vorüber, dann folgte platte, karge norddeutsche Landschaft, die noch im Morgendunst lag und zu der die sandigen Wege dann doch irgendwie passten. Ab und an ein Dorf, ein einzelnes Gehöft, wie in die Landschaft gewürfelt. Hätten sich die Herren aus dem Kutschfenster gebeugt, sie hätten die See riechen können. Aber das kannten sie ja ohnehin, und sie beugten sich auch nicht hinaus. Sie wollten die weite Fahrt nur so schnell wie möglich hinter sich bringen. Es handelte sich schließlich nicht um einen Ausflug.

Bratspieß fragte: »Was macht Wallenstein, mein Lieber? Und wie geht es deiner schönen Frau?«

Förster auf dem besseren Platz in Fahrtrichtung, was die Reise allerdings auch nicht viel angenehmer machte, antwortete: »Dem Hund geht es gut.«

Bratspieß grinste: »Ich meine nicht deinen Köter, das weißt du ganz genau. Ich meine natürlich dein Opus Magnum. Habe lange nichts mehr davon gehört.«

»Ach, das Werk, das sicherlich nie das Licht der Welt erblicken wird«, seufzte Förster. »Egal. Wäre es dem richtigen Wallenstein vergönnt gewesen, in unserem Mecklenburg länger als nur ein Jahr Herzog zu sein, er hätte ordentliche Straßen bauen lassen und der Justizkanzlei neue Dienstfahrzeuge gegönnt, schnell und bequem.«

Friedrich Förster arbeitete seit Jahren an einer Studie über die mecklenburgische Zeit Albrecht Wallensteins, als der vom Schloss Güstrow aus herrschte, und zwar, wie Förster gern aufzählte, als mecklenburgischer Fürst der Wenden, Graf zu Schwerin sowie der Lande Rostock und Stargard. Damals hatte das Land durch sein Regieren aufzublühen begonnen, so wie der Feldherr zuvor schon aus seinem Friedländer Herzogtum im Böhmischen eine Art Musterstaat gemacht hatte.

»Ja, seltsam«, setzte Förster hinzu, »die angestammten Herrscher, die ollen Obotriten, die Mecklenburg in einen Tiefschlaf versetzt haben, werden von Wallenstein vertrieben. Und Wallenstein, der sie vertrieben hat gegen alle Rechte, wie man sagen muss, schickt sich sogleich an, aus seinem Raub ein Reformwerk zu machen, das wir noch heute bewundern könnten, hätte er nur mehr Zeit gehabt. Aber die Obotriten kehrten zurück und alles blieb beim Alten. Wem gelten da die Sympathien, deiner Meinung nach?«

»Na, wir müssen nicht gleich Sympathien verteilen«, antwortete Bratspieß. »Aber aus politischem und rechtlichem

Blickwinkel wirfst du eine interessante Frage auf mit deinem Wallenstein. Ich bin gespannt, was du daraus machst. Ist doch eigentlich Konterbande, unserem Regierenden gegenüber, oder? Ich hoffe, die Sache wird überhaupt je fertig und dann auch gedruckt. Mir bitte ein Exemplar mit Widmung. Aber gib dich keiner Täuschung hin, Wallenstein bleibt der finstere Gesell, den die Welt in ihm sieht. Da änderst du nichts mehr, Musterländle hin oder her.«

Förster lächelte nachsichtig. Als ob es ihm darauf ankäme, irgendetwas zu ändern, und sei es am Bild, das die Welt von Wallenstein hatte, wenn sie überhaupt eines hatte. Ohnehin würde er seine Studie erst zu Ende bringen können, wenn er aus dem großherzoglichen Dienst in den Ruhestand gewechselt sein würde. Wenn es doch endlich soweit wäre, dachte Förster, während sie durch ein zart nebliges, fast rosafarbenes Licht fuhren, das sich schon hier und dort langsam in einen Sonnentag auflöste. Endlich wieder Muße haben, dachte Förster. Dritteln wollte er die wiedergewonnene Zeit, das wusste er schon: für Ric, für den einen Wallenstein sowie den anderen, den Herzog und den Hund, der nur wegen Försters Studien zu seinem Namen gekommen war.

»Herrscher sein und doch nicht sein, de facto, de jure, wie auch immer«, entgegnete Bratspieß auf einmal und schlug sich mit den flachen Händen auf die Schenkel. »Das bringt mich auf unseren Grevesmühlener Prozess. Mir ist da etwas aufgefallen, und ich sollte es dir sagen, bevor die Chose losgeht. Nicht dass es für uns wichtig wäre, aber wenn der Pächter mit seinem selbstgewählten Holländer einen guten

Verteidiger aufböte, könnte der auch damit kommen. Heikel, heikel, dann auch für uns.«

Förster merkte auf. Man soll mit Namen nicht spielen, mahnte er sich. Aber Bratspieß war einer, der einen im Feuer drehen konnte, im geistigen der Rechtsprechung, wohlgemerkt. Meistens den Angeklagten, oft die Zeugen, manchmal den Gendarmen, mitunter sogar die Herren aus dem Criminal-Kollegium, gern aber auch die eigenen Kollegen. Er garte sie alle, sozusagen bis sie ihm schmeckten oder der jeweilige Fall ihm schmeckte. Er war dafür bekannt. Wo er auftauchte auf seinen dünnen O-Beinen pflegte es turbulent zu werden. Wie um alles in der Welt kam dieser Bratspieß von Wallenstein auf den Arpshagener Aufruhr?

»Bitte?« Förster versuchte, gleichgültig zu klingen. Er war es jedoch keineswegs, im Gegenteil, er war auf der Hut. Bratspieß fand immer etwas, was ein Gerichtsverfahren zum Marathon machen konnte, zeitaufwendig, kräftezehrend, unnötig, und das alles ausschließlich zum Vergnügen eines Richters, zu Bratspieß' Vergnügen, dem eine juristische Frage nicht verschlungen und abseitig genug sein konnte.

»Es geht um die Bothmers«, bemerkte Bratspieß.

In dem Moment wurde Förster aber erst einmal abgelenkt. Das geschah ihm in letzter Zeit häufiger. Ein an sich nebensächlicher Anlass, und schon war es um die Aufmerksamkeit des Richters geschehen. Er meinte daran sein Altern zu erkennen, an diesen Abschweifungen, aber auch daran, dass er manchmal schon etwas vergaß. Abschweifen und vergessen gehört ja auch irgendwie zusammen. Sein Gedächtnis galt freilich in mecklenburgischen Justizkreisen noch immer als legendär. Für seine Kollegen war er immer noch der große Förster, er selbst sah sich von Tag zu Tag kritischer. Abnehmender Mond, nannte er das.

Jetzt muss es das Wort Marathon gewesen sein, an dem sich sein leicht davondriftender Geist klammerte und in einem haltlosen Schweifen der nachfolgenden Gedanken mitten im Mecklenburgischen gleichsam bei den alten Griechen versank. Pan, dachte Förster, und es ist mir noch nie aufgefallen, obwohl wir uns schon so lange kennen und so oft gemeinsam unterwegs gewesen sind. Wie Gott Pan sieht er aus, der Kollege, auch wenn Bratspieß selbst sich gerade als Zeus gesehen hatte, bei einer Dana in einem goldenen Regen. Aber nicht so stattlich wie ein Zeus sah er aus, sondern wie der Hirtengott, so klein, dass die Füße kaum auf den Boden der Kutsche reichten. Und waren es statt der Füße nicht sogar Hufe wie bei Pan? War Bratspieß nicht bocksbeinig? Oder wirkte nur das O seiner Beine so? Und dann das breite Grinsen, in dem stets etwas Wollüstiges spielte. Und entwuchsen seinem dichten Lockenhaar nicht sogar zwei Ziegenhörner, wenn man nur genau hinsah? Wenigstens einen Ziegenbart trug er tatsächlich. Und wie Gott Pan hatte dieser Bratspieß Erfolg bei den Nymphen. Wie bei Pan fragte sich Förster auch bei seinem Kollegen, weshalb eigentlich Nymphen sich gerade von so einem entführen ließen, und dann noch so umstandslos. Gewissermaßen von einem stinkenden Bock, hässlich und klein, o-beinig und garantiert unfähig zu jeder ernsthaften Beziehung, was der Kollege nun schon oft genug bewiesen hatte.

Es muss etwas Animalisches sein, dachte Förster. Etwas ihm Fremdes. Der animalische Geruch, den Hirten in ihrer Herde annehmen. Dafür sprach, dass Bratspieß einmal bei einem Bier ihm, dem treuen Ehemann, schon etwas angetrunken erklärt hatte, wie bei Eroberungen vorzugehen sei: »Drauf zu, nicht abwarten wie dein Wallenstein damals, als er podagrisch alles auszusitzen versuchte und Schlachten möglichst aus dem Weg ging. Eher wie Gustav Adolf, ungestüm losschlagen auch aus aussichtsloser Position. Bloß nicht abwarten, bloß nicht stillstehen, und wenn es das Leben kostet. Ein Leben muss doch lohnen, mein Lieber. Ich will nicht protzen, aber meine Erfolge bei den Damen können sich, rein statistisch gesehen, mit den Schlachten des alten Schwedenkönigs messen, bevor er bei Lützen draufging. Erfolg und Sieg bei nahe hundert Prozent. Aber wem erzähle ich das? Ich erzähle es einem aussichtlosen Fall von Biederkeit.«

Wo war das nur gewesen, als Bratspieß so gesprochen hatte? Bei welcher Gelegenheit? Ach, die Vergesslichkeit, so stöhnte Förster ganz still für sich. Bratspieß vernahm allenfalls ein tiefes Durchatmen bei seinem so gegensätzlichen Freund.

»Du hörst mir überhaupt nicht zu«, maulte Bratspieß.

»Doch, doch«, log Förster. Aber jetzt fand er zurück in die entsetzlich schaukelnde Kutsche auf der Fahrt nach Grevesmühlen: »Die Bothmers? Inwiefern die Bothmers?«

Bratspieß rieb sich die Hände. Es folgte einer seiner in der Rostocker Justizkanzlei gefürchteten Vorträge, die sich gern im Detail verloren und Stunde um Stunde währen konnten, um schließlich mit einer Pointe zu enden, welche der Richterschaft allerdings meistens zu überraschenden Erkenntnissen verhalf und deshalb lohnte. Auch diesmal dauerte es, ungefähr die Strecke von Satow bis Gägelow, also den Hauptteil der Fahrt. Bothmersche Familiengeschichte über ein Jahrhundert hinweg, der gute Pan ließ nichts aus.

Anfang des 18. Jahrhunderts hatte der berühmteste Vertreter der Familie Bothmer, ja ihr eigentlicher Ursprung und Urvater, ein Hans Kaspar Graf von Bothmer mit gekauftem Grafentitel, im Klützer Winkel gleich im Dutzend Güter für ungeheuer viel Geld erworben und mitten hinein in seinen Besitz an Ländereien einen neuen Familiensitz nach eigenen Plänen, sogar selbst gezeichnet, erbauen lassen. So etwas wie diesen Bau hatte in Mecklenburg zuvor noch niemand gesehen. Schloss Bothmer wurde der Palast allgemein genannt, auch wenn es, genau genommen, nicht das Haus eines regierenden Fürsten war, sondern nur ein Herrensitz, Mittelpunkt einer ausgedehnten Landwirtschaft. Wobei es am Schloss nirgendwo landwirtschaftliche Bauten gab. Sie erstreckten sich vielmehr auf den Gütern ringsum.

Graf Bothmer war kein Mecklenburger. Er war vielmehr im fernen London als Vertrauter der englischen Könige, erst Georg I., dann Georg II., zu enormem Reichtum und ebenso enormem politischen Einfluss gelangt. Er war der Leiter der Deutschen Kanzlei in London, die es gab, weil der englische König ein Hannoveraner war zu jener Zeit, der Zeit der Welfen auf dem englischen Thron. Und weil die Zeitumstände es mit sich gebracht hatten – an dieser etwas abseitigen Stelle gelangte Bratspieß so richtig in Fahrt –, dass ein mecklenburgischer Herzog in Reichsacht gefallen und Teile des Landes von hannoverischen Truppen besetzt waren, nutzte Bothmer seine Chance, fern von seinem Wohnort, 10 Downing Street in der britischen Hauptstadt, ein mecklenburgisches Imperium zusammenzukaufen. Seltsam genug, wie der vielbeschäftigte Graf immer noch die Zeit gefunden hatte, sich um seine mecklenburgischen Belange zu kümmern.

Um nun den für viele Millionen erworbenen Besitz, eine Art eigene Grafschaft, zu sichern, verfügte er testamentarisch zweierlei: Dass der Besitz nie geteilt oder verkauft werden darf, auch nicht einzelne Güter, und dass stets der älteste männliche Erbe der Familie sich um Bothmer zu kümmern hat, sprich: dort Wohnung nehmen muss. Rechtlich gesprochen, wie es der Jurist Bratspieß in der rollenden Gerichtslaube selbstverständlich tat, hieß das Fideikomiss und Majorat.

»Aber, Hans-Heinrich, das weiß ich doch alles«, versuchte Förster seinen Freund an dieser Stelle zu unterbrechen.

Aber Bratspieß hatte scharf geladen. Und außerdem kam er langsam zu dem, was seine Aufmerksamkeit so besonders erregt hatte.

Graf Hans Kaspar selbst hatte den neuen Familiensitz nicht nur nie bewohnt, er hatte ihn auch nie vollendet gesehen. Und er hatte eine Tochter, keinen Sohn. Deshalb war es ein Neffe, der als erster männlicher Erbe in das neue Haus einzog, auch der Hans Kaspar mit Namen. Der vierte Bewohner nun ein gutes Jahrhundert später hieß Christian Ludwig. Christian Ludwig war in Bothmer zwar aufgewachsen, interessierte sich aber nicht für den ausgedehnten Besitz und schon gar nicht für Landwirtschaft. Er zog lieber in die Welt und überließ den Klützer Winkel seiner Nichte.

Ungefähr dort war Bratspieß angelangt, als sie auf Höhe von Wismar fuhren. Die Kirchtürme der Stadt lagen in herrlichstem Sonnenlicht. Als würden sie die Vorüberfahrenden grüßen wollen. Förster sah es, solche Dinge ohnehin immer mit Aufmerksamkeit betrachtend. Bratspieß jedoch merkte gar nichts. Er redete weiter, egal was draußen am Fenster der Kutsche vorüberziehen mochte.

»Der Name dieser Nichte ist uns aus den Akten nun allerdings bestens vertraut, schon weil er so ungewöhnlich klingt.«

»Amalthea oder so ähnlich«, warf Förster ein. »Hieß so nicht die Ziege, die Zeus genährt hat?« Schon wieder Zeus!

»Dicht dran, aber knapp daneben. Unsere Ziege heißt Amalasuntha. Amalasuntha Gräfin zu Rantzau. Der gefällt es in Bothmer sehr. Und nun kommt es: Seit Jahren versucht sie, die vom alten Hans Kaspar in London festgelegte männliche Erbfolge in Zweifel zu ziehen, um bis an ihr Lebensende Landwirtschaft im Klützer Winkel betreiben zu können, und zwar als Eigentümerin, unabhängig von einem männlichen Bothmer. Nun, das Land ist fruchtbar, guter Boden, ausreichend Feuchtigkeit vom Meer her. Wird auch Speckwinkel genannt. Amalasuntha wird wissen, weshalb es sich da zu kämpfen lohnt.«

»Ich erinnere mich dunkel. Ich meine an Amalasuntha, an den Namen. Ich bewundere deine dynastischen Kenntnisse. Aber nun: Was hat diese Familiengeschichte mit unserem kleinen Pächter aus diesem Arpshagen zu tun und seinem Holländer?«

»Tja, mein Lieber, vieles, wenn nicht alles. Das gerade ist daran so heikel. Der verrückte Christian Ludwig ist irgendwo in der Ferne vor ein paar Monaten verstorben. Du verstehst?«

»Noch nicht«, antworte Förster und konnte sich eines Gähnens nicht enthalten. Die Nacht war nach Schaumwein und Beischlaf doch etwas kurz für ihn gewesen, einen Mann, der den ausführlichen Schlaf liebte, ja brauchte. Bin nicht mehr der Jüngste, dachte er. Aber das dachte er ohnehin mehrfach am Tag. Er dachte ja auch mehrfach am Tag an den Ruhestand. Dem Bratspieß'schen Vortrag war er nur hin und wieder gefolgt, im Grunde wusste er das alles doch genauso gut wie sein Kollege.

In Bratspieß indes loderten Feuer und Flamme: »Gesetzt den Fall, unser Pächter kann es sich leisten, sich von einem pfiffigen Advokaten verteidigen zu lassen, so könnte der auf die Idee kommen zu sagen: Der Pachtvertrag ist ungültig, weil Christian Ludwig tot ist und ein neuer bothmerscher Besitzer noch nicht feststeht. Amalalsuntha dürfte es nicht sein, vorerst jedenfalls nicht, bis die Sache mit der beklagten Erbfolge entschieden ist. Und das, mein Lieber, kann dauern. Jahre kann das dauern. Wer, wenn nicht wir, muss das wissen.«

Jetzt hatte Förster verstanden und pfiff, ungewöhnlich bei diesem Feingeist, ordinär durch die Zähne. Halb aus Schrecken, dass mit Bratspieß auch der Fall Arpshagen kompliziert zu werden drohte. Halb jedoch auch aus juristischem Interesse: Wenn es so war, wie von Pan erzählte, hing das Leben des beklagten Pächters, der übrigens Priester hieß, Friedrich Priester, davon ab, wie sich eine Frau in der Männerwelt durchsetzen könnte. Setzte sich Amalsuntha durch mit ihrer Klage gegen die männliche Erbfolge mehr als hundert Jahre nach Urahn Hans Kaspar und seinem Testament, war der Pächter tot, hingerichtet wegen Aufruhr. Wenn nicht, konnte der ganze Prozess scheitern und es gab gar keine Strafe, nicht einmal einen Prozess, weil kein Kläger da war, denn Gräfin Amalasuntha durfte dann nicht Klägerin sein.

»Wo kein Kläger, da kein Richter«, sagte Förster. »Interessant. Oder vielleicht verrückt.«

»So«, fuhr Bratspieß, schon ganz rot vor Erregung, fort, »das ist aber noch nicht alles, es gibt auch noch das Erbjungfrauenrecht.« Er machte eine wirkungsvolle Pause. »Jedenfalls bei uns in Mecklenburg, weil die Kerle alle im Suff sterben und die Weiber so verdammt zäh sind. Eine Tochter hat bei uns das Recht, das Gut fortzuführen, wenn der Vater stirbt, männliche Erbfolge hin, männliche Erbfolge her.«

»Amalasuntha ist nicht die Tochter.«

»Eben, mein Lieber, sie ist die Nichte von dem reiselustigen und wohl etwas seltsamen, vor allem aber toten Christian Ludwig. Andererseits hat sie den Laden seit Jahren statt ihres Onkels geführt, sie kennt sich aus, sie kann es, sie hat es bewiesen. Sie hat einen Ehemann, dessen Geschlecht der Rantzaus viel älter ist als das der Bothmers und der auf gewaltigen Besitz in Holstein verweisen kann. Und endlich: Onkel Christian Ludwig hat auch keine Kinder. Warum, mal ganz praktisch gefragt, sollte unsere Gräfin Rantzau, unsere Amalasuntha, die faktisch das Sagen hat, es nicht auch juristisch bekommen? Ich persönlich fände das nur gerecht.«

»Mhm«, machte Förster und blickte nachdenklich aus dem Fenster, wo es eigentlich nichts zu sehen gab, außer Acker und hin und wieder einen Waldstreifen. Dann sah er Pan Bratspieß an. »Ich denke, wir von unserer Seite sollten das nicht ansprechen.«

»Nein, um Himmels willen. Wir sollen den Pächter verurteilen und nicht retten.«

»So kann man es auch sehen«, seufzte Förster. »Durchlaucht wäre indigniert, wenn wir den Mann laufen ließen, der einen Aufruhr angezettelt hat. Und Durchlaucht kann furchtbar indigniert sein.«

»Aufruhr.« Bratspieß schien das Wort genießerisch wie einen guten Bissen im Mund umherzubewegen. »Als hätte es in unserem Land jemals so was wie Aufruhr gegeben.«

»In tausend Jahren einmal, in Arpshagen.«

Sie lachten. Sie lachten noch, als sie schon über das entsetzliche Grevesmühlener Kopfsteinpflaster rollten. In den

Stößen von links und rechts, oben und unten und manchmal von allen Seiten gleichzeitig liefen sie Gefahr, sich so kurz vor dem Ziel die Zunge abzubeißen, ihrem wichtigsten Arbeitsinstrument für die kommenden Tage.

Dann sagte Förster, vorsichtig die Zunge führend, weshalb er etwas lispelte: »Die Gräfin ist als Zeugin geladen?«

»Da müssen wir gleich mal Fräulein Ulrike fragen. Sie wird uns bestimmt schon erwarten zwischen den abgestaubten Roben, blankgeputzten Baretten und vielen Listen. Wer weiß, wann unsere gute Seele schon nach Grevesmühlen aufgebrochen ist, damit wir alles geordnet vorfinden. Das arme Ding. Auch so eine, die über der Pflicht das Leben vergisst.«

»Wieso ›auch‹?«, fragte Förster spitz, denn offenbar war mit ›auch‹ er gemeint, er und seine Treue zu Ric.

Die rumpelnde Gerichtslaube fuhr jetzt Schritt. Das Ziel kam in Sicht, das Amtsgebäude von Grevesmühlen. Dort sollte, ungewöhnlich genug, der Prozess geführt werden, um den meisten Beteiligten lange Wege zu ersparen. Förster selbst hatte es so angeordnet, auch wenn ausgerechnet er und Bratspieß auf diese Weise zu einem besonders langen Anfahrtsweg verurteilt worden waren.

Wanderer vom Kutschbock rief herunter: »Wir sind da. Sogar pünktlich.«

Die Kutsche hielt, Wandersee sprang herab und öffnete den Schlag. Ein kleiner Mann, der mit den Jahren immer mehr in die Breite ging und dessen Eisbär-Gesicht nie erkennen ließ, was in ihm gerade vorging.

Beim Aussteigen murmelte Bratspieß: »Jetzt hast du mir gar nicht erzählt, wie es deiner schönen Frau geht.«

»Und du mir nicht, wie deine Flamme hier in Grevesmühlen heißt«, erwiderte Förster, Bratspieß' Murmeln nachahmend. »Es gibt doch bestimmt eine, wo gibt es bei dir keine?«

Sie waren schon im Gebäude, in einem hallenden Flur, als Bratspieß antwortete: »Du meinst Käthe.«

»Käthe?«

»Ihren Nachnamen habe ich vergessen. Auch Käthe hatte ich ganz vergessen. Dabei war sie einen Kopf größer als ich, eine von den Walküren, aber schnucklig. Endlose Beine, großer Busen. Sie kam aus Boltenhagen und wollte nach Hannover heiraten, wenn ich mich recht erinnere. Aber hat sie das auch?«

»Du wirst es herausfinden, bestimmt.«

»Danke, dass du mich erinnert hast.«

»Gern. Ah, da ist unser Fräulein Ulrike. Guten Morgen. Wenn ich noch von einem Morgen sprechen darf. Wohin dürfen wir uns zurückziehen? Oder besser umziehen? Hier gleich, ah, danke. Mit Verbindungstür zum Saal, sehr gut, Fräulein Ulrike, Sie machen das wieder einmal zu unserer Zufriedenheit. Ich liebe das Perfekte. Dann auf, Herr Kollege.«

Bratspieß nickte. Als ihm Fräulein Ulrike, die Justizangestellte, die Förster seit Jahren bei so ziemlich all seinen Verfahren begleitet hatte, in die Robe half, rief er, auf einmal von Herzen fröhlich: »Und somit fangen wir an.«

DRITTES KAPITEL

*Am ersten Tag der Gerichtsverhandlung
Bothmer gegen Pächter Priester hat
Richter Förster mit der Müdigkeit zu kämpfen*

»Nehmen Sie Platz. Die Sitzung ist eröffnet.«

Das übliche Schurren der Stühle, das Knarren der Bänke, Räuspern und Seufzen. Und dann, als hätte der Richter eine entsprechende Bewegung getan, herrschte auf einmal tiefe, erwartungsvolle Stille. Nur die Fliegen am Fenster summten weiter, unbeeindruckt von der Würde des hohen Gerichts, den zwei Männern in schwarzen Roben, die eben ihre gleichfalls schwarzen Barette abnahmen und vor sich auf den Tisch legten. Sie taten es in bemerkenswerter Gleichzeitigkeit, als hätten sie es zuvor geübt.

Försters Blick ging kurz über den stillen Saal. Er und Pan Bratspieß, auch Fräulein Ulrike saßen etwas erhöht, Fräulein Ulrike als Gerichtsschreiberin an der Schmalseite des Tisches. Links von den beiden Richtern aus gesehen, an der Fensterseite wie üblich, hatten die Kollegen vom Criminal-Kollegium, angereist aus Bützow, Platz genommen. Neben ihnen, wenn auch mit etwas Abstand und an einem eigenen Tisch, saß der Rechtsvertreter der Bothmers, so dick, dass er kaum in den Stuhl passte, schnaufend, hochrot, glatzköpfig, ein wandelnder Schlaganfall, aber, wie es hieß, von einiger Prominenz und entsprechend teuer.

Direkt vor Förster stand der noch verwaiste Zeugenstuhl, dahinter saßen die Zuschauer, erstaunlich viele waren gekommen am ersten Tag. Kein bekanntes Gesicht dabei, stellte Förster fest, so sich das überhaupt auf die Entfernung hin ausmachen ließ. In der ersten Reihe erblickte der Richter einen Mann mit einer gewaltigen Hakennase, schmal, edel gekleidet. Förster tippte auf den Grafen Rantzau, jetzt in gewisser Weise Herr von Bothmer, als Ehemann seiner Gattin Amalasuntha Gräfin Rantzau, geborene Bothmer. Und Förster tippte, wie sich schon bald zeigen sollte, richtig.

Kurz verweilte Försters Blick auf dem Gesicht einer Frau, die, wenn auch mit etwas Abstand, neben der Hakennase Platz genommen hatte. Wann sah man schon mal eine Frau unter den Besuchern. Sehr große Augen leuchteten in einem sonst bedeutungslosen Gesicht, das Förster auch schon vergessen hatte, kaum dass sein Blick weitergegangen war. Freilich dachte er noch: Bestimmt ist es kein gerechtes Urteil, wenn ich etwas bedeutungslos finde, noch dazu bei einer Frau. Aber er dachte das nur ganz nebenbei. Sein Blick, wie gesagt, schweifte schon anderswohin.

Nach rechts, vom Richtertisch aus gesehen. An der »Türseite«, wie immer, saß der Beschuldigte, der Inculpant Friedrich Priester, mit seinem Verteidiger, der eine wie der andere Förster unbekannt. An der Seite gab es tatsächlich eine kleine Tür, durch die der Beschuldigte hereingeführt worden war, wie in einem richtigen Gerichtssaal. Priester saß in Untersuchungshaft, seit mehreren Wochen schon.

Einen Augenblick lang ließ Förster seinen Blick aus etwas schwermütigen Augen auf dem Inculpanten ruhen. Er sah einen wuchtigen Mann von beträchtlicher Länge, die sogar im Sitzen erkennbar war. Der Stuhl, auf dem Priester saß, wirkte zu klein. Am bedeutenden Muskelanteil seiner Gestalt konnte man Priester ansehen, dass er schwere Arbeit gewohnt war. Aber seine Figur zeigte auch, dass er die Genüsse des Lebens, oder was dafür gehalten wurde, zu schätzen wusste. Dafür stand der ebenso erhebliche Fettanteil, besonders am deutlich hervortretenden Bauch. Priester hatte ein rechtes Stiergenick. In seinem Gesicht die Augen lagen tief und waren dunkel umschattet. Die Nase saß schief, bestimmt nicht von Geburt an. Ein Unfall mochte ihre Stellung verändert haben oder eine Wirtshausschlägerei. Dem Richter war klar, dass er unmöglich danach fragen durfte, sogleich wäre ihm von dem Advokaten neben dem Inculpanten Voreingenommenheit unterstellt worden, und das durchaus zu Recht. Nein, Priester wirkte in seiner Massigkeit nicht sonderlich sympathisch. Ja, ein wenig zeigte er sogar das, was landläufig eine Verbrecherphysiognomie genannt wird.

Förster hielt es für sich fest, aber seine Art, den Prozess zu führen, und sein Urteil über Priester würde das bestimmt nicht beeinflussen. Dafür hatte er in seinem Berufsleben zu oft erfahren, wie sehr der Schein trügen konnte. So wie damals bei dem Graf Knyphausen, dessen gepflegte, duftende Erscheinung womöglich nur die Fassade eines Hochstaplers gewesen war, endgültig hatte es sich nach dem gewaltsamen Tod Knyphausens nie klären lassen.

Aber das betraf einen anderen Fall in einer anderen Zeit. Jetzt war es nur eine der Försterschen Abschweifungen, wie sie ihn immer wieder und leider immer häufiger ereilten. Der Richter rief sich selbst zur Ordnung.

Im Rostocker Gerichtssaal hing Friedrich Försters Richterplatz gegenüber über der Saalflügeltür eine Justitia, verbundene Augen, halbnackte Brust, Schwert und Waage. Sie war ihm mit den Jahren zu einer Vertrauten geworden, er kannte jede ihrer Regungen, die freilich nicht wirklich Regungen waren, sondern bei verändertem Lichteinfall nur so taten als ob. Förster hatte sich schon oft gefragt, ob die Dame je abgestaubt werden würde. Manchmal bleibt in Verhandlungen Raum, an solche sachfremden Dinge sein Denken zu verschwenden.

Hier in Grevesmühlen hing Försters Platz gegenüber ein schlichtes Holzkreuz. Immerhin hing überhaupt etwas an der Stelle, etwas, an dem der Richter seine Gewohnheiten festmachen konnte. Der Saal des Amtshauses war ja nur ausnahmsweise zum Gerichtssaal geworden. Was die Größe des Raumes anbelangte, hätte man sich auch im Saal des bothmerschen Palais treffen können, bequem nahe am Tatort und schick mit seinen Eichenholzpaneelen. Aber das kam natürlich nicht in Frage, die Bothmers waren schließlich die Kläger. Deshalb also Grevesmühlen.

Das Kreuz war nicht sehr groß, und es hing kein Heiland daran. Aber gerade das gefiel Förster. Hatte so ein Kreuz nicht auch etwas von einer ausgeglichenen Waage, etwas von Maß und Mitte. Etwas von der Art, wie das

Idealbild der Justitia aussehen sollte und wie der Richter seine Gerichtsverhandlungen zu führen suchte. Er tat es leutselig und ließ sich nicht aus der Ruhe bringen. Er wusste, alle in diesem Saal saßen nicht zu ihrer Freude hier. Oder hatten die Bützower Criminal-Leute Freude daran, wenn sie darauf brannten, ihren Tätern eine gerechte Strafe zukommen zu lassen? Oder die Besucher im Gerichtssaal, manche hartgesotten und sensationslüstern? Er selbst war ein leidenschaftlicher Richter. Aber Freude an dem Beruf? Am täglichen Umgang mit den menschlichen Schwächen? Nein. Es war eine gut bezahlte Pflichterfüllung, der Dienstplan hatte Förster hierher in diesen stickigen Saal mit seinem Fliegengebrumm geschickt. Mehr war dazu nicht zu sagen. Manchmal, wenn auch immer seltener, träumte er noch von einer Professur an der juristischen Fakultät. Aber je älter er wurde, desto mehr wuchsen eben auch die Zweifel an seinem Beruf und, was noch viel schwerer wog, seine Zweifel daran, ob es überhaupt so etwas wie Gerechtigkeit in der Welt geben könnte, eine Justitia, der sich vertrauen ließ, schön anzusehen und ausgleichend gerecht.

Friedrich Förster nickte allen Parteien freundlich, aufmunternd zu. Dann sah er auf die vor ihm liegenden Aktenmappe. »Wir haben zuerst einige Formalitäten zu erledigen, meine Herren und natürlich auch meine Damen, auch wenn das weibliche Geschlecht hier in der Minderheit ist, ein unerfreulicher Zustand, wie ich finde.« Das gab ihm die abschweifende Gelegenheit, ein Beispiel dessen zu liefern, was wir seine Leutseligkeit nannten. »Es ist nicht einzusehen, weshalb das mecklenburgische Justizwesen den Männern vorbehalten sein soll, nicht wahr? Eines gar nicht fernen Tages wird hier bestimmt auch eine Richterin Recht sprechen. Aber vorerst ist es allein unser Fräulein Ulrike, das Sie hier am Ende des Tisches sehen und alles protokolliert, was gesprochen wird. Ulrike, ich begrüße Sie als Erste, es ist mir ein Bedürfnis und es gehört sich so.«

Fräulein Ulrike, der ersten Jugend entwachsen, war nicht gerade eine Schönheit, eine magere Aschblondheit, die in huschender Beflissenheit ganz in ihrer Aufgabe aufging. Seit vielen Jahren verließen sich Förster und gelegentlich auch Pan Bratspieß auf sie. Der Pan hatte einmal gesagt: »Sie ist ohne Reiz, und dafür bin ich ihr dankbar, es macht die Zusammenarbeit leicht.« So war er, der Bratspieß, und Förster hatte überhaupt manchen Grund, über seinen Freund den Kopf zu schütteln, ohne jedoch in seiner Zuneigung und Vertrautheit gegenüber Bratspieß auch nur eine Sekunde nachzulassen.

»Die Herren vom Criminal-Kollegium sind mir seit Jahren wohlbekannt, ich benötige Ihre Legitimation nicht. Es handelt sich – für das Protokoll – um die hier erschienenen Kollegen Steiniger und Rosenstein.« Förster lächelte. »Hagen Steininger und Gunther Rosenstein, in den Justizkreisen auch die Stones genannt, das bitte nicht ins Protokoll.« Der Scherz verfehlte seine Wirkung, jedenfalls im Publikum, hier verstand niemand Englisch, bis auf vielleicht die Hakennase, die müde lächelte.

Aber die beiden Stones nickten wohlwollend. Förster fuhr fort: »Da es hier um den Vorwurf des Aufruhrs geht, hat das Criminal-Kollegium den Fall an uns abgeben müssen, aber alle Zuarbeiten geliefert, wofür ich den Kollegen zu danken habe.« Er wandte sich direkt an die Stones: »Sie wissen, wie sehr wir Ihre Arbeit schätzen und dass allein die Rechtslage es im hier zu behandelnden Fall verhindert, dass Sie, liebe Kollegen, hier oben sitzen und Recht sprechen. Ich baue auf Ihre Nachsicht und Mithilfe.« Die Stones nickten abermals. Das Verhältnis zwischen dem Gericht in Bützow und dem höheren in Rostock war naturgemäß immer angespannt, aber wenigstens Friedrich Förster genoss Achtung und Vertrauen hier wie da. Mit Gunther, also Rosenstein, duzte er sich, ihre Wege hatten sich erstmals in Bayreuth in der Studentenzeit gekreuzt, dann immer wieder mal. So etwas bindet für das ganze Leben.

Die Stones hatten nicht nur die Ähnlichkeit im Namen, man hätte sie bei oberflächlicher Betrachtung auch leicht verwechseln können. Beide ergraut im Dienst für die mecklenburgischen Justiz, beide leicht korpulent und behäbig geworden mit den Jahren, Steininger etwas größer als Rosenstein, was man freilich erst in der Pause sah, als alle aufstanden, die Fenster geöffnet wurden und die Fliegen endlich den Ausgang fanden. Auch in ihren Bewegungen hatten sich die Stones einander angeglichen. Eben lehnten sich beide synchron zurück und verschränkten dabei die Arme über der Brust.

Försters Blick glitt zu dem Schlaganfall. »Advokat Seeliger vertritt die Familie Bothmer. Da bitte ich einmal um den

Vornamen. Konrad. Fein.« Er wartete einen Augenblick, bis Fräulein Ulrike auch das notiert hatte. »Herr Seeliger, ich mache Sie darauf aufmerksam, dass die Gräfin Rantzau als Zeugin wird hier erscheinen müssen. Wir klären noch, wann das sein wird. Aber bestimmt in dieser Woche, so schätze ich.« Nicken bei Seeliger, hochrot und fett, wulstig der Hals. Er war bereits informiert.

Försters Blick wandte sich jetzt nach rechts. »Herr Priester? Das ist richtig? Friedrich Priester, Pächter auf Gut Arpshagen?« Das war richtig, wurde Förster bestätigt. »Ihre Verteidigung hat übernommen, Herr …?«

»Hecht. Volkwin Hecht.« Der Mann neben Priester sprang auf, als hätte er eine Feder im Hintern. »Gehechtet« sei er, wie Pan Bratspieß sich später in der Pause nicht enthalten konnte zu frotzeln. Was für ein dünnes Kerlchen, dachte Förster. Und so blutjung. Nicht ganz gesund, wie sich sogleich herausstellte: Hecht war Berliner und erst vor wenigen Wochen nach Klütz gezogen, der Lunge wegen, die an salziger Seeluft gesunden sollte. So hatte es sein Berliner Arzt, immerhin ein Mediziner der berühmten Charité, empfohlen. Hecht war mit seinen Habseligkeiten, auf einem kleinen Planwagen verstaut, an die See gekommen und sogleich der erste Advokat von Klütz geworden, eine Doppeldeutigkeit, denn es hatte dort vor ihm keinen anderen gegeben.

»Hohes Gericht, hier sind meine Zeugnisse und Beglaubigungen.« Priester war Hechts erster mecklenburgischer Mandant, auch in Berlin zuvor waren es nicht viele gewesen.

Hecht erwähnte das alles ganz offen, Förster staunte und lächelte in sich hinein, weil er an die Bedenken von Bratspieß denken musste, was eine Verteidigung des Pächters so alles ins Feld führen könnte, wenn sie denn »auf dem Kien« sei, um einen Ausdruck aus Försters Geburtsstadt Berlin zu gebrauchen. Dieser gefürchtete Advokat auf dem Kien sollte Hecht sein? Ein Witz ohne Pointe, dachte Förster.

Hechts Beflissenheit amüsierte den Richter. Er nahm die Papiere, die ihm der Advokat reichte, und schob sie, ohne hinzuzuschauen, der Gerichtssekretärin zu. »Das geht dann auch alles an das Protokoll. Ulrike, Sie können folgen?« Natürlich konnte das Fräulein folgen, es war lange genug dabei und kannte Förster fast so gut wie Ricarda in Rostock, in gewisser Weise sogar besser, denn Försters Stellung brachte es nun einmal mit sich, dass er häufiger im Gericht als zu Hause war.

Förster wandte sich wieder dem Saal zu: »So, dann wissen wir, wer es hier mit wem zu tun hat. Ich schlage vor, heute noch zu hören, was Pächter Priester vorgeworfen wird, und morgen früh die Verteidigung. Dann könnten wir womöglich sogar schon vor dem Mittag die ersten Zeugen bitten, einverstanden? Vorerst sind drei Tage anberaumt, aber bestimmt treffen wir uns hier auch noch in der nächsten Woche.« Zustimmendes Gemurmel. »Meine Herren Steiniger und Rosenstein, Sie haben das Wort.«

Da jedoch, etwas zu spät, schnellten des Advokaten Hecht Zeigefinger nach oben, gleich alle beide. Er war nicht einverstanden mit dem Programm des Richters. »Antrag zur

Geschäftsordnung«, rief er. »Ich habe einen grundsätzlichen Einwand vorzutragen, dringend.«

»Abgewiesen«, erwiderte Förster und setzte milde hinzu: »Lassen Sie uns erst einmal hören, über welche Vorwürfe wir hier eigentlich verhandeln. Sie, lieber Kollege Hecht, haben morgen Ihren Auftritt, dann können Sie alle Bedenken gern auf den Tisch packen. Aber jetzt wollen wir doch anfangen. Herr Steiniger, Herr Rosenstein, bitte.«

Und während die beiden anhoben, die bisherigen Untersuchungsergebnisse im Fall Priester umständlich auszubreiten, glitt Förster ins Träumerische, wenn auch, selbstverständlich, mit geöffneten Augen. Er hatte es in seinem Beruf durch jahrzehntelange Übung perfektioniert, interessiert umherzublicken, in wirklich wichtigen Momenten auch zuzuhören, sonst aber auf Durchzug zu schalten, wie man so sagt. Bei Wallenstein, seinem Hund zu Hause, war es ähnlich. Der träumte den ganzen Tag vor sich hin, seine vier Beine weit ausgestreckt, gern mitten in einer Tür. Er reagierte nicht auf Befehle, wohl aber, wenn es hieß: »Wallenstein, Futter.« Oder wenn Sophie oder Hedwig, die Hausmädchen in der Rostocker Villa, oder manchmal auch der Hausherr selbst mit der Leine erschienen – da war Wallenstein stets volle Aufmerksamkeit mit hochgestellten Ohren und peitschender Rute. Mag sogar sein, Förster hatte von seinem Wallenstein ein wenig auch Gelassenheit, Konzentration auf das Eigentliche gelernt. Bei Wallenstein war das Eigentliche das Futter, bei ihm, dem Richter, die entscheidende Wendung in einem Prozess, die er keinesfalls versäumen durfte.

Förster rechnete in seiner Traumwandlerei so: Steininger und Rosenstein würden zunächst eine knappe halbe Stunde benötigen, um allgemein das Wesen von Pachtverträgen in Mecklenburg zwischen Gutsherr und Pächter, auch Pensionär genannt, zu erläutern, unter besonderer Berücksichtigung des gutsherrschaftlichen Vorbehalts bei der Bestallung von Holländern. Das würden sie dann auf den Fall des Pächters Priester übertragen.

Danach würden sie eine weitere halbe Stunde brauchen, um den Anfang der Affäre zu schildern. Wie Pächter Priester schon einmal, erst im Jahr zuvor, unrechtmäßig einen Holländer eingestellt und ihn auf das Einschreiten des bothmerschen Oberinspektors hin wieder entlassen hatte. Wie er auch jetzt mehrfach von Inspektor Rippen aufgefordert worden war, mit seinem neuen Holländer, der Sommer hieß, ebenso zu verfahren. Wie Pächter Priester sich taub stellte und schließlich jener Junimorgen des Aufruhrs folgte. Wie der Gerichts- und Polizeidiener Singelmann, zusammen mit Gendarm Hermann, Gutsjäger Wilhelms und zwei Kossäten, Grüder und Dücker, noch halb zu nachtschlafender Zeit von Bothmer nach Arpshagen, keine zwei Kilometer, gezogen war, um Pächter Priester zu zwingen, sich von seinem eben erst eingestellten Holländer Sommer zu trennen. Wie diese bothmersche Heerschar mit viel drohendem Lärm am Gutshaus von Arpshagen empfangen oder genauer gesagt nicht eingelassen wurde, sich auch nicht einmal gegenüber dem Pächter ausweisen konnte – obgleich sich natürlich alle Beteiligten nur allzu gut kannten und die Sache mit dem

Holländer Gespräch seit Tagen überall im Klützer Winkel gewesen war. Wie also zum allgemeinen Lärmen und Drohen am Zaun des arpshagenschen Gutshauses nun auch noch ein Hohnlachen der Priesterschen kam. Wie die derart gedemütigte bothmersche Truppe sich nach Bothmer zurückzog, um dort im Schloss Kriegsrat zu halten, unter Vorsitz des schwer erzürnten Gutsinspektors Rippen, erzürnt über den Pächter Priester und noch viel mehr über die Trottel aus der eigenen Fraktion.

Wie sich Singelmann und sein Anhang, zu dem nun auch noch der bothmersche Holzvogt Luckmann gestoßen war, abermals in Richtung Arpshagen aufmachten, diesmal mit Schriftstück, Siegel und Unterschrift bewaffnet, während die Sonne schon ziemlich hoch am Himmel stand. Wie die bothmersche Truppe bei ihrem zweiten Versuch gleich zur Meierei gezogen war, nach einigem Hin und Her, Streitworten und Drohungen durch eine Gasse knüttelschwingender Priester-Leuten endlich eingelassen wurde, im Gebäude der Meierei aber nur ein paar verängstigte Mägde vorgefunden hatte.

Eine dritte halbe Stunde würden Steininger und Rosenstein brauchen, um den Höhepunkt der Affäre zu schildern, den Moment, bevor die Bothmerschen von den Arpshagenschen in die Meierei eingelassen wurden. Wie die bothmersche Truppe nämlich dort aufmarschierte und bei den Arpshagenern die Gutsglocke geläutet, Terzerolschüsse abgegeben und Knüttel finster geschwungen wurden. Und wie einer der Schüsse den bothmerschen Holzvogt übel traf, sodass sein Überleben als Wunder gelten musste. Das Geschoss war nur knapp am Herzen vorbeigegangen. Nicht an der Lunge, Förster hatte das noch einmal nachgeschlagen

Nicht ganz eine halbe Stunde schließlich würden Steininger und Rosenstein noch benötigen, um – in der Rechtssprache ausgedrückt – den Fall juristisch zu würdigen. Was sie sagen würden, war Förster auch klar. Die Anklage wog schwer: Aufruhr gegen die Obrigkeit, noch dazu mit Waffengewalt und unter Hinnahme eines blutigen Opfers, was als ein Mordversuch zum Aufruhr noch obendrauf kam.

Förster rechnete also summa summarum mit knapp zwei Stunden, die er innerlich ganz für sich hatte, um in seinen Wachschlaf zu verfallen. Die häusliche Liebesnacht auf der Ottomane hatte Folgen, einerseits Müdigkeit und Mattheit, andererseits die Träumerei, das alles möge sich recht bald wiederholen, auf der Ottomane oder anderswo. So war Richter Förster abwesend, obwohl er doch im Zentrum des Geschehens stand und alle auf ihn sahen. Zur größten Not würde sein Nachbar Bratspieß ihn anstoßen, der folgte einer Verhandlung stets, als sei er auf dem Sprung, wie ein Raubvogel in den Lüften, der sich, hat er sein Opfer gefunden, wie ein Stein vom Himmel fallen lässt und erbarmungslos die Krallen ausfährt. Oder wie ein Wolf auf dem Weg in die Schafherde, was zum bocksbeinigen Gott der Hirten als Vergleich wohl besser passt.

Aber Pan Bratspieß musste nicht in Erscheinung treten. Förster hatte richtig gerechnet. Nach anderthalb Stunden war er wieder wache Aufmerksamkeit, als die Bützower Criminalen eben in die Schlussgerade ihres Vortrags einbogen. Endlich, nach einer Stunde und fünfundfünfzig Minuten, waren sie fertig, Rosenstein hatte den größeren Anteil bestritten, Steininger am Schluss nachdrücklich die schwere Schuld des Inculpanten betont. Förster dankte den beiden Stones, fragte Fräulein Ulrike abermals, ob sie alles notiert habe, und schloss die Sitzung.

»Wir sehen uns morgen früh um acht Uhr.« Förster wandte sich nach rechts. »Dann Herr Kollege …«

»Hecht.«

»… haben Sie Ihren Auftritt. Herr Priester, ich kann es Ihnen nicht ersparen, Sie bleiben in Haft. Sie müssen einsehen, dass eine Flucht eine sehr naheliegende Überlegung für Sie sein dürfte.«

»Mitnichten«, rief Priester, die Milde in des Richters Worten mit Empörung vergeltend. Aber der kleine Hecht boxte seinen cholerischen Riesenmandanten herzhaft in die Seite: Halte lieber den Mund, hier öffne ich meinen für dich, da hast du mehr davon.

Ja, recht so, es gilt bei dem Inculpanten immerhin das Leben, dachte Richter Förster. Keine Kleinigkeit also, eher alles oder nichts. Förster warf Hecht einen seiner aufmunternd-freundlichen Blicke zu und erhob sich, das Zeichen, bei dem sich auch alle anderen im Saal zu erheben hatten. Nur Priester wollte nicht. Aber Hecht zog ihn resolut und ohne ihn überhaupt anzusehen neben sich empor, ein putziges Bild, wie Förster fand, David neben Goliath, David natürlich siegreich.

Das hohe Gericht zog sich in seinen Vorbereitungsraum zurück, der jetzt kurzerhand Garderobe getauft wurde, als seien sie, die beiden Richter, nur Schauspieler in einem Theater. Fräulein Ulrike eilte, Förster aus seiner unbequemen Dienstkleidung zu helfen. Bratspieß mochte auf Hilfe nicht warten, er warf die Robe von sich, so wie man Fesseln abwirft.

»Ein Glück, Fräulein Ulrike, dass Sie uns hier nach erledigtem Auftritt nicht auch noch abschminken müssen«, meinte Förster, zufrieden mit dem Tag und froh, sich in seinen Gasthof zurückziehen zu können.

Bratspieß zischte: »Der Hecht ist nicht ohne. Wetten, dass der uns noch Mühe macht?«

»Dich freut doch so was«, entgegnete Förster.

»Er erinnert an eine Mücke, nervendes Surren, unerwarteter Stich, und man haut zu spät zu.«

Ehe Förster antworten konnte, war Freund Bratspieß auf und davon mit dem Ruf, er wolle sich in das Grevesmühlener Nachtleben stürzen. Förster plauderte noch einen Augenblick lang mit Fräulein Ulrike und ging dann hinüber zum *Hamburger Hof*, der Weg war nicht weit, das Gepäck vorausgebracht. Er wollte Ric noch einen Briefgruß senden. Zu seinem Erstaunen fand er in seinem Zimmer, das ihm die Herrin des Hauses, eine Frau Meininger, präsentierte, einen Schreibsekretär vor.

Förster hätte an diesem Abend beinahe die Ansichtskarte erfunden. Er dachte, wie nett es doch wäre, Ric eine Karte zu senden, wo vorn drauf eine Zeichnung vom Hotel oder dem Amtshaus oder irgendeiner anderen Grevesmühlener Sehenswürdigkeit gedruckt wäre und er auf der Rückseite nicht so viel Platz wie in einem Brief füllen müsste. Aber dann schrieb sich ein längerer Brief an Ric doch fast wie von allein. Die Ansichtskarte war vergessen, schade eigentlich.

Draußen wehte der Wind von der See her, etwas unheimlich, wie Förster seiner Ricarda schrieb. Die Vorhänge am offenen Fenster bauschten sich und schleiften über den Dielen. Es kam schon ziemlich kühl herein. Für den Pessimisten Förster bildete der August schon immer das Vorzimmer in den Herbst hinein.

VIERTES KAPITEL

Pan Bratspieß gesteht eine neue Liebe,
Advokat Hecht hat seinen großen Auftritt vor Gericht,
und der Prozess nimmt eine unerwartete Wendung

»Und? Hast du deine Käthe gefunden?«

»Käthe? Ach ja. Nein. Wer sucht, der findet, aber nicht immer das, was er sucht.«

»Aha. Und was hast du statt Käthe gefunden? Oder besser wohl: Wie heißt sie?«

»Charlotte. Charlotte von Moltke. Ein frisches Wesen trotz altem Adel. Viel Gegenwart trotz jahrhundertealter Familiengeschichte. Nicht so hübsch wie Käthe vielleicht, aber sie hat was.«

»Große Augen.«

»In der Tat, woher weißt du das?«

»Frag nicht so viel, du bist schon wieder reichlich spät dran. Hier, wirf dir endlich die Robe über.«

Pan Bratspieß tat wie ihm geheißen. Friedrich Förster sah belustigt zu, wie sich sein Kollege prompt in dem vielen schwarzen Stoff verhedderte, vertüterte, wie der Mecklenburger sagt. Endlich erbarmte er sich und half Pan in die Dienstkleidung. Nicht einmal zum Kämmen war sein Kollege gekommen, so verwuschelt sah er aus. Vermutlich war er noch nicht einmal richtig wach, von gefrühstückt ganz zu schweigen. Auch das kannte Förster, erst im Gerichtssaal pflegte Bratspieß alle Schläfrigkeit abzulegen, dann aber schlagartig, wie der Wolf, der plötzlich die Schafherde schnuppert.

Fräulein Ulrike steckte ihre leicht gebogene, schmale Nase, den hübschesten Teil ihres blassen Gesichtes, durch die Tür. Eine Mahnung, gesprochen werden musste nichts, man kannte sich lange genug. So machte sie es immer, um auf die Zeit hinzuweisen. Es war schon drei Minuten nach acht Uhr.

So hatte sie es auch schon damals gemacht bei dem Fall Lasen, dem lächerlichsten der großen Verfahren von Förster, bei dem zufällig oder besser laut Dienstplan auch Bratspieß dabei gewesen war. Der Arbeiter Lasen aus Liepen hatte an drei seiner Bekannten, Arbeitsmänner wie er, eine Schrift verschickt, die als Aufforderung zu Aufruhr und Hochverrat galt. »Der deutsche Hunger und die deutschen Fürsten« hieß das Pamphlet. Lasen war ein schlichter Mann, und welch schlichter Arbeiter würde nicht daran denken, den deutschen Fürsten etwas wegzunehmen, um selbst etwas mehr zu haben.

Bratspieß hatte den Inculpanten am Ende herausgehauen, wenn auch auf dessen Kosten, im übertragenen wie im direkten Sinn. Eine Verbreitung hochverräterischer Schriften sei noch lange kein Bekenntnis zu deren Inhalt, hatte der Pan zu bedenken gegeben, zumal Lasen nicht einmal richtig lesen könne. Lasens Leseleistung war freilich zuvor nie geprüft worden, und wäre es geschehen, so schlecht hätte er wohl gar nicht abgeschnitten. Aber als halber Analphabet hingestellt worden zu sein, das hatte ihn vor Hinrichtung oder Gefängnis bewahrt, freilich – und das war der direkte Sinn – bei Beteiligung an den Gerichtskosten, gedacht als erzieherische Maßnahme und nicht preiswert.

Die Großherzogliche Kanzlei in Schwerin hatte das Urteil zu schlucken gehabt und tat es auch, der Fall Lasen aus Liepen war zu geringfügig, um ihn noch mehr aufzubauschen. Es reichte schon, dass sich die Großherzogliche Justizkanzlei damit hatte beschäftigen müssen, also hochmögende Leute wie Förster und Bratspieß. Kanonen auf Spatzen, so sagt man in solchen Fällen.

Da war der Goldberger Fall schon etwas anderes. Dort regnete es eines Tages wie bei Frau Holle im Märchen tatsächlich Gold, lauter Münzen. Nicht gerade aus dem Himmel, aber aus einem Baum. Schiffbauer Petersen hatte seinen Reichtum vor seiner ewig zeternden Ehefrau verstecken wollen. Wo andere den Schatz in der Tiefe vergruben, hob er ihn empor, keine schlechte Idee, nur wäre ein Tresor besser gewesen als ein Karton, den Eichhörnchen wie Elstern zu durchlöchern wussten. Das geldklingende Bäumchen brachte viel Unruhe ins Land. Von fernher reisten die Leute herzu und beteiligten sich daran, die Goldberger Bäume zu schütteln. Dem Schiffbauer war am Ende, so kurios der Fall allen schien, wegen Steuerhinterziehung das Landesgefängnis in Bützow nicht zu ersparen gewesen. Aber Förster hatte es bei einem Aufenthalt von einem halben Jahr belassen.

Ein noch viel größerer Steuerhinterzieher dürfte der Graf Knyphausen gewesen sein, konnte aber nicht mehr belangt werden, denn man fand ihn tot in der Warnow, nahe dem Hafen schwamm seine aufgedunsene Leiche. Womöglich war Graf Knyphausen weder Graf noch ein Knyphausen, vielmehr ein Schwindler, ein Hochstapler, der sich immerhin in die Nähe seiner Durchlaucht im Schweriner Schloss geschwindelt und hochgestapelt hatte, von windigen Geschäften schwärmte und das Münzrecht für sich im mecklenburgischen Land ergattern wollte. Das alles war erst aufgeflogen nach dem grausigen Hafenfund. Der Fall wurde nie ganz aufgeklärt. Aber einen der Mörder fand man schließlich doch, freilich nur durch Verrat. Ein Seinesgleichen von jenem Knyphausen war er, kriminelles Milieu, Schmuggel, Frauenhandel, Geldwäsche, Waffenhandel – das volle Programm. Es musste jedoch noch mehr Komplizen gegeben haben und mindestens einen auch in der unmittelbaren Umgebung von Durchlaucht. Aber der eine Knyphausen-Mörder schwieg eisern und saß nun ebenfalls in Bützow ein, vermutlich frischgehalten von Rachegedanken gegenüber dem Verräter.

Ein vertrackter Fall war das für Förster gewesen, es widersprach seinem Ordnungssinn, nicht alles an der Geschichte und den darin Handelnden ausgeleuchtet zu haben. So blieb das Gefühl, möglicherweise ein falsches Urteil gesprochen, den Fall nicht wirklich zu den Akten gelegt zu haben. Eine kleine Schramme an der Berufsehre. Das Fräulein Ulrike hatte ihn getröstet: »Es gibt keine Vollkommenheit auf Erden, wir sind alle in Gottes Hand.«

»Sie ist Hofdame bei den Bothmers«, bemerkte Bratspieß, als sie die niedrige Tür in den Gerichtssaal hinein öffneten.

»Wer?«, fragte Förster, in Gedanken noch bei seinen alten Fällen.

»Charlotte.«

So begann der zweite Verhandlungstag auf der Richterbank etwas unkonzentriert. Hochkonzentriert hingegen saß Verteidiger Hecht mit durchdringendem Blick aus blassblauen Augen, beide Hände auf die Akten vor sich gelegt, eine links, eine rechts, so wie die Helden im Wilden Westen immer die Hand nahe ihrer Colts haben.

Und dann zog und schoss Hecht mit hoher Schnelligkeit, kaum hatte Förster dem Advokaten aus Klütz das Wort überlassen. Schon die erste Wortsalve traf. Bratspieß sah Förster mit hochgezogener Augenbraue von der Seite an. Was habe ich dir auf der Fahrt hierher gesagt? Dass sich das ganze Verfahren leicht in Frage stellen ließe, weil es gar keinen Kläger gibt, geben kann. Der Graf von Bothmer tot, seine Nachfolge ungeklärt. Eine Frau, die Gräfin Rantzau, eine geborene Bothmer, welche die Geschäfte führt, aber in der Erbfolge nicht vorgesehen ist, es sei denn, sie könnte einen solchen Anspruch vor Gericht noch durchsetzen. Aber dann bestimmt nicht vor der Großherzoglichen Justizkanzlei, die für so etwas nicht zuständig wäre, und es würde noch Jahre dauern. Hecht fügte hinzu: »Die Rechtslage, wie ich sie hier vortrage, ist im Übrigen durch ein Gutachten von Justizrat von Paepke bestätigt worden, vollinhaltlich. Das Gutachten finden Sie, hohes Gericht, in den Akten.«

Förster fragte: »Wer ist dieser Herr von Paepke? Muss ich den kennen?«

»Justizrat auf Lütgenhof bei Dassow, eine Kapazität in solchen Fragen.«

»So, so, wieso gerade Lütgenhof?«

»Der Holländer, um den sich unser Fall hier dreht, der Herr Sommer, Martin Sommer, kommt von dort.«

»Nun, das sieht doch sehr nach Partei aus, oder?«, meinte Förster. »Aber, lieber Herr Hecht, bringen Sie es zu Ende, wenn ich bitten darf. Es war ungehörig von mir, Sie zu unterbrechen.«

»Oh, keineswegs, hohes Gericht«, murmelte Advokat Hecht. Er brauchte dann noch eine knappe halbe Stunde, die Zusammenhänge im Erbrecht aufzudecken, er sprach konzentriert, in kurzen, verständlichen Sätzen, logisch und geradezu geistreich, um endlich zusammenzufassen: »Und so hätte mein Mandant überhaupt niemanden im bothmerschen Haus, an den er sich in der Frage des Holländers hätte wenden können. Also hat er zum Vorteil seines gepachteten Gutes und damit letztlich zum Vorteil auch der bothmerschen Familie eigenständig oder meinetwegen auch eigensinnig gehandelt. Daran ist aber an sich nichts tadelnswertes, was blieb ihm anderes übrig. Sonst wäre, wenn ich das in ein passendes Bild kleiden darf, alle Milch sauer geworden. Ich beantrage, das Verfahren gegen meinen Mandanten als unbegründet einzustellen.«

Raunen im Saal. Förster hob leicht die Hand, um Ruhe bittend. Pan Bratspieß beugte sich zu ihm und grinste: »Ich brauche mal einen starken Kaffee. Ohne Milch.«

Förster hatte Mühe, ernst zu bleiben, denn das Publikum musste meinen, jetzt müsse sich das Gericht über die neue

Lage erst einmal selbst verständigen. Laut sagte er: »Fräulein Ulrike, Sie haben notiert, was uns Doktor Hecht ...«

»Nur Hecht, bitte. Doktor vielleicht später.«

»... mitzuteilen hatte? Danke. Das Gericht zieht sich zur Beratung zurück. Zehn Minuten Pause.«

Als sie wieder in ihrer Garderobe standen, machte sich Fräulein Ulrike sogleich daran, Kaffee aufzubrühen. Förster nahm mit Zucker, Bratspieß schwarz, das wusste Fräulein Ulrike natürlich.

Bratspieß grinste wieder: »Nun, mein Lieber, was habe ich gesagt. Jetzt sitzen wir in der Scheiße.«

Förster sah seinen Freund und Kollegen strafend an: »Deine Ausdrucksweise, Hans-Heinrich, ich darf doch bitten. Wir sitzen überhaupt nicht, wir stehen hier. Da ist auch schon unsere unvergleichliche Ulrike. Wie das duftet. Er hat noch mehr Patronen in der Trommel, der Hecht. Ich fühle es.«

»Wie kommst du ausgerechnet auf Patronen und Trommel?«

»Nur so eine seltsame Gedankenkette. Er weiß genau, dass wir seinen Antrag abweisen, aber er wirkt so quicklebendig, dass ich wette, sein Colt bleibt geladen und eine erste Niederlage hat er schon eingeplant für den zweiten Angriff.«

»Nun«, meinte Bratspieß etwas spitz, »manchmal drückst du dich etwas merkwürdig aus, Colt, Niederlage, Angriff, aber ich kann immerhin folgen.« Er genoss mit geschlossenen Augen den Kaffeeduft, ehe er anerkennend in Richtung Ulrike nickte, um dann, zu Förster gewandt, fortzufahren:

»Da kommt noch mehr, meinst du? Hoffentlich. Und ich sage dir, mein Lieber, ich freue mich drauf. Ich freue mich auf den zweiten, dritten, vierten gehechteten Angriff. Da kommt Leben in die Bude.«

»Aber non sine libationibus«, meine Förster, der viel auf sein Latein hielt. Fräulein Ulrike, bitte schenken Sie uns noch etwas nach. Verbindlichsten Dank.«

Bratspieß raunte, mehr zu sich selbst: »Ich bin gern in Grevesmühlen. Und auch ein Justizrat aus Lütgenhof ist ein Gegner ganz nach meinem Geschmack.«

Worauf Förster nach Konsultation seiner Taschenuhr – auch sie stammte von seinem Vater – sagte: »Wenn das so ist, dann können wir ja zurück an die Front.«

So kehrten sie also in den Saal zurück. Förster, nachdem er durch Hüsteln und Blättern in den Akten die Spannung gesteigert und die Aufmerksamkeit auch des Letzten auf sich gelenkt hatte, sprach: »Der Antrag der Verteidigung wird abgelehnt. Herr Doktor Hecht, …«

»Ohne Doktor bitte, ich sagte es schon.«

»… dass bei Bestellung eines Holländers der Verpächter ein Wort mitzureden hat, gehört als Selbstverständlichkeit in den Pachtvertrag, seit Jahrzehnten wird das so gehandhabt, völlig unabhängig von Pächter und Verpächter. Der gutsherrliche Konsens ist herzustellen. So nennt man das, wie Sie sicher auch wissen. Das gilt, auch wenn es derzeit einen Rechtsstreit darüber geben mag, welche konkrete Person als Verpächter in unserem Fall anzusprechen ist, in jedem Fall ist es aber, allgemein gesagt, die bothmersche Familie. Für unser Verfahren hier können wir das Ergebnis des Rechtsstreits innerhalb der Familie Bothmer nicht abwarten, wir verschöben alles auf Sankt Nimmerlein, und, Herr Hecht, Sie wissen es. Hier gilt es nicht, wenn ich das noch hinzufügen darf, den Pachtvertrag als solchen anzuzweifeln, die Anklage lautet auf Aufruhr, wie Ihnen bekannt ist.«

Förster brachte dann noch die Ironie auf: »Sind Sie dann fertig mit Ihrer Einlassung, Herr Verteidiger?«

Volkwin Hecht war nicht fertig, natürlich nicht. Er schnellte von seinem Platz, schon waren die Colts abermals gezogen und feuerten weiter. Und diesmal brachte es Schütze Hecht fertig, richtig zu treffen, was daran zu erkennen war, dass er vom Richtertisch herunter nicht mehr nur wohlwollend belächelt wurde. Jetzt hörte das hohe Gericht sehr aufmerksam zu. Förster gewahrte zwar, als sein Blick wieder einmal umherschweifte, im Publikum die Hakennase und die beiden schon mehr oder weniger bekannten großen Augen in einem nichtssagenden Gesicht, aber das war wie schon gestern gleich vergessen, denn in der Tat begann Hechts Rede ihn mehr als alles andere in diesem Saal zu interessieren.

»Nun, schon von Aufruhr kann doch überhaupt keine Rede sein«, legte Hecht los. »Hohes Gericht, erlauben Sie einen genauen Blick auf das, was da an jenem Junimorgen in Arpshagen passiert ist.«

»Aber bitte nicht noch einmal den ganzen Fall aufrollen, das haben unsere Bützower, meine ich, schon erledigt, lang und breit«, warf Förster ein.

»Keine Sorge, hohes Gericht. Es geht nur um Details, genauer gesagt um ein Detail, aber ein entscheidendes. Zweimal sind die Bothmerschen vor dem arpshagenschen Pachtgut erschienen mit dem Auftrag, den von meinem Mandanten bestellten Holländer ...«

»Unrechtmäßig bestellten«, schnaufte der dicke Advokat Seeliger von der Gegenseite dazwischen.

»... zu vertreiben. Das erste Mal kamen sie ohne ein entsprechendes Papier, wie Wegelagerer erschienen sie. Entsprechend reagierte mein Mandant. Die Gutsglocke schlug Alarm, die Terzerol wurden zur Warnung in die Luft abgefeuert, die Hunde vorsichtshalber losgemacht. Und das Tor blieb fest verschlossen. Die Bothmerschen rüttelten daran, vergeblich, und eigentlich begingen sie damit schon Hausfriedensbruch.«

Unruhe im Saal, Förster betätigte die vor ihm stehende Gerichtsglocke, das erste Mal. Die gab einen schrillen hohen, unangenehmen Ton von sich, es war ja auch eigentlich eine Amtsglocke und nur ausgeborgt.

»Auf dem Hausfriedensbruch will ich auch gar nicht herumreiten, die Sache ging friedlich aus, bekanntlich. Die Bothmerschen drehten ab, kehrten aber nach ungefähr zwei Stunden zurück. In Arpshagen sahen sie das und warnten sich abermals in bewährter Weise, Glocke, Schüsse, Hunde. So wie man vor Räubern oder vor dem Wolf warnt. Soweit nicht schön, aber auch nicht schlimm. Die neue Szenerie vollzog sich allerdings nicht mehr vor dem Gutshaus selbst, sondern an der Meierei, nur wenige Schritte entfernt. Dann aber fiel ein Schuss, der nicht als Signal der Luft überantwortet wurde, sondern einen aus der bothmerschen Partei traf, und zwar den Holzvogt, den wir hier auch noch als Zeugen hören werden, vielleicht, wenn es sein Gesundheitszustand erlaubt. Zum Glück hören können, wie ich hinzufügen möchte, denn er hat überlebt, die Kugel ging knapp am Herzen vorbei und nahm überhaupt eine beinahe unwahrscheinliche, glückliche Bahn.«

»Bekannt, bekannt«, schnaufte Seeliger. »Zur Sache, zur Sache.«

Hecht blickte den bothmerschen Advokaten fest an: »Die Sache, hochverehrter Herr Seeliger, ist nun die, dass niemand aus der arpshagenschen Partei diesen Schuss abgegeben hat, abgegeben haben kann. Der Holzvogt wurde von einer Flintenkugel getroffen, vermutlich von einer Flintenkugel, jedenfalls ganz bestimmt nicht durch einen Pistolenschuss. Bei den Arpshagenern gab es aber nur Pistolen. Terzerole, wie gestern schon geklärt wurde.«

»Oder es war ein Colt«, murmelte Förster, aber mehr zu sich. Nur Bratspieß bekam es mit und grinste verstohlen.

Seeliger schnaufend: »Waffen wurden gar nicht gefunden beim Inculpanten, weder Pistolen noch Flinten. Das heißt noch lange nicht, dass es sie nicht irgendwo auf dem Gut in Arpshagen gab. Sie wurden versteckt, das liegt doch nahe.«

Hecht ließ sich nicht unterbrechen: »Mein Mandant und weitere Zeugen haben gesehen, wie der zufällig etwas abseitsstehende Holzvogt sich urplötzlich zur Seite drehte, weg von der Truppe sozusagen, als wäre er von der Seite angerufen worden. Und dann fielen Schüsse. Der da geschossen hat, gehörte aller Wahrscheinlichkeit nach nicht zur arpshagenschen Partei meines Mandanten. Und mit an Sicherheit grenzenden Wahrscheinlichkeit können wir sogar sagen – und hier wird es überaus interessant, meine Herren –, dass es auch keiner von den Bothmerschen war, es sei denn, es hätte sich jemand zur Seite verdrückt und von dort den Holzvogt angerufen, damit der sich ihm zuwende, nichtsahnend die Breitseite seiner Brust als Zielscheibe offerierend.« Hecht machte eine Pause wie es im Zirkus einen Trommelwirbel gibt, bevor der Höhepunkt des artistischen Könnens zum Staunen des Publikums präsentiert wird. »Hohes Gericht, mein Mandant hat – ich will es zugeben – den Pachtvertrag in Sachen des Holländers sehr weit ausgelegt, aber er brauchte den Mann dringend, denn von seinem Gutsverpächter wurde er hingehalten. Als er wegen seiner Eigenmächtigkeit, die allein aus Zeitnot geschehen ist und bitte entsprechend bewertet werden sollte, gemahnt wurde, hat er den eben bestallten Holländer auch gleich wieder entlassen. Es war kein Holländer mehr da, als die Bothmerschen die Meierei betraten, wohin sie sich den Zugang keineswegs mit Gewalt verschaffen mussten, er wurde ihnen gewährt. Und sie fanden dort nur ein paar verschreckte Mägde.«

Seeliger schnaufend: »Gewährt! Unter lauten Drohungen und Mistgabelschwingen.«

Mistgabelschwingen! Das Wort gefiel Förster, er schrieb es auf, im Urteil sollte es unbedingt vorkommen.

Hecht unbeirrt: »Es gab keine Übergriffe, das haben wir auch von der Anklage gehört. Drohungen ja, etwas Erregung, aber keine Übergriffe.«

Seeliger noch röter als sonst: »Etwas Erregung!«

Förster griff ein: »Ich bitte doch, Kollege Seeliger.«

Und der freche Bratspieß: »Denken Sie an Ihre Gesundheit.«

Hecht verbeugte sich leicht in Richtung Richterbank und fuhr fort: »Von Aufruhr kann keine Rede sein und schon gar nicht von einem Schusswaffeneinsatz mit einem Schwerverletzen. Mein Mandant ist unschuldig, er muss freigesprochen werden.« Und im Hinsetzen fügte Hecht noch hinzu: »Wir sind in der Ernte, jede Hand auf so einem Gut wird gebraucht. Hohes Gericht, das sollte berücksichtigt werden.«

Unruhe im Saal, es war zu spüren, wie vor allem der Schlusssatz die Gemüter bewegte. Erst die überraschende These von einem Schützen, der weder der einen Partei noch der anderen angehören sollte, weder der bothmerschen noch der arpshagenschen, und dann so ein Schlusssatz, der ganz auf das Praktische zielte und allgemein gefiel, man befand sich schließlich auch in Grevesmühlen auf dem Land, Kleinstadt hin, Kleinstadt her. Förster war beeindruckt und verärgert zugleich, eine bei ihm unheilvolle Mischung. Beeindruckt war er von Hecht, verärgert aber über die eigenen Leute. Verärgert war er, weil von einer dritten Partei, wenn man so sagen darf, nichts in den Akten gestanden hatte.

Also fragte er, in seiner äußeren Erscheinung freilich weiterhin souverän und freundlich: »Meine Herren aus dem schönen Bützow, Herr Steininger, Herr Rosenstein, ich darf Sie hier sogleich ansprechen. Ist das von den Ermittlern bedacht worden, die Schüsse von der Seitenlinie, gleichsam eine Erweiterung des Falls?«

Die Stones nickten synchron. Steininger nahm das Wort: »In der Tat, diesbezüglich wurde ermittelt, wenn auch beiläufig. Das Grundstück, von dem das Aufeinandertreffen der Bothmerschen und der Arpshagenschen hätte beobachtet …«

»… und beschossen …«, ergänzte Rosenstein, nur mit der Unterlippe lächelnd.

»… werden können, gehört einem Mann aus Klütz, einem … Moment, ich muss suchen … ah, hier. Zornow. Einem Gutsch Zornow, merkwürdiger Vorname.«

Rosenstein fuhr fort: »Das Gelände wurde untersucht, ohne jede Auffälligkeit. Dieser Zornow wurde befragt, zum fraglichen Zeitpunkt war er zu Hause beziehungsweise kurz im Schloss, sonst nirgends. Er sagte aus, sein Tag beginne immer etwas später als bei anderen. Vermutlich habe er gerade beim Frühstück gesessen, als es den Aufruhr und den Zwischenfall mit dem Holzvogt gab, er habe erst später etwas davon mitbekommen, als er sein Pferd von der Weide holte. Zornow gab zwar an, den Holländer Sommer zu kennen, wusste jedoch von keinem Streit über dessen Verbleib in Arpshagen. Er hatte mit der Sache rein gar nichts zu tun.«

Bratspieß, jetzt ganz wach, mischte sich ein: »Aber irgendwer sonst hätte da abseits und mit finsteren Absichten stehen können, nehme ich an?«

»Natürlich«, antwortete Steininger. »Sogar gedeckt durch Büsche und Bäume.«

»Selbstverständlich«, sagte Rosenstein. »Aber das hätte jeder sein können, es könnte sich auch schlicht um ein Versehen handeln. Unbekannt zu suchen, das wäre die Nadel im Heuhaufen.«

Und Steininger: »Wir fanden keinerlei Anhaltspunkte, dass da jemand dem Holzvogt auflauern wollte. Es hätte auch niemand weiter wissen können, dass der Holzvogt mit auftauchen würde, zumal er erst beim zweiten Marsch auf Arpshagen dabei war, nicht jedoch beim ersten.«

Und Rosenstein: »Mit Verlaub, wir halten das alles für einen Versuch, vom eigentlichen Gegenstand der Verhandlung abzulenken.«

»Genau, genau«, trompetete Seeliger hochrot dazwischen.

Hecht sprang auf: »Ich muss doch sehr bitten, meine Herren. Das können wir nicht einfach so übergehen, hohes Gericht.«

»Herr Hecht, jetzt ist es auch mal gut«, brummte Seeliger.

»Nein, keineswegs. Hören Sie gut zu, da können Sie noch was lernen. Ich beantrage, Herrn Zornow hier als Zeugen zu hören. Wenn tatsächlich von seinem Grund und Boden aus geschossen wurde, hat er vielleicht nichts damit zu tun, aber es dürfte ihn doch immerhin interessieren.«

Lachen im Saal.

Seeliger, in tiefes Rot getaucht: »Frechheit. Respektlos.«

Förster sagte: »Nun, nun. Das Gericht wird es erwägen. Künftig melden Sie sich aber bitte bei mir zu Wort, Herr Hecht, Ihre Jugend und Pfiffigkeit schützt sie nicht vor Anstand und Respekt gegenüber dem Richtertisch.«

Nach diesem Schelten, freilich in mildem Ton, der Hecht denn auch nicht im mindesten beeindruckte, unterbrach Förster die Verhandlung. Das Gericht müsse sich mit dem ihm bislang unbekannten Sachverhalt auseinandersetzen, die Schüsse oder den Schuss auf den Holzvogt betreffend, sagte er. So ging man etwas vorzeitig in die Mittagspause.

FÜNFTES KAPITEL

Friedrich Förster und Pan Bratspieß speisen zu Mittag und werden dabei von einer jungen Frau gestört, die Merkwürdiges zu erzählen weiß

»Oh, Grützwurst, Tote Oma. Dafür habe ich eine Leidenschaft.« Pan Bratspieß band sich mit dem Schwung der Vorfreude die Serviette um.

Für die beiden Richter hatte Fräulein Ulrike nicht nur die Zimmer im *Hamburger Hof* reserviert, sondern auch einen Mittagstisch mit Frau Meininger, der Wirtin, vereinbart. Kämen sie jeden Tag zum Mittagessen, so hatte Frau Meininger gesagt, würde sie einen günstigeren Preis machen. Nun, die großherzogliche Kasse war traditionell leer. Auf die Höhe der Spesen sei zu achten, waren auch sie bei Gericht angehalten worden.

»Tote Oma?«, fragte Förster, schon mit Essen beschäftigt.

»Ja, so nennt man es hier, keine Ahnung weshalb. Lass uns reinhauen, mein Lieber.«

»Dass ausgerechnet ein Bratspieß etwas mit Grützwurst anfangen kann«, lachte Förster.

»Keine Witze mit Namen, wenn ich bitten darf. Das solltest du eigentlich wissen. Sonst müsste man dich in den Wald jagen, und da würdest du vermutlich jämmerlich zugrunde gehen, und zwar rasch. So ohne Ric. Oder die Köchin hier im Haus.«

»Schon gut. Lass es dir schmecken, ich stehe dem Ganzen übrigens noch etwas reserviert gegenüber, und meine jetzt nicht das Essen. Was sagst du zu dem Schuss von der Seitenlinie? Ich meine, wir sind nicht die Ermittler. Aber wenn da was dran ist …«

»Lass uns erst einmal die Zeugen hören«, erwiderte Bratspieß. »Wie war nochmal der Name der Wirtin hier?«

»Meininger.«

»Ah, danke.« Und laut, indem er seinen Pan-Kopf mit dem Ziegenbärtchen in Richtung Tresen wandte, wo Frau Meininger dienstbeflissen stand: »Köstlich, diese Grütze, und was für schmackhafte Kartoffeln und was für tolles Sauerkraut. Selbstgemacht? Ja, großartig, Frau Meininger.« Und leise wieder zu seinem Kollegen: »Du solltest auch etwas zugänglicher sein, geize nicht mit Lob, auch nicht in aussichtslosen Fällen. Dann wird man uns hier behandeln wie Herzöge, und wir haben es etwas bequemer.« Und nach einem Moment des Zögerns setzte er hinzu: »Dann schaut Frau Meininger vielleicht auch weg, wenn ich Besuch auf dem Zimmer habe. Damenbesuch, versteht sich.«

»Hältst du die Tote Oma für einen aussichtslosen Fall? Da stimme ich dir nicht zu, mir schmeckt es. Und außerdem: Ich weiß wenigstens den Namen der Wirtin, du aber … Falsche Fuffziger nennt man solche Fälle von Verlogenheit, glaube ich.«

Weiter kamen sie nicht mit der Frotzelei. Zuerst trat Frau Meininger mit einem Päckchen an Förster heran: »Soeben für Sie mit der Post gekommen.« Und dann suchten große

69

Augen im Speisesaal umher, entdeckten die beiden Richter, obwohl die sich in eine Nische zurückgezogen hatten, um genau das zu vermeiden, was jetzt passierte: Dass jemand geradewegs auf sie zusteuerte und sie störte.

Und doch, Bratspieß freute sich sichtlich darüber, sprang auf und deutete einen Handkuss an, als die Augen am Tisch standen. »Fräulein von Moltke, darf ich Ihnen meinen hochverehrten Kollegen Richter Förster vorstellen? Friedrich, das ist jene von mir erwähnte Charlotte, Hausdame bei den Bothmers. Du kannst sie auch Hofdame nennen, das freut sie. Nehmen Sie doch Platz, Gnädigste. Was für eine Überraschung. Wollen Sie mit uns speisen?«

Charlotte lachte: »Speisen! Wenn es Tote Oma gibt? Lässt sich Tote Oma speisen?«

»Sie kennt den Namen auch«, freute sich Bratspieß. »Siehst du, Friedrich.«

Charlotte setzte sich tatsächlich, aber nur auf die Stuhlkante wie jemand, der gleich wieder aufspringen will. Sie kam auch augenblicklich zur Sache: »Meine Herren, ich muss leider nach Bothmer, der gräfliche Dienst, da gibt es nichts zu säumen. Ich war heute Vormittag in der Verhandlung, nur so aus Neugier. Und da dort der Name Zornow fiel, wenn auch ganz nebenbei, wollte ich Ihnen rasch noch zurufen: Den kenne ich. Ich war nämlich fast mit ihm verlobt, es liegt freilich ein wenig zurück und ist auch nicht wirklich wichtig. Etwas anderes aber ist vielleicht wichtiger.«

Bratspieß wirkte wie vom Donner gerührt. Er legte Messer und Gabel beiseite, tupfte sich mit der Serviette den Mund ab, um dann zu sagen: »Zornow, wie kann man sich auf einen Mann einlassen, der den Zorn schon im Namen trägt.«

Charlotte von Moltke lächelte ihren neuen Favoriten an und wirkte durch dieses Lächeln auf einmal hübsch. »Die Liebe, die Liebe macht es möglich, Herr Brat.«

»Bratspieß. Ich kann nichts für den Namen.«

Die Moltke kicherte, um dann fortzufahren: »Das Unsinnigste macht sie möglich, die Liebe, und wer nicht liebt, versteht das alles sowieso nicht. Aber abgesehen davon, Zornow zu mögen hat sich dann auch als Fehler erwiesen.«

Förster räusperte sich. »Nun, eine Fast-Verlobung ist immer etwas traurig, nicht wahr? Unvollendetes überhaupt stört das Leben, finde ich. Ordnung muss sein. Aber warum sollten wir das wissen, mit Ihrer Verlobung?«

»Meinen Sie, dass demnächst die Gendarmen an Zornows Tür klopfen?« Charlotte machte sich offenbar nichts daraus, unhöflich eine Frage mit einer Gegenfrage zu beantworten.

»Warum sollten sie?« Bratspieß zuckte mit den Achseln. »Der Name wurde erwähnt, aber nichts liegt gegen den Mann vor. Wir schicken ihm bestimmt keine Gendarmen auf den Hals.«

Die großen Augen verdüsterten sich unzufrieden. Der schmale Mund darunter, belanglos wie das ganze etwas fahle Gesicht, sprach, sehr leise jetzt: »Zornow ist ein unheimlicher Mensch, teuflisch geradezu. Und er ist ein perfekter Schütze. Macht ihn das nicht verdächtig?«

Jetzt kicherte Bratspieß: »Nicht die Bohne. Ich bin auch teuflisch und schieße gut.«

»Nun, ich auch. Aber Sie und ich, wir besitzen keinen Boden, kein Grundstück, das wie eingeklemmt zwischen bothmerschem Besitz liegt. Die Gräfin versucht seit Jahren, den Stachel im Fleisch herauszuziehen, wenn ich es so sagen darf. Aber Zornow lacht, immer etwas mehr, je höher das Angebot der Gräfin ausfällt. Er hat eine eigentümliche Art zu lachen. Es fällt ihm gleichsam aus dem Mundwinkel. Auch wenn er spricht, wirkt das so. Er sitzt da wie ein Fels, sieht auch ähnlich gelblich-grau aus. Niemand kommt so ohne Weiteres an ihm vorbei. Er weiß alles, kann alles, hat alles, obwohl niemand außer ihm selbst weiß, wo er seine Besitztümer, die tatsächlichen und die geistigen, hergenommen hat. Er jagt nicht, gehört auch nicht zur Schützengilde, trifft aber mit der Waffe jedes Ziel. Er gehört nicht zum Hof und taucht dennoch dort auf, wann immer er will, sogar gern gesehen, weil er interessant erzählen kann und sein Cembalospiel meisterhaft ist. Er hat keinen rechten Beruf, wird aber immer gefragt, wenn es um Landwirtschaft oder Forst geht, Verkehrswege oder auch Steuerangelegenheiten, Unterschleife und so etwas. Neuerdings macht er irgendwas mit Zucker, hörte ich.«

»Aber wozu…?«, versuchte Förster den Redefluss der jungen Dame zu stoppen, vergeblich.

»Er ist eigentlich hässlich, klein, untersetzt, des Haupthaares schon ganz verlustig. Und doch kommen auch die Frauen nicht an ihm vorbei. Ich bin selbst so etwas wie sein Opfer, aber ich habe es noch rechtzeitig bemerkt, dass es mir drohte, einem bösen Zauberer zu verfallen, einem rechten

Klingsor, der die Mädchen zu Blumen in seinem Garten verzaubert, freilich duftlos und bald welk.«

»Aber wozu um alles in der Welt…?« Förster fragte noch einmal.

»Er sucht immer den Streit, und er will immer gewinnen, und er schafft es auch. Warum wagt es niemand, ihn vom Hof zu jagen, wo er doch mit den Bothmers, namentlich der Gräfin, dauernd über Kreuz liegt wegen des Handtuches. Ich meine seinen Besitz zwischen den bothmerschen Besitzungen. Seltsam, nicht wahr?«

Bratspieß hakte ein: »Natürlich liegt er auch mit dem Holzvogt über Kreuz?«

Das Hoffräulein antwortete: »Und wie!«

»Warum?«, fragte Förster.

»Ich weiß es nicht, ich weiß nur, dass die beiden sich hassen, und das weiß auch ganz Klütz.«

»Sie sollten das den Gendarmen sagen«, meinte Förster.

»Nein, hier ist es besser aufgehoben. Ich habe Vertrauen in Sie, Herr Bratspieß, und Sie, Herr …«

Förster verbeugte sich leicht: »Förster.«

»… Förster. Und weil ich schon gestern Abend mit Vergnügen die Bekanntschaft mit Ihnen, Herr Bratspieß, hatte und Sie mit so viel Wohlwollen von nichts anderem sprach als Ihnen …« – sie sah Förster an – »… da dachte ich mir, ich suche eine unverfängliche Gelegenheit, Ihnen beiden das zu erzählen.«

Förster fragte: »Haben wir Sie schon auf der langen Liste der Zeugen?«

Charlotte schüttelte den Kopf. »Und das werde ich auch zu verhindern wissen. Ich habe mit alledem nichts zu tun. Schauen Sie lieber, ob Sie Zornow auf Ihre Liste kriegen, der hat bestimmt einiges zu erzählen. Und jetzt muss ich wirklich los.« Damit sprang sie auf, entschwand in Eile und lachte dabei etwas affektiert. Als würde eine Fee nach dunkler Wahrsagung zufrieden entschwinden.

»Der Dienst bei den Bothmers ruft«, sagte Pan, nur um etwas zu sagen, während er mit verliebtem Blick ihr hinterdrein sah.

»Ihre Augen – sind die blassgrün oder blassblau?«

»Blaugrün, aber ich sage dir, sie können sehr wohl ziemlich blau leuchten, ich habe es erlebt.«

»Habt Ihr euch nochmal verabredet?«

»Klar. Ich ahnte aber nicht, dass sie hier auftauchen würde.«

»Was findest du an ihr?«

»Sie hat was.«

»Das sagtest du schon mal.« Förster lächelte fein und setzte nach kurzem nachdenklichem Zögern, bestimmt gegen die Erwartung seines Kollegen, hinzu: »Ja, sie hat was. Aber wir müssen uns auch fragen, was sie uns eben erzählt hat, und noch viel mehr: was nicht.«

Bratspieß wirkte erstaunt: »Du meinst, sie verschweigt etwas?«

»Man merkt die Absicht, und man ist verstimmt. Ich schaffe meine Portion gar nicht. Den Rest bekommt bestimmt der fette Edgar.« Bratspieß hobt verständnislos die Brauen. »Der

Kater, der um die Küche herumschleicht wie die Katze um den heißen Brei. Ich glaube, wir müssen wieder hinüber ins Amt. Wenn wir Zeit und Muße zwischendurch haben, machen wir uns einen Reim auf Fräulein von Moltke, einverstanden?«

Bratspieß war es. Sie machten sich auf den kurzen Weg zurück zum Amtsgebäude, wo in die fliegenumsummte Nachmittagsmüdigkeit nach gutem Essen hinein der erste Zeuge auftrat: Norbert Singelmann.

Alles an dem Mann zeigte Autorität. Seine muskelbepackte Körperfülle, sein unbewegter Gesichtsausdruck, ein Dante-Kinn, zwei eindrucksvolle Falten auf der Stirn. »Singelmann ist mein Name. Norbert. Seit zwei Jahren Gerichts- und Polizeidiener in Klütz.« Förster erwischte sich bei dem Gedanken, wenn überall solche Leute wie Singelmann Recht und Gesetz durchsetzten, käme das Recht auch überall zu seinem Recht. Förster gefiel auch, wie Singelmann kurz und knapp vom Morgen des Aufruhrs berichtete und sein Kinn nach jedem seiner kurzen Sätze auf der Brust ruhen ließ. Auch vom Abend davor berichtete er. Solche Zeugen brauchte das Gericht.

»Oberinspektor Rippen hatte uns zusammengeholt in seinem Geschäftszimmer, Gendarm Hermann, Gutsjäger Wilhelms und mich. Genau. Er befahl, bei Sonnenaufgang nach Arpshagen zu ziehen und den Pächter Priester zu veranlassen, seinen Holländer zu entlassen. Weil dessen Bestellung gegen den Pachtvertrag geschehen war.«

»Veranlassen«, schnaubte Priester von der Anklagebank her. Sein Anwalt gebot ihm zu schweigen.

»Wir haben noch zwei Kossäten mitgenommen, Grüder und Dücker. Die beiden waren es gewesen, die Oberinspektor Rippen darauf aufmerksam gemacht hatten, dass Pächter Priester den neuen Holländer geholt hatte, ohne bei den Bothmers deswegen nachzufragen. Genau.«

Bratspieß warf ein: »Und der Holzvogt war dabei?«

»Ja, der Herr Luckmann. Wie er dazu kam, ist mir unbekannt. Ich war überrascht, ihn zu so früher Stunde im Schloss zu finden, noch dazu im Trakt der Herrschaft. Er schloss sich uns dann ungefragt an, vielleicht hatte ihn auch Hermann gebeten. Das weiß ich nicht. Wir waren jedenfalls sechs. Als wir ankamen, war das Tor bei Priester verschlossen. Wir klopften, worauf sich auf dem Hof großer Lärm erhob. Die Gutsglocke wurde geläutet, Hunde bellten, Schüsse fielen. Genau. Wir sahen durch den Zaun hindurch. Da stand Priester mit mehr als sechs Leuten, sie waren alle mit Knütteln bewaffnet, und sie mussten auf uns schon gewartet haben.«

Bratspieß meldete sich abermals: »Und Luckmann war dabei?«

Singelmann stutzte, dachte kurz nach und sagte dann: »Ich muss mich korrigieren, hohes Gericht. Wir waren ja zweimal in Arpshagen, Luckmann gehörte nur beim zweiten Mal zu unserem Trupp. Als er angeschossen wurde. Genau. Pardon, genau.«

»Ihr hattet doch auch Knüttel dabei«, mischte sich Priester ein, abermals von Advokat Hecht zurückgehalten.

Förster fragte: »Sie hatten nicht mal ein Schreiben vom Oberinspektor dabei, dass Sie ausgewiesen haben würde?«

Jetzt wurde Singelmanns Blick etwas zornig. »Ja, das war eigentlich Hermanns Sache, Oberinspektor Rippen wollte ein entsprechendes Schreiben aufgesetzt haben, nur – der Gendarm hat die Sache vergessen. Genau. Mir war klar, dass wir ohne Schreiben nichts ausrichten konnten. Es gab nur böse Worte und Lärm. Also sind wir zurück, der Oberinspektor empfing uns ungehalten. Er wollte dann noch, dass Hermann Verstärkung besorge. Aber wo sollte er an diesem Morgen andere Gendarmen bei uns im Winkel auftreiben?«

»Dann sind Sie noch einmal losmarschiert, diesmal mit Papier?«, fragte Bratspieß.

»So war es, hohes Gericht. Genau. Diesmal sind wir gleich zur Meierei, aber auch Priester und seine Leute waren inzwischen dorthin gezogen, sind ja nur ein paar Schritte, praktisch derselbe Hof. Wieder ging der Lärm los, Glocke, Hundegebell, Schüsse. Genau. Aber diesmal ließen sie uns nach einigem Hin und Her ein, standen links und rechts, ihre Knüttel schwingend. Dabei war der Holländer weg, genau, nur ein paar Mägde saßen da noch, ganz verängstigt.«

Bratspieß: »Und was war mit Holzvogt Luckmann?«

»Tja, der war dann zusammengebrochen. Genau. Ich stand ja vorn, er bildeten sozusagen das Schlusslicht in unserem Zug. Einer von den Arpshagenschen rief, als wir schon in der Meierei waren, da sei irgendetwas mit dem Luckmann passiert. Man kennt sich ja, jeder kennt jeden, und alle wussten, dass man sich dieses Kinderspiel eigentlich hätte auch ersparen können. Aber den Arpshagenschen gefällt es nicht, wenn die Bothmerschen auf den Pachtvertrag pochen oder ihnen irgendetwas vorschreiben, egal ob es um einen Holländer oder etwas anders handelt.«

Förster hakte ein: »Und Luckmann?«

»Wir standen dann alle um ihn herum, Priester und seine Leute, wir. Und die Mägde kamen herausgelaufen, sie schrien furchtbar. Genau. Aber eine fasste sich, bekam von irgendwoher Verbandszeug her und war so kaltblütig, Luckmann damit wenigstens notdürftig zu verbinden, damit der Blutstrom gestillt wurde. Und einer von Priesters Leuten war dann so geistesgegenwärtig, eine Schubkarre herbeizuholen, die zufällig an der Meierei stand. Genau. Und darauf haben wir Luckmann zurück zum Schloss gefahren.«

»Und Sie haben nicht gesehen, was mit dem Holzvogt passiert war?«, fragte Förster.

»Nein, wie gesagt, ich war die Tete, Luckmann hinten. Die Schüsse von Priesters Leuten gingen in die Luft, sie wollten nur drohen, das sah ich, genau, die haben nicht gezielt. Wozu auch? Der Holländer war weg, und Mörder wollten sie bestimmt nicht sein. Da wäre der Preis für die ganze Geschichte doch etwas hoch gewesen, oder? Aber vielleicht war es ein Querschläger, der Luckmann traf.«

Förster sagte: »Das ist ziemlich unwahrscheinlich, ein Querschläger trifft unmöglich so genau. Hat vielleicht noch jemand geschossen, der nicht zu unserem Beschuldigten und seinen Leuten gehörte?« Und Bratspieß gleich hinterdrein: »Und zwar von rechts geschossen, wenn man mit Blick auf die Meierei steht?«

Es wurde so still im Saal, dass diesmal sogar das Fliegengebrumm am Fenster aufhörte.

Die Autorität Singelmann im Zeugenstand hatte soeben eine Neuigkeit gehört, das war ihm anzusehen. Und zu hören. Er stotterte. »Ja, also … Nein, also …« Dann etwas gefasster: »Dort rechts hat der Zornow noch ein Stück Land. Genau. Da stehen seine Pferde.«

»Und war dieser Zornow bei den Pferden, als Sie in Arpshagen aufmarschierten?«, fragte Bratspieß. »Hat er den ganzen Spaß mitangesehen?«

Die Antwort kam von Priester: »Er war bestimmt da, es war so gegen acht. Da kommt er immer und holt sich sein Reitpferd. Er ist viel unterwegs, glaube ich.«

Singelmann wandte sich in einer sehr langsamen, nachdenklichen Bewegung zu Priester. »Doch«, sagte er, »stimmt, genau, da war ein Reiter, das könnte er gewesen sein. Aber ich würde mich nicht dafür verbürgen. Alles blieb doch eine Sache von Sekunden, hohes Gericht, ich bitte da um Verständnis. Wir haben uns um Luckmann gekümmert, den Reiter sah ich aus den Augenwinkeln, und es fällt mir auch jetzt erst wieder ein. Genau. Außerdem war er ein paar hundert Meter entfernt. Er wird auch gar nicht mitbekommen haben, was da bei uns passiert war.«

»Oder es angerichtet haben«, warf jetzt einer der Stones ein. War es Steininger, war es Rosenstein gewesen?

Förster entgegnete kühl in Richtung der Bützower: »Also, wenn Sie es nicht wissen, hochverehrte Kollegen. Wer soll es sonst wissen, von den Beteiligten oder dem Beteiligten einmal abgesehen.« Und in den Saal hinein brummte er: »Ich denke, dieser Herr Zornow wird hier als Zeuge erscheinen müssen, wir klären das. Gibt es vorläufig noch Fragen an den Zeugen Singelmann?«

Es gab keine. Singelmann hatte nur bestätigt, was ohnehin schon von den Criminal-Richtern vorgetragen worden war. Und zum Schicksal des Holzvogtes Luckmann konnte er nichts beitragen, er hatte die Tete, um seinen Ausdruck zu benutzen, und Luckmann war das Schlusslicht gewesen. Und Singelmann, bei allen Verdiensten, hat so wenig wie alle anderen hinten Augen.

Förster rief an diesem Tag noch Gendarm Hermann in den Zeugenstand, der die Szenen erst beim Hof des Pächters, dann in der Meierei ausmalte, als hätten die Arpshagenschen nur auf die Bothmerschen gewartet, um ihnen eine Tracht Prügel zu verabreichen. So drohend jedenfalls hätten sie ihre Knüttel geschwungen, vor ihnen, den Bothmerschen, ausgespuckt und finster dreingeschaut.

Hermanns Auftritt war für das Gericht und überhaupt alle im Saal anstrengend. Denn er übertrieb offenkundig – »Wir mussten der Übermacht weichen« –, verlor dauernd den Faden – »Was wollte ich gerade sagen« – und konnte zur Aufklärung rein gar nichts beitragen – »Ich habe auf das Ganze einen Blick gehabt, nicht auf jede Einzelheit«. Für ihn war auch klar, dass der Holzvogt von einem Schuss aus der Meierei getroffen wurde: »Priester hatte sie alle mit Pistolen und Gewehren ausgerüstet, uns flogen die Kugeln nur so um die Ohren, wie im Krieg.«

Wer Gendarm Hermann schon vorher gekannt hatte, musste allerdings genau solchen Auftritt befürchtet haben. Bei Hermann bildeten Körperlänge und Körperbreite ein Quadrat, eine kleine Kugel saß darauf als Kopf, ganz ohne Hals, aber mit einer gewaltig breiten Nase und ebenso gewaltigen Nüstern. Hermann versah seit vielen Jahren seinen Klützer Dienst, war für die Klützer aber eine Plage, weil er zwar überall mit gewichtigem, oft drohendem Blick auftauchte, jedoch nicht einmal richtig schreiben konnte und Recht und Ordnung eher durcheinanderbrachte als sie zu schützen. Würde es eines Beweises bedurft haben, dass die spärliche Einrichtung eines Oberstübchens und Begriffsstutzigkeit einhergehen können mit Treue und Fleiß, Hermann hätte ihn erbracht. Aber gut, so etwas kommt häufiger vor als man meint, es bedarf keines Beweises. Nicht einmal dazu also taugte Gendarm Hermann.

Im Saal war die Erleichterung hörbar, als es keine weiteren Fragen an den Gendarmen gab und er abtreten durfte. Er tat es mit einem triumphierenden Blick, als wäre alle Schuld Priesters nun bewiesen und dessen Hinrichtung so gut wie beschlossen.

»Was für ein Trottel«, erlaubte sich Pan Bratspieß durch die Zähne zu zischen.

Förster entgegnete: »Oh, es kann noch schlimmer kommen, bei diesem Menschenschlag.«

Sie hatten Mühe, sich des Grinsens zu erwehren. Dann betraten noch zwei der Landarbeiter den Zeugenstand, die auf der arpshagenschen Seite zu Priesters Streitmacht gehört hatten und es wortkarg weit von sich wiesen, an so etwas wie einem Aufruhr beteiligt gewesen zu sein. Zuerst erschien Ols Raben im Zeugenstand, ausgedörrt von schwerer Arbeit bis hinein in das spärliche blonde Haar und das schmale, müde Gesicht, dabei selbstbewusst bis zur Frechheit. Dann kam Hans Kümmerlich, im Gegensatz zu seinem Namen ein Riese mit gutmütigem Gesicht, eine rote Nase darin und lustig blinkenden Augen, die immerzu ihre Farbe zu wechseln schienen.

»War doch ein großer Spaß, wie wir die Bothmerschen an der Nase rumgeführt haben«, sagte Landarbeiter Raben mit entwaffnender Offenheit. »Aber als wir dann den Holzvogt in seinem Blut sahen, ich kann doch kein Blut sehen, selbst beim Schlachten ist mir das immer ganz unheimlich, da war es kein Spaß mehr, glauben Sie mir, hohes Gericht. Aber wir waren es nicht. Warum sollte einer von uns ausgerechnet den Holzvogt erschießen wollen?«

»Dass die bothmerschen Gewalt anwenden wollten, hat uns geärgert«, meinte Landarbeiter Kümmerlich. »Wir wollten uns wehren, wenn sie angreifen würden, nichts weiter. Als das mit Luckmann dann passierte, war klar, dass wir uns alle um den armen Kerl kümmern müssen, die Bothmerschen genau wie wir. Auch wenn ihn eigentlich niemand leiden kann.«

Nein, weder Raben noch Kümmerlich hatten gesehen, was genau mit dem Holzvogt passierte war: »Wir standen da noch verschanzt hinter der Hofmauer, direkt an der Meierei. Erst das Geschrei hat uns hervorgelockt, aber da war ja schon alles passiert.«

Das hohe Gericht glaubte den beiden und schloss die Sitzung.

Kaum waren die Richter in ihrer Garderobe, wo Fräulein Ulrike ihnen wie gewohnt die Roben und Barette abnahm, sagte Pan Bratspieß: »Mein Lieber, ist es dir aufgefallen?«

»Bitte, was?«

»Die Sache mit dem Luckmann. Der sollte gar nicht dabei sein im bothmerschen Exekutionszug. Er kam dazu, weil er gerade da war. Reiner Zufall. Aber was macht er in aller Frühe im Schloss? Und dann noch im Herrschaftsflügel? Und wenn er so zufällig dabei war, woher wusste derjenige, der auf ihn geschossen hat, dass er auf ihn würde schießen können, an diesem Morgen, vor der arpshagenschen Meierei, von der Seite, auf dem Grund und Boden von Zornow stehend?«

»Du glaubst doch nicht im Ernst, dass ich dir darauf antworten könnte. Woher soll ich das wissen?«

»Ich sag es nur so, mein Lieber. Rhetorische Frage. Tja. Das alles gefällt mir, lauter Nüsse, die geknackt werden wollen.«

Förster erwiderte: »Hohle Nüsse für hohle Zähne, wie Jean Paul sagt.«

»Hilfe, du mit deinem Bücherfimmel. Jean Paul!«

»Ich mag Nüsse nur zu Weihnachten, übrigens.« Und Förster setzte noch hinzu: »Aber im Ernst, mich ärgert, wie schlampig hier ermittelt wurde. Jetzt sitzen wir damit an, und am Ende platzt noch der ganze Prozess. Was würde Durchlaucht dazu sagen?«

Bratspieß boxte seinem Freund Förster in die Seite: »Lass mich nur machen, Durchlaucht soll nicht enttäuscht werden, das verspreche ich, dir und ihm.« Damit verabschiedete er sich. Er würde im *Hamburger Hof* nicht zu Abend essen, sagte er noch, und wohl auch erst sehr spät zurückkommen, er habe noch etwas Tolles vor. Schon war er weg.

Fräulein Ulrike wagte zu sagen: »Große Augen.«

Förster musste schallend lachen, mehr über das betretene Gesicht des Fräuleins als die Bemerkung selbst. »Sie sind und bleiben ein Schatz, Fräulein Ulrike. Noch eine Bitte. Schreiben Sie auf, dass wir morgen klären, ob wir diesen Zornow als Zeugen bitten sollten, Gutsch Zornow heißt unser Mann. Seltsamer Vorname, wie die Herren Stones zu Recht schon anmerkten.«

SECHSTES KAPITEL

*Zwei Kossäten erscheinen vor Gericht,
Pan Bratspieß fällt gleich in zwei Teiche, und Fräulein
Ulrike muss Richter Förster etwas gestehen*

»Guten Morgen, ich eröffne die Sitzung.«

Friedrich Förster nahm das Barett ab und setzte sich, der Saal folgte. Zu seiner Überraschung fühlte sich der Richter an diesem Morgen ausgeschlafen und in beinahe fröhlicher Stimmung. Wo er in Gasthäusern normalerweise schlecht zu ruhen pflegte. Sollte man den *Hamburger Hof* in Grevesmühlen empfehlen dürfen?

Förster raschelte mit seinen Papieren. Das Rascheln half ihm, sich zu konzentrieren. Dann sagte er: »Gibt es Einwände gegen das, was wir heute hier vorhaben? Auf der linken Seite? Nein. Bei Ihnen, Herr Hecht? Auch nicht. Dann geht es weiter mit den Zeugen. Ich rufe die Herren Grüder und Dücker auf. Ah, da sind sie schon. Bitte nehmen Sie hier vorn Platz.«

Grüder und Dücker wurden vereidigt, die Wahrheit und nichts als die Wahrheit zu sagen. Sie nannten ihre Namen, und als Förster sie nach ihrer Tätigkeit fragte, sagten sie, sie seien Kossäten.

Kossäten, auch Kötter genannt, Köthner, Kätner oder Kotsassen besaßen einen Kotten, einen Katen, daher der Name. Sie betrieben eine kleine Landwirtschaft oder ein Gewerbe, hatten aber auch ihrem Grundherrn zu dienen, vor allem in der Ernte, aber, wie wir sehen, eben auch, wenn es galt, einem Pächter drohend zu erscheinen. Kossät zu sein war eine soziale Stellung, gesellschaftliche Mitte, nicht arm, aber ganz bestimmt auch nicht reich.

Solche Kossäten also waren Grüder und Dücker, deren Namen wegen des Üs ähnlich klangen und die beide auch noch auf den Vornamen Horst hörten. Grüder hatte einen Ruf als Segelmacher, der schon bis nach Lübeck gedrungen war, Dücker besaß nur einen winzigen Hof, dafür eine große Familie. Sie waren dennoch befreundet, seit Kindertagen. Ihr Grundherr waren die Bothmers, wer auch sonst, im Speckwinkel gehörte so ziemlich alles den Bothmers.

Grüder und Dücker sahen sich auch noch ähnlich, man hätte sie für Zwillinge halten können. Vielleicht lag darin der Grund, dass sie vor Gericht gemeinsam auftreten durften, was anderen Zeugen nicht erlaubt worden wäre. Mag aber auch sein, das ging auf ein Versehen im Justizwesen zurück. Im Gerichtssaal störte das Doppel jedenfalls niemanden, sodass weder Anklage noch Verteidigung auf die Idee kamen, eine Unterbrechung der Sitzung zu verlangen oder mit Anträgen zum Verfahren den Gang der Dinge aufzuhalten.

Bei genauem Hinsehen wurde das mit der Ähnlichkeit dann auch wieder fragwürdig. Wie so oft, wie ja auch bei den Stones. Die Ähnlichkeit lag darin, dass beide klein und schmal waren, dabei durchaus kräftig, faltige Gesichter hatten, in denen ein Lächeln oder Lachen kaum vorstellbar schien. Zwei Allerweltsphysiognomien, flüchtig geschaut, schon vergessen und in der Flüchtigkeit irgendwie als ähnlich empfunden. Indes waren die Unterschiede doch nicht zu übersehen. Grüders Kopfhaut leuchtete, weil sie schon fast kahl war. Dücker hingegen besaß noch das volle, wenngleich ergraute Haupthaar, er trug es lang, beinahe bis auf die Schultern.

Und ähnlich wie bei Zwillingen, die zwar mehr oder weniger gleich aussehen, im Wesen jedoch verschieden sind, traten auch die beiden Kossäten unterschiedlich vor Gericht auf. Grüder genoss es, im Mittelpunkt zu stehen. Er baute sich im Zeugenstand auf wie ein Schauspieler, der auf der Bühne den strahlenden Helden gibt, eines ihm wohlgesonnenen Publikums gewiss. Es war sein Auftritt, er hatte sich darauf gefreut, er beherrschte so etwas. Zu danken hatte er diese Leidenschaft seinen Lübecker Beziehungen, denn gegen die Pfeffersäcke in ihren ehrwürdigen Backsteingiebelhäusern mit Blick auf den Quell ihres Reichtums, Schiffe und Hafen, ließ sich mit Bescheidenheit und Zurückhaltung kein Geschäft machen. Da brauchte es den großen Auftritt, bis hin zur Respektlosigkeit, seit jeher.

Ganz anders Dücker. Er litt wie ein Hund, jeder im Saal sah es. Er brachte kaum ein Wort heraus und schwitzte. Eine Frage an ihn – und sei es nur die nach seinem Namen – brachte ihn aus der Fassung, als handele es sich um seine Hinrichtung. Seine Tugendhaftigkeit, die ihn im Leben freilich immer schon behindert hatte, sah in allem, was mit einem Gericht zu tun hatte, Schuld und Strafe. Mit so etwas hatte man nichts zu tun, aus Prinzip, das stand auf Dückers innerer Gesetzestafel. Es marterte ihn, nun selbst vor Gericht erscheinen zu müssen, auch wenn er als Zeuge geladen war und sich nichts hatte zuschulden kommen lassen. Aber er fühlte sich hineingezogen in etwas Unangenehmes, Aufruhr gar, obwohl er doch in seinem Leben nichts weiter tun wollte, als ein frommer und gesetzestreuer Zeitgenosse zu sein.

In seiner Not klammerte sich Dücker an seinen großspurigen Freund Grüder und überließ ihm allzu gern die Bühne. Aber wie es kommen musste, am Ende interessierten seine Schilderung jenes Aufruhr-Morgens im Juni das Gericht viel mehr als Grüders gleichsam daherstolzierende Redereien.

Grüder klang so: »Wir wussten doch alle, dass es zwischen Herrn Priester und der Gräfin Rantzau schon im Vorjahr – es lag noch Schnee, erinnere ich mich – Streit gegeben hatte wegen des von Herrn Priester eingesetzten Holländers. Der Holländer damals hieß Hellmann, er kam vom Fischland, glaube ich. War nur ein paar Tage da, dann musste Herr Priester ihn wieder ziehen lassen. Der ganze Winkel sprach von dem Streit zwischen Pächter und Eigentümer. Und dann kommt eines Tages der neue, Martin Sommer, von Lütgenhof, wie es hieß. Das bekam ich bald mit und erzählte es ahnungslos der Gräfin, hatte ich doch gedacht, diesmal habe Herr Priester bestimmt nicht wieder eigenmächtig gehandelt. Indes, er hatte. Die Gräfin geriet gleich in große Aufregung, weil ich ihr da ungewollt eine Neuigkeit hinterbracht hatte.«

»Eigenmächtig«, stöhnte es von der Türseite. »Wer hätte sich denn sonst um die ganze Milch …« Sofort schritt Advokat Hecht ein, es hätte nicht viel gefehlt und er hätte Priester den Mund zugehalten. Lieber sprach er selbst: »Hohes Gericht, der Zeuge hat kein Recht, hier juristische Wertungen vorzunehmen. Was weiß er von Eigenmächtigkeit in dem hier zur Rede stehenden Vertragsverhältnis.«

»Nun, nun«, sagte Förster beschwichtigend. »Unser Zeuge ist kein Rechtsgelehrter. Lassen wir ihn doch erst einmal ausreden, bitte, Herr Grüder, fahren Sie fort.«

Grüder stutzte: »Wieso fortfahren? Wohin? Ach so, ja, also. Ich wusste nicht, dass die Gräfin nichts wusste. Und auch Herr Oberinspektor Rippen nicht, wie sich dann herausstellte. An den hatte sich nämlich fast zur selben Zeit Horsti, also hier der Herr Dücker, gewandt. War doch so, Horsti?«

»Ja«, zitterte Dücker. »Ich habe mich genau wie Herr Grüder gewundert, wieso auf einmal auf Arpshagen wieder ein Holländer saß, wo es doch mit dem ersten schon so viel Ärger gegeben hatte. Als der Oberinspektor mit mir wegen einer anderen Sache sprach, fragte ich ihn – und er fiel aus allen Wolken.«

Was für eine lange Rede, aber sie reichte noch nicht einmal aus. Denn Bratspieß fragte: »Und Holländer zwei kam aus Lütgendorf?«

Dücker antwortete: »Lütgenhof. Von den Lütgenhof-Gütern, sehr wohl.«

»Richtig, wo der berühmte Justizrat von Paepke das Sagen hat, von dem Sie, Herr Hecht, schon so schwärmten. Na, das passt zusammen. Erst den Holländer vermitteln, und wenn es Ärger deswegen gibt, gleich die Rechtsgutachten gegen den Verpächter mitliefern, dass alles rechtens sei.«

»Ich protestiere«, rief Hecht. »Das ist eine Unterstellung.«

»Nun, nun«, brummte Förster abermals. »Den Streit über die Befugnisse der Gräfin führen wir hier nicht, das haben wir gestern schon entschieden. Fahren Sie fort, Herr Dücker.«

Aber Herr Dücker, durch Hechts Protest endgültig eingeschüchtert, sagte nichts mehr. In seine Wortlosigkeit platzte Grüder, um ungefragt zu erzählen, wie sie sich an jenem Junimorgen – »die Lerchen jubelten« – aufgemacht hätten, Priester dazu zu bringen, auch den neuen Holländer wieder fortzuschicken. Wie sie, als sie in Arpshagen ankamen, zuerst glaubten, bei Priester schliefe noch alles. Wie plötzlich der Lärm losbrach, als sie an das Tor gepocht und es zu öffnen versucht hatten. Die Glocke, die Schüsse, die Hunde, das Geschrei und Knüttelschwingen. Wie Priester durch den Zaun hindurch das Papier hatte sehen wollen, das die bothmersche Truppe berechtige, ihm beinahe noch in der Nacht einen Besuch aufzunötigen. Wie sie kein Papier dabeigehabt hätten, deswegen zurück zum Schloss gemusst und sich dort noch einmal mit dem Oberinspektor beraten hätten.

»Dann mit Papier zurück zum Pachthof, erst zum Haus Priesters, wo niemand mehr war, dann die paar Schritte hinüber zur Meierei, von wo schon Lärm zu hören war. Und richtig, da war auch Herr Priester mit seinem Gefolge.«

»Gefolge«, lachte Priester auf.

»Dann abermals das Lärmen, Glocke, Schüsse, Gebell, Geschrei. Wenigstens kein Knüttelschwingen mehr. Endlich gaben Priesters Leute den Weg in die Meierei frei. Aber wie. Es war für uns wie ein Spießrutenlauf zur Zeit des Soldatenkönigs.«

»Spießrutenlauf«, höhnte der Angeklagte, von Hecht gleich wieder in zischendem Ton zurechtgewiesen.

»Die haben aber die Tür nur freigegeben, weil der Holländer Sommer längst über alle Berge war. Wir trafen auf ein leeres Nest. Die wollten uns demütigen.«

»Schon wieder so eine Unterstellung«, kam es von der Bank des Inculpanten, diesmal hatte allerdings Advokat Hecht geknurrt, nicht sein Mandant.

»Nun ja«, schritt Förster ein. »Lieber Herr Kollege Hecht, all diese Vorgänge sind jetzt hier schon derart oft und fast übereinstimmende berichtet worden, dass wir annehmen können: So ist es gewesen. Auch die Aktenlage sagt genau das. Versuchen Sie bitte nicht, Zeugen einzuschüchtern. Die haben es hier schon schwer genug vor Gericht, ich bitte, das stets im Hinterkopf zu behalten.«

»Jetzt könnte ich sagen: Noch eine Unterstellung, aber ich lasse es.« Hecht hatte das freundlich gesprochen. Man lachte im Saal, vereinzelt und verhalten zwar, aber immerhin. Auch auf der Richterbank wurde geschmunzelt.

»Humor hat er ja, unser Hecht«, flüsterte Pan Bratspieß seinem Freund Förster ins Ohr.

Ehe Grüder nun aber weitersprechen konnte, hob Förster abwehrend die Hand: »Danke, Zeuge Grüder. Sie bestätigen, was wir ohnehin schon wissen. Mich interessiert noch ein Punkt. Ihnen ist bekannt, dass der Holzvogt, ein Herr Luckmann, bei der Streiterei von einer Kugel getroffen wurde. Haben Sie beobachtet, wie das geschah? Wer hat auf Luckmann geschossen? Oder wurde er nur zufällig getroffen?«

Grüder konnte. Etwas sagen jedenfalls. Gesehen hatte er zwar nichts, denn zusammen mit Singelmann, dem Gerichts- und Polizeidiener, sei er »vorneweg gestürmt« und habe deshalb nicht beobachten können, was hinter ihnen vorgefallen sei.

Förster hob abermals die Hand, um weitere Einlassungen Grüders vorzubeugen, er wandte sich an Grüders Nachbarn: »Und Sie, Herr Dücker, haben Sie etwas gesehen?«

Dücker zuckte hilflos mit den Achseln und druckste: »Nun ja, was soll ich sagen, ich stand fast neben Herrn Luckmann, als es passierte. Aber ich habe auch nichts weiter gesehen. Ich hörte nur ein tiefes Stöhnen, dann brach der Luckmann zusammen, er fiel mir vor die Füße und blutete entsetzlich.«

»Eine Blutfontäne schoss aus ihm heraus.« Grüder, nun doch schon wieder.

Da schaltete sich Bratspieß ein: »Herr Dücker, wie war der Holzvogt eigentlich zu Ihrer Mannschaft, wenn ich mich einmal so ausdrücken darf, gekommen? Wir hörten, dass Herr Singelmann allein mit Ihnen beiden sowie Gendarm Hermann und dem Gutsjäger für jenen fraglichen Morgen verabredet war.«

Ehe Dücker auch nur Luft holen konnte, sprach schon wieder Grüder: »Es hat zumindest niemanden verwundert, dass Holzvogt Luckmann dabei war. Er genießt Autorität und Vertrauen bei Graf und Gräfin. Er kennt die Belange des bothmerschen Gutsbesitzes.« Und Grüder fügte mit einem Blick auf die Fensterseite hinzu: »Nicht wahr, Herr Seeliger, so kann man doch sagen?«

Seeliger blieb unbewegt, wurde aber erkennbar hellhörig, als Bratspieß es noch einmal bei Dücker versuchte: »Und Sie, auch nichts gesehen, gehört, gewusst?«

Dücker zitternd: »Also ich habe mich gewundert, dass ich Herrn Luckmann an jenem Morgen überhaupt traf. Er kam mir sogar im Flur des Herrschaftsflügels entgegen, also wo Graf und Gräfin wohnen, im Haupthaus, auf der großen Treppe. Wo er normalerweise doch auch die kleine Treppe der Bediensteten benutzen würde. Unten am Haupteingang stieß Herr Luckmann auf Herrn Singelmann, der hat ihn dann gleich aufgefordert mitzukommen: ›Sie kommen gerade recht den Holländer in Arpshagen auszuheben. Machen Sie mit?‹ Oder so ähnlich sprach er.«

»Und Holzvogt Luckmann ging mit, den Holländer auszuheben?«, fragte Bratspieß.

»Ja, er war gleich dabei. Er ist dann nur kurz noch einmal zurückgeblieben, weil er in ein Gespräch gezogen wurde. Das hat aber nicht lange gedauert, er kam dann im Laufschritt uns hinterher und holte uns auch bald ein.«

»Im Laufschritt, das fiel mir auch auf, wir haben noch Scherze darüber gemacht«, mischte sich Grüder wieder ein.

Bratspieß hakte nach: »In ein Gespräch gezogen? Am frühen Morgen? Von wem? Mit wem?«

»Er sprach mit Herrn Zornow. Der war auch aufgetaucht. Er ist am Morgen oft da. Sicher wollte er noch irgendwas besprechen, mit der Gräfin oder Herrn Rippen, und dann eines seiner Pferde holen, die stehen auf der Wiese zwischen Bothmer und Arpshagen. Ganz tolle Pferde, alles Friesen.«

»Und haben Sie etwas mitbekommen von dem Gespräch?«

»Die wollten nicht unbedingt gehört werden, war mein Eindruck. Zornow und Luckmann bogen um die nächstbeste Ecke.«

Grüder: »Der Zornow hat viel mit dem Gut zu tun, vor allem mit dem Waldbesitz, da liegt es nahe, dass er mit dem Holzvogt etwas auszumachen hat, gelegentlich. Und alle Absprachen sind sowieso immer gleich am frühen Morgen. Man muss den Tag nutzen, es gibt viel zu tun, nicht wahr?«

»Hatte sich Luckmann irgendwie verändert, als er wieder zu Ihnen gestoßen ist, im Laufschritt, wie Sie sagen?«

»Er war außer Puste«, antwortete Grüder und sah sich im Publikum um, ob gelacht wurde.

Dücker flüsterte: »Jetzt, wo Sie es fragen. Er war stinksauer.«

»Sprechen Sie doch mal lauter«, herrschte Bratspieß ihn an.

»Gewiss, gewiss. Pardon. Ich sage das so nach meiner Gewohnheit: stinksauer. Er dampfte richtig vor Ärger. Aber mehr weiß ich nicht, habe ihn auch nicht gefragt, steht mir auch nicht zu, und dann ging es ja auch los in Arpshagen, und dann fielen die Schüsse.«

»Dampfte vor Ärger. Na, Herr Zeuge Dücker, das haben Sie aber sehr schön gesagt, wir können uns das richtig vorstellen«, lachte Bratspieß. Dücker wurde tiefrot. Zu Förster gewandt sagte der Pan: »Ich beantragte, dass wir diesen Zornow mit auf die Liste der Zeugen setzen. Wir sprachen ja schon darüber.«

»Fräulein Ulrike kümmert sich freundlicherweise schon darum«, antwortete der Richter. »Aber erst einmal: Gibt es noch Fragen an die beiden Zeugen, die gerade vor uns stehen? Von der Fensterfront? Von der Verteidigung?«

Es gab keine Fragen mehr. Förster entließ die beiden Kossäten. Grüder ging mit erhobenem Haupt und ließ seinen blitzenden Blick noch einmal über sein Publikum schweifen. Dücker schlich davon, den Blick fest auf den Boden geheftet wie beim Pflügen auf die Ackerkrume.

Als sich die Tür hinter den beiden geschlossen hatte, sagte Förster: »Und wir hier treten in die Mittagspause. Gesegnete Mahlzeit. In einer Dreiviertelstunde sehen wir uns wieder.« Alles erhob sich.

Im Vorbereitungsraum meinte Bratspieß: »An den Dücker hätte es wohl noch ein paar Fragen gegeben, glaube ich. Aber den Grüder wollte keiner mehr hören. Also haben wir es einfach mit den Fragen gelassen. War wohl doch nicht so großartig, uns die beiden als ungleiches Duett und als Geduldsprobe zu gönnen. Aber was sagst du dazu, mein Lieber: Taucht dieser Zornow schon wieder auf. Gutsch Zornow – wie um alles in der Welt kann man so heißen.«

Ulrike sagte: »Herr Förster, ich sollte Sie ohnehin erinnern, ob der Zornow auf die Zeugenliste soll.«

Förster lächelte: »Na, das hat mein vorlauter Kollege nun schon vor Ihnen getan. Wann ist er mal schneller als Sie? Aber im Ernst, ich denke, wir holen ihn uns. Immerhin wissen wir jetzt, dass dieser Zornow nicht nur von dem Zug der Gerechten nach Arpshagen wusste, sondern in aller Herrgottsfrühe sich auch noch in der Nähe herumtrieb, sogar im Schloss war. Seltsam, nicht wahr?«

»Wir sollten außerdem den Singelmann beauftragen, dass Zornows Pferdekoppel noch einmal gründlich abgesucht wird. Wenn wir da noch Patronenhülsen fänden …«

»Hans-Heinrich, du bist unterzuckert, scheint mir. Klar, wir finden Patronenhülsen und stellen außerdem fest, dass Zornows Gewehr noch immer einen heißen Lauf hat. Blödsinn, Herr Kollege. Auf zu Frau Meininger, das wird dich retten, damit du wieder zu Kräften kommst.«

Bratspieß tat, als würde er zusammenbrechen, stöhnte übertrieben und stürzte zur Tür. »Hunger«, rief er. Wie er jedoch die Tür aufriss, stolperte und dabei einen für einen Richter an der Großherzoglichen Justizkanzlei unfassbar grotesken Anblick bot, sah er sich dem Glitzern eines Teiches gegenüber, genauer gesagt dem spöttischen Glitzern von gleich zwei Teichen. Blaugrünes Wasser, wohltemperiert und einladend. Ohne lange zu überlegen, stürzte er sich hinein und war schon an der Seite von Charlotte von Moltke gleichsam planschend und jauchzend über den langen, hallenden Flur verschwunden.

Förster staunte: »Wo er doch so unterzuckert ist.« Er wandte sich zu Fräulein Ulrike: »Kommen Sie mit zu Tisch?

Es gibt Senfeier, die kriege ich allein nicht runter.« Er hatte das als Scherz genommen. Ihm war klar, dass Fräulein Ulrike ablehnen würde. Sie lehnte immer ab, es war nicht die erste Einladung dieser Art. Sie vermied alles, was so aussehen konnte, als ginge ihr Kontakt zu den Richtern über die Arbeitszeit hinaus, womöglich um sich Vorteile zu schaffen, wie dann irgendwer vielleicht hätte behaupten können. Außerdem schien sie sowieso nie etwas zu essen. Weder Förster noch Pan Bratspieß hatten sie je mit etwas Essbarem in der Hand gesehen. »Ach, ich vergaß, Sie essen ja nie etwas.«

»Aber Doktor Förster, woher wollen Sie das wissen?« Und zu seiner Überraschung setzte Fräulein Ulrike hinzu: »Gern komme ich mit.«

Keine zehn Minuten später saßen sie an einem der Tische im *Hamburger Hof*. Frau Meininger war außer Haus, weshalb Agnes servierte, das Zimmermädchen im *Hamburger Hof*. Förster nannte es für sich die Stubenmädchenschönheit, womit auch schon alles über sie gesagt wäre, immerhin nichts Schlechtes, dafür viel Gutes. Förster pflegte, ihr reichlich Trinkgeld zu geben, nur weil er glaubte, dass Agnes es unter Frau Meininger bestimmt nicht so einfach hätte, aber klaglos und umsichtig alles erledigte, was in so einem Haus zu erledigen war, und sei es im Gastraum auszuhelfen.

Dort nun zeigte sich, als Agnes sich wieder entfernt hatte, dass Ulrike nicht mitgekommen war, um Förster es zu ersparen, allein und einsam vor seinen Senfeiern zu sitzen, oder weil sie ernsthaft Hunger gehabt hätte.

»Ich glaube tatsächlich, Doktor Förster, dass ich Ihnen ein wenig über die Senfeier hinweghelfen kann.«

»Donnerlüttchen. Wie denn das? Meinen Sie, Ihre Gegenwart …«

»Nein«, lachte sie, und es war doch tatsächlich das erste Mal, dass er sie fröhlich und ungehemmt lachen sah. Sonst gelang ihr allenfalls ein Schmunzeln, das freilich nie gewagt hätte, über die Mundwinkel hinauszuklettern. »Ich meine, nicht wegen meiner Person, aber wegen eines Geständnisses, das ich Ihnen machen muss.«

»Sie wollen kündigen?« Förster schob den Stuhl zurück und sah sie an. »Um Himmels willen, wie kann ich das verhindern? Sagen Sie, was ich tun muss, um es zu verhindern.«

»Oh, vielleicht wollen Sie mich sogar loswerden, wenn ich Ihnen sage, dass ich hinter Ihrem Rücken etwas unternommen habe.«

»Fräulein Ulrike.«

»Als Sie das gestern sagten mit dem Zornow, wegen der Liste der Zeugen, meine ich, da habe ich unserem Gerichtsboten, der zufällig gleich danach kam, fast noch in derselben Minute, die Bitte mitgegeben, dass sie bei uns in Rostock doch mal schauen, ob wir zufällig etwas haben über den Zornow. Herr Gumpertshausen vom Archiv ist mir wohlgesonnen, glaube ich.«

»Wie wir alle«, erwiderte Förster erleichtert, dass hier kein Abschied angekündigt wurde. »Und es freut mich auch, dass Sie ›bei uns‹ sagen.«

Das Essen kam, und es war gar nicht so schlimm für den Richter. So wenig schlimm wie die Offenbarung seiner sonst so verlässlichen und loyalen Mitarbeiterin, etwas ohne seine Anweisung getan zu haben.

»Und eben kam die Antwort«, sprach Ulrike weiter. »Ich konnte sie nur überfliegen, hier, schauen Sie.«

Förster entfaltete den Bogen, den Ulrike ihm gereicht hatte, las, legte das Papier zur Seite und aß weiter. Sein finsterer Gesichtsausdruck konnte sich auf das Essen beziehen oder auf das, was er gelesen hatte. Ulrike, die in der Tat weder Appetit noch Hunger kannte, stocherte mehr auf dem Teller herum, als dass sie aß. Sie sah dabei Förster erwartungsvoll an.

Endlich legte er sein Besteck auf dem leeren Teller ab und nahm die Serviette. Dann sagte er: »Ich wäre nicht auf die Idee gekommen nachzufragen, das gebe ich zu. Wenn wir Sie nicht hätten. Aber das habe ich schon so oft gesagt, beinahe zu oft, was? Dieser Zornow ein Mörder?«

»Bewiesen ist nichts. Keine Verurteilung. Im Zweifel für den Angeklagten. Immerhin: Es gab offenbar Zweifel daran, dass er unschuldig sei.«

»Wann war das? Fünfzehn Jahre her. Und er wollte Landrat in Lulu werden? Ohne Adel? Verrückt.«

»Lulu?«

»Ludwigslust. Und der Tote war ein Schweriner Beamter? Erschossen, in einen Brunnenschacht geworfen? Mord, Selbstmord, alles ungeklärt? So kam er davon, unser Zornow? Trotz der Indizien, die gegen ihn sprachen?«

»Wenn es so da drinsteht«, warf Ulrike schüchtern ein. Sie wusste nicht genau, ob Förster sie fragte oder einfach nur vor sich hinsprach.

»Er sei in den Klützer Winkel gegangen, um neu anzufangen. Aber was heißt Neuanfang? Er ist geborener Klützer. Er ist nur in die Heimat zurückgekehrt.«

»Wenn es da so drinsteht.«

»Was für ein schmackhaftes Essen. Ich bin überrascht. Ich gebe es ungern zu, aber meine großartige Frau, eine Meisterin der Küche, bekommt Senfeier so fein nicht hin.«

»Mir hat es auch geschmeckt, wirklich. Aber ich glaube, wir müssen zurück.«

Der abermals zum Dösen einladende warme Nachmittag gehörte nochmals einem der Bothmerschen, dem Gutsjäger, dem Zeugen mit Namen Wilhelms.

»Klaus Wilhelms, 35 Jahre alt, seit fünf Jahren in bothmerschen Diensten – und dies aus vollem Herzen.« So stellte er sich vor. Er war ein kleiner Mann, winzig geradezu. Bauch und Hüften gingen bei ihm in einem Ring weit hinaus über das kurze Maß von Oberkörper und Beinen, oben und unten. Er war, kurz gesagt, fett in seiner Mitte, jedoch schlank oben und unten. Wie ein Brummkreisel. Er trug dichte Locken, merkwürdigerweise in einer Frisur, die vom Runden der Locken nichts wissen wollte, vielmehr wie ein Würfel geschnitten war, ähnlich wie früher, im Barock, die Linden Würfelkronen bekommen hatten, um den Sieg der Vernunft über die Natur zu feiern. Friedrich Förster ahnte, einen eitlen Menschen vor sich zu haben. Aber was half es, er stellte die Frage, die er allen Zeugen bisher gestellt hatte: »Wie war das? Erzählen Sie mal, wie es ablief an jenem Junimorgen, von dem wir hier reden.«

Und Wilhelms legte los. Er redete schnell, sodass Fräulein Ulrike beim Mitschreiben alle Mühe hatte: »Den Aufruhr, meinen Sie? Jeder, der Herrn Priester kennt, weiß um seine jähzornige Ader. Ich bin sicher, er hat seine Leute aufgefordert, uns erst zu drohen und dann zu verprügeln, als wir wegen des Holländers in Arpshagen ankamen. Die finsteren Gesichter seiner Leute, und wie sie ihre Knüttel schwangen, das sagte alles. Und wie die Hunde schon knurrten und die Zähne fletschten. Da konnte einem angst und bange werden. Aber ich habe unseren Leuten Mut gemacht: Wir lassen uns von denen doch nichts gefallen, wir haben das Recht auf unserer Seite, das macht uns stark.« Und dann beschrieb Wilhelms ausführlich, vom eigenen Reden immer mehr befeuert, die beiden Märsche nach Arpshagen. Neues war auch von ihm dabei nicht zu erfahren, es sei denn, das Gericht hätte Wilhelms martialische Beschreibung von prügel- und schießwütigen Arpshagenern mit Neigung nicht nur zur Aufsässigkeit, sondern auch zur Blutrünstigkeit für glaubhaft gehalten.

Das Gericht tat es aber nicht, sondern langweilte sich, Förster sah es Bratspieß an, Bratspieß Förster. Sie kannten sich zu gut, um nicht die Langeweile beim jeweils anders zu bemerken, obwohl Zeuge Wilhelms glauben musste, ihm werde eifrig gelauscht. Aber Wilhelms hielt sich ohnehin für so wichtig, dass sein Blick immer wieder den ganzen

Saal erfasste, dabei zweifellos auch die Richter immer mal kurz streifte, ohne freilich wirklich etwas zu sehen. Wilhelms' Verhalten war keineswegs ungewöhnlich, denn wer macht sich schon die Mühe, einmal ganz allgemein gesprochen, seine Umgegend genau zu beobachten?

Wilhelms hielt sich für etwas Besonderes. Aber besonders an ihm war allenfalls die Körperform, Bauch und Hüften, wie das Obergestell eines Reifrocks. Reifröcke freilich waren schon lange aus der Mode, insofern ein zwar treffender, aber unpassender Vergleich.

Irgendwann wurde dem Pan die ausufernde, den Teufel alles Arpshagenschen an die Wand malende Erzählung des Gutsjägers zu viel. Wilhelms war so klein gewachsen, dass nicht einmal recht erkennbar war, ob er am Platz für die Zeugen stehe oder sitze. Pans Frage schnitt den Redestrom einfach ab wie ein Messer die Wursthälfte: »Als der Holzvogt von einer Kugel getroffen wurde und in seinem Blute lag, haben Sie das mitbekommen?«

Einen Augenblick lang schaute Wilhelms entgeistert, weil so rüde unterbrochen. Wenn Zorn in dem kurzen Mann aufstieg, hatte der keinen weiten Weg. Aber der Gutsjäger erinnerte sich rechtzeitig genug daran, dass er den Richtern Respekt zu zollen hatte, wollte er sich vor Gericht nicht Ärger einhandeln. Es war ein kurzes Zögern, in dem er den Kampf gegen sich selbst austrug. Dann sagte er, als wäre nichts geschehen: »Die Arpshagener ballerten mit ihren Terzerolen. Sie schossen in die Luft, als hätten wir Silvester. Auf einmal aber mischte sich das Knallen eines Revolvers da rein. Ehe mir das überhaupt richtig hätte zu Bewusstsein kommen können, brach unser Lucki – so nennen wir Herrn Luckmann – schon zusammen, und das Blut spritzte nur so.«

Bratspieß sogleich: »Verstehe ich das richtig, Sie meinen, Herr Luckmann wurde von einem Schuss aus einem Revolver getroffen?«

»Ich meine das nicht nur, ich weiß es«, sagte Wilhelms.

»Woher können Sie das wissen? Es soll die Kugel aus einer Büchse gewesen sein. Meint jedenfalls die Verteidigung des Angeklagten.« »Oh ja«, bestätigte Hecht.

»Ich bitte Sie, Herr Richter, ich werde wohl unterscheiden können, ob jemand mit einer Büchse oder Flinte schießt, einer Pistole oder einem Revolver. Das hört man doch.«

Hecht rief: »Unmöglich.« Auch die Stones auf der anderen Seite ließen sich vernehmen: »Blödsinn.« War es Steininger oder Rosenstein, der so sprach?

»Sie sind sich sicher, Herr Zeuge?«, fragte Bratspieß noch einmal nach.

»Ja, völlig, das Geräusch, die Wunde beim Lucki. Ein Revolver, nichts anderes.« Wilhelms wirkte auf einmal viel größer, und Förster ertappte sich bei dem Gedanken, ob des Mannes ausuferndes Mittelteil nichts anderes war als eine aufklappbare Vorrichtung, im Fall des Falles sich zu verlängern. Der Zeuge setzte noch hinzu: »Die Arpshagener haben uns übel mitgespielt, aber auf uns geschossen haben sie nicht, die haben nur in die Luft geballert, das habe ich gesehen.«

Bratspieß nahm abermals das Wort: »Herr Zeuge, noch eine letzte Frage von mir. Haben Sie gesehen, wie Herr Luckmann oder Lucki, wie Sie so schön sagen, überhaupt zur bothmerschen Streitmacht hinzugekommen war?«

»Sehen Sie, Herr Richter, das hatte mich auch verblüfft. Aber Herr Luckmann tauchte an jenem Morgen im Schloss einfach auf. Wir hatten ihn vorher nicht angesprochen, er konnte nichts wissen von unserem Vorhaben in Richtung Arpshagen. Er war da wie aus dem Boden gewachsen und wurde einfach mitgenommen. Als willkommene Verstärkung, wenn Sie so wollen. Ich hatte ihn in einer Ecke des Ehrenhofes stehen sehen, zusammen mit einem anderen Mann.«

»Wer war dieser Mann? Ein Herr Zornow?«

»Genau, Gutschi. Gutsch Zornow.«

»Haben Sie gehört, was die beiden besprachen?«

»Nein, wir sind ja los, Lucki rief uns noch zu, er komme gleich nach. Und richtig, er kam ein paar Minuten später hinterher, im Laufschritt. Aber dass sie Streit hatten, Gutschi und Lucki, das war zu sehen, und Lucki war dann auch ziemlich schlecht gelaunt.«

»Danke, Herr Zeuge«, sagte Bratspieß.

Förster übernahm: »Noch weitere Fragen? Ich sehe keine. Auch von mir ein Dank, Herr Wilhelms. Ich denke, wir sollten uns in der kommenden Woche die Szenerie in Arpshagen einmal anschauen und eine Ortsbegehung unternehmen. Fräulein Ulrike, Sie bereiten das vor? Sie nickt. Wunderbar, danke. Damit haben wir unser Programm für heute bewältigt. Die Sitzung ist geschlossen. Morgen um 8 Uhr wieder hier.«

Förster hatte schon gesehen, wie Charlotte von Moltke während Wilhelms' Zeugenauftritt den Saal betrat, sich auf einen Besucherplatz setzte und ihre Augen groß auf Bratspieß richtete. So wunderte sich Förster nicht, als sein Freund wie ein Komet den Sitzungssaal hinter sich ließ, rasch die Robe gegen seinen Gehrock wechselte, das Barett von sich warf und einmal mehr im Grevesmühlener Nachtleben verschwand, einen Schweif aus Staub hinterlassend.

Förster wechselte noch ein paar Worte mit Fräulein Ulrike. Das pflegte er zwar sowieso zu tun, wenn ein Prozesstag zu Ende ging, einfach aus Freundlichkeit, aber heute redeten sie nicht über das Wetter oder die sanitäre Situation in einem Gasthof, sondern über Zornow. Es verband sie zu wissen, dass ausgerechnet Zornow schon einmal wegen einer Mordanklage vor Gericht gestanden und seine Karriere auch ohne Verurteilung einen empfindlichen Einbruch erlitten hatte.

Schließlich spazierte Förster hinüber zum *Hamburger Hof*. Er tat es mit einer gewissen Vorfreude. Das hatte mit dem Inhalt jenes Päckchens zu tun, das Frau Meininger ihm gestern in die Hand gedrückt hatte. Darin hatte ihm ein alter Freund aus Berliner Zeiten eine Zeitschrift geschickt, die historische Themen behandelte und in der ein Leopold Ranke etwas über Wallenstein geschrieben hatte. Das wollte Förster noch lesen. Bis Frau Meininger oder vielleicht die Stubenmädchenschönheit Agnes in der Gaststube das Nachtmahl auftragen würde. Auch hier würde er gerufen werden, indem ein Gong ertönte.

SIEBTES KAPITEL

*Der fette Edgar tritt auf, ein blonder Engel
und eine eulenähnliche Gräfin, die dem hohen Gericht
etwas über den Nutzen von Zank erklärt*

Als Friedrich Förster am nächsten Morgen das Frühstücks-
zimmer im *Hamburger Hof* betrat, fand er zu seiner Überraschung Pan schon vor, wie er mit großem Appetit eben in
ein Brot biss. Bratspieß war nicht allein, in gewisser Weise
jedenfalls. Ihm zu Füßen lag der fette Edgar und sah mindestens genauso zufrieden aus wie der große Pan auf dem
Stuhl vor oder eigentlich über ihm. Bratspieß hatte von seinem Frühstück offenbar etwas abgegeben.

»Was für ein goldener Herbstmorgen«, sagte Förster. »Wie
schön, auf dem Lande zu sein. Guten Morgen.«

Bratspieß, als das Brot bewältigt war, erwiderte: »Guten
Morgen. Na, Herbst, ein Sommermorgen noch. Setz dich
zu mir, mein Lieber. Lass dich von Edgar nicht stören, wir
haben Freundschaft geschlossen. Ich kann also ein gutes
Wort für dich einlegen, falls ihm etwas an dir nicht passen
sollte. Ja, diese Ruhe vor dem Sturm, herrlich. Und das Frühstück von Frau Meininger ist zumindest so, dass es einem
die Laune nicht verdirbt. Was will man mehr.«

»Wie geht es den großen Augen?«

»Danke der Nachfrage. Klappten zu vor Wonne heute
Nacht. Und öffneten sich glitzernd dann wieder, das war

schön zu erleben. Wir sind nicht mehr die Jüngsten, du und ich, da freut man sich, dass man noch etwas taugt, außerhalb des Rechtswesens, meine ich. Jetzt aber sind sie, die Augen, schon wieder auf dem Weg nach Bothmer, in den Brotberuf, wenn ich so sagen darf. Es ist bestimmt nicht leicht, der Gräfin Gesellschaft leisten zu müssen. Und erst dem Grafen mit seiner lüsternen Hakennase. Sie ist eine sehr sinnliche Frau, diese Charlotte. Sie versteht etwas von der Liebe, potztausend.«

Förster, peinlich berührt, entgegnete: »Oh, so genau wollte ich es nicht wissen.« Frau Meininger brachte auch ihm das Frühstück. Dabei kalte hartgekochte Eier, wohl von gestern übriggeblieben.

Bratspieß war indes von seinen nächtlichen Erlebnissen so erfüllt, dass er vom Thema noch nicht lassen wollte: »Würdest du mir zustimmen, Friedrich, wenn ich sagte, dass bei Frauen zurückhaltende Attraktivität und heiße Sinnlichkeit im umgekehrt proportionalen Verhältnis zueinander stehen?«

Förster ärgerte sich über die Frage. Nicht weil sie ihm schamlos erschien, sondern weil er doch tatsächlich darüber nachdachte und drauf und dran war, seine Gemahlin als Gegenargument ins Feld zu führen. Attraktiv und sinnlich. Das aber wäre dann doch zu weit gegangen. So sagte er nur: »Hans-Heinrich, ich möchte mein Brot essen und meinen Kaffee trinken. Würdest du mir zustimmen, wenn ich sagte, deine Frauengeschichten stehen in umgekehrt proportionalen Verhältnis zu meinem Appetit?«

»Ich befürchte, dass es so ist, mein Lieber. Wie ich dich kenne. Du Vorbild an Tugend. In der Tugend unerreicht oder unerreichbar, jedenfalls für so sittenlose Menschen wie mich. Aber eines doch noch zu meinem Liebesleben, selbst wenn es dir den Appetit vergällt. Sogar mitten in der Nacht habe ich nämlich an unserem Fall gearbeitet, als ich doch eigentlich ganz anderes zu tun hatte und auch anderes getan habe.« Und er schnalzte doch tatsächlich selbstvergessen mit der Zunge.

»Was du nicht sagst, da hast du mir etwas voraus. Ich habe es vorgezogen zu schlafen.«

»Siehst du, deswegen war ich doppelt tätig, für dich und für mich. Ich weiß jetzt, was den Zornow und den Holzvogt verbindet oder besser, weshalb sie sich nicht mögen. Und was dann auch ihr Streitgegenstand gewesen sein dürfte. Du weißt schon, was dieser Dücker beobachtet hat und ja wohl auch der Wilhelms. Am Aufruhrmorgen.«

»Der Streit in der Ecke zwischen Gutschi und Lucki? Ich schieße mal ins Blaue, wenn du erlaubst und mir derweil noch etwas Kaffee eingießt. Der Streitgegenstand war gar kein Gegenstand, denn Menschen, Frauen vor allem, sind nun einmal keine Gegenstände. Es ging um große Augen, blaugrün in der Farbe. Es ging um das, was uns dein Hoffräulein neulich nicht sagen wollte.«

»Getroffen, wie die Revolverkugel den Lucki«, lachte Bratspieß, der es nicht übelnahm, dass ihm seine Pointe abhandengekommen war. »Von Zornow wissen wir, dass er fast so etwas war wie der Verlobte von Charlotte. Aber ich glaube, sie hat da vorgestern etwas übertrieben, als sie uns das unbedingt aufschwatzen wollte. Richtig ist, dass dieser Zornow in sie verknallt ist, bis heute.«

»Und der Holzvogt auch.«

»Genau, wer kann es ihnen verdenken.«

»Und du bist der lachende Dritte. Gratuliere.«

»Ach, mein Lieber, lachender Dritter, nein. Ich bin nicht besser als Charlotte. Ich bin angetan, aber nicht verknallt. Und bei ihr ist es nicht anders. Wir nehmen beide, was wir bekommen können, und nun haben wir uns bekommen, zum Lustgewinn, zur Lebensfreude, ganz unverbindlich, das Leben ist kurz. Und die Zornows und Holzvogte, die Gutschis und Luckis, wollen immer gleich das große Ganze, ewige Liebe, Hochzeit und all den Unsinn.«

»Gutschi und Luki könnten aus solcher amourösen Sachlage aber gewisse Konsequenzen ziehen, was dich betrifft. Ich muss ausgerechnet dir nicht sagen, was Eifersucht als Motiv so alles fertigbringt. Mord, Totschlag, Raub, Folter. Gibt es überhaupt ein wirkungsvolleres Motiv in der Kriminalgeschichte als Eifersucht?«

»Du meinst, ich geriete dadurch in Gefahr? Oh, nein. Dieser Luckmann war in Gefahr geraten, das stimmt, sonst wäre er schließlich nicht beschossen worden. Wahrscheinlich hatte sich bei Zornow der Eindruck befestigt, er habe gegen Luckmann verloren. Da wollte er Rache. Eifersucht schreit nach Rache, da hast du schon recht.«

»Zornow? Hans-Heinrich, bitte, keine Vorverurteilung. Du bist Richter.«

»Da hast du auch wieder recht, entschuldige. Aber irgendwas Heftiges muss zwischen den beiden Kerlen gewesen sein, und es hatte bestimmt mit Charlotte zu tun. Sie selbst sagt, sie wisse nicht, um was genau es da gegangen sein mochte.«

»Das beweist freilich gar nichts, schon gar nicht einen Mordversuch. Sei vorsichtig, in jeder Hinsicht.«

»Mache ich, mein Lieber. Brechen wir auf? Mir scheint, es wird Zeit. Was steht heute eigentlich an im großen Saal?«

Förster tat so, als würde er hier ernst wie ein Lehrer, der seinen Schüler zu schelten hat: »Hans-Heinrich, wenigstens die Akten solltest du gelesen haben. Es lohnt sich, aus ihnen weht einem ein Geist entgegen kräftig und frisch wie die Seeluft. Aber im Ernst, zwei Arpshagener sind gleich nachher da. Sie werden uns das Gegenteil von dem erzählen, was der Grüder gestern so martialisch zum Besten gab.«

»Was für ein Aufschneider das war, Himmel.«

»Dann kommt noch die Magd, die den Luckmann so fachgerecht verbunden hat, sein Lebensrettungsengel.«

»Na, hoffentlich sieht sie wie ein Engel aus.«

»Hans-Heinrich! Und nachmittags die Gräfin. Haben wir die überstanden, ist die Woche überstanden.«

»Richtig, die Gräfin. Charlotte erzählte, schon seit Tagen habe Madame – Charlotte nennt sie nur Madame – vor dem Spiegel ihren Auftritt geprobt. Dabei sei sie so empört, überhaupt als Zeugin erscheinen zu müssen. Sie wolle ihr Recht, weiter nichts, und nun werde sie in alles noch hineingezogen.«

»Nun, das sehen wir dann. Dann kann dich deine Charlotte heute Nachmittag mit ihren großen Augen weiter bewundern. Gratuliere.«

»Sie begleitet die Gräfin, klar. So, Edgar, jetzt mach uns mal Platz, wir müssen los, und du kommst besser mit aus der Gaststube.« Edgar murrte, aber es half nichts. Vor der Tür wurde er einfach alleingelassen und miaute noch ein bisschen, halb empört, halb resigniert, bis die Stubenmädchenschönheit Agnes heraustrat und sich seiner annahm.

Wie die beiden Richter zum Amtshaus hinüberschlenderten, blieb Pan plötzlich stehen. Er gehörte zu jenem weit verbreiteten Menschenschlag, der nicht gleichzeitig schlendern und sprechen kann: »Mir geht gerade durch den Kopf, was ich dir auf unserer Herreise schon mal sagte. Ich weiß gar nicht recht, wieso gerade jetzt. Aber das kommt davon, dass ich schon einige Male dachte: Was soll das überhaupt alles mit dem Aufruhr, von dem die Anklage spricht. Aufruhr, mein Lieber, ist doch wirklich etwas anderes. In deiner Wallenstein-Geschichte über die Güstrower Reformen und ein Mecklenburg, das dann gut regiert wird, wenn seine Fürsten vertrieben sind, darin gärt wirklich viel mehr Aufruhr als in dieser Priester-Sache. Jedenfalls dürfte es unser großer Herzog Friedrich Franz so sehen, wenn er es denn überhaupt bemerkt. Aber du bist ja nicht irgendwer, sondern ein hoher Richter. Du hältst ihm frech den Spiegel vor, ob du es willst oder nicht. Ihm und seiner tausendjährigen Sippe. Ob er das so toll findet, wo er sich von Gottes Gnaden eingesetzt sieht und im Güstrower Wallenstein

nur eine missliche Episode im ebenso misslichen Dreißig-
jährigen Krieg?«

»Mag sein«, erwiderte Förster verdutzt, der in seinen Gedanken gerade ganz andere Wege gegangen war und erst
einmal begreifen musste, was sein Freund da gesagt hatte.
»Aber ich wette, auch das fällt wie alles der Gleichgültig-
keit anheim. Noch mehr Aufruhr sehe ich jedenfalls in einem Paar großer Augen. Aufruhr in den Augen, deutlich
gefährlicher als ein Wallenstein-Aufsatz in einer obskuren
Zeitschrift.«

»Tja, Aufruhr, wohin man schaut. Und das im beschauli-
chen Mecklenburg«, keckerte Bratspieß, während er die Tür
offenhielt, um seinen Freund und Kollegen in das Amtshaus einzulassen.

Kurz darauf schlug die Kirchturmuhr von Sankt Nikolai
acht. Förster, inzwischen wieder in Amtskleidung, wartete
die Schläge ab, dann eröffnete er die Sitzung. Er rief den
ersten der beiden arpshagenschen Knechte auf, einen vier-
schrötigen Kerl, Schmidt mit Namen. Schmidt hatte, wie
von Förster geahnt, nichts Neues beizutragen, tat das aber
in einem kaum zu verstehenden, entsetzlich genuschelten
Platt. Der zweite eine halbe Stunde später, Müller, sprach immerhin Hochdeutsch, wenn auch schlecht. Er war in zwanzig Minuten abgetan. Wie zu erwarten, sahen beide in den
Bothmerschen eine angsteinflößende Truppenmacht, knüp-
pelschwingend, zu allem entschlossen und fern von Recht
und Gesetz. Und Priester stellten sie als einen Pächter dar,
der aus Arpshagen etwas gemacht habe, nicht zuletzt indem

er solchen Leuten wie ihnen, »die was wegschaffen können«, Arbeit und Obdach gab, ja überhaupt alle auf seinem Pachthof gut behandelte. Von Aufruhr und Widerstand gegen die Obrigkeit könne keine Rede sein. Gehöre doch Arpshagen zu jenen bothmerschen Gütern, in deren Geschäftsbüchern man in Bothmer gern blätterte. Arpshagen sei ertragreich und nachhaltig wie kaum ein anderer Hof im Speckwinkel.

In der Pause, während Fräulein Ulrike ihren vielbelobten Kaffee herstellte, sagte Pan: »Schmidt und Müller. Nicht einmal Namen haben sie, mit denen man was anfangen kann. Wer Schmidt heißt oder Müller, heißt doch eigentlich gar nicht. Und dann: ›Was wegschaffen können‹, ›von Aufruhr kann keine Rede sein‹, ›in den Geschäftsbüchern gern blättern‹, ›ertragreich und nachhaltig‹ – das wächst doch nie im Leben auf dem Mist eines Schmidts oder Müllers. Mühevoll gelernter Text, ich sage es dir. Da steckt der Hecht hinter.«

»Sei nachsichtig«, entgegnete Förster. »Es spricht für solche Leute, sich beim Stallausmisten oder beim Hausbau wohler zu fühlen als vor einem Richter. Lieber schwere Arbeit …«

»… als sich der Anstrengung zu unterziehen, den Kopf zu bemühen«, ergänzte Bratspieß.

»Sei nachsichtig«, wiederholte Förster. »Ich wollte eigentlich sagen: … als vor Gericht erscheinen zu müssen. Auf in die nächste Runde.«

Die nächste Runde gehörte der Magd, welche durch ihren Verband den Holzvogt gerettet hatte. Die Magd erwies sich als eine quicklebendige, hochgewachsene, weizenblonde junge Frau, Jenny mit Namen, Jenny Ihden. Jenny brachte etwas von der Hochsommersonne draußen in den dämmrigen Saal mit. Sie hatte, so gesehen, tatsächlich ein bisschen was von einem Engel, aber eigentlich war sie doch sehr irdisch, handfest irdisch geradezu. Sie stammte aus dem Strelitzschen und hatte im Neustrelitzer Krankenhaus all das gelernt, was sie am Holzvogt hatte anwenden können. Später hatte sie nach Klütz geheiratet.

Förster fragte: »Können Sie etwas dazu sagen, weshalb es ausgerechnet den Holzvogt traf?«

»Nein. Aber ich kann bis jetzt nicht glauben, dass einer von Herrn Priesters Leuten es ausgerechnet auf den Holzvogt abgesehen haben sollte. Sie konnten ihn doch auch gar nicht sehen, er stand viel zu weit weg und vor ihm die anderen Bothmerschen. Aber ich habe, ehrlich gesagt, nicht weiter darüber nachgedacht, weil das mit dem Verbinden nicht so einfach war, wegen des vielen Blutes. Ich musste alles allein machen, denn weder Herr Singelmann noch der Herr Hermann und überhaupt einer der Bothmerschen konnten Blut sehen, das Blut eines Menschen, meine ich. Beim Jagen sind sie natürlich alle dabei, klar. Da kann das Blut umherspritzen, wie es will.«

Gelächter im Saal, Förster betätigte die Glocke.

Dann fragte er: »Hat sich überhaupt jemand die Frage vorgelegt, wie das mit Luckmann hatte passieren können? Hat da keiner irgendeine Vermutung geäußert? Es war doch ein schwerer Zwischenfall, alles andere als alltäglich.«

»Oder ist so was hier alltäglich?«, blendete sich Bratspieß ein.

»Also hören Sie mal. Was soll ich sagen? Ich hatte zu tun. Vor Aufregung habe ich den Holzvogt sogar geduzt. Unverzeihlich! Halte durch, habe ich zu ihm gesagt, jetzt nicht aufgeben und sterben. Was wäre das auch für ein Tod auf noch morgennassem Feldweg, so mitten im Schmutz und an so einem herrlichen Junitag, nicht?«

»Und die anderen um Sie herum, die Bothmerschen?«

»Alle rannten durcheinander, und die Bothmerschen haben immerzu gegen die Arpshagenschen gebrüllt: Ihr habt ihn erschossen, unseren Holzvogt. Aber es war doch so: Als Herr Priester und die anderen mitbekommen hatten, was da vorgefallen war, hatten sie mich ja gleich geholt und das Verbandsmaterial gebracht. Sie brachten auch eine Schubkarre herbei und halfen, den Herrn Luckmann einigermaßen bequem darauf zu betten. Wer von denen soll auf den Holzvogt geschossen haben? Wie soll das möglich gewesen sein, in dem Hin und Her. Nein, von denen war es bestimmt keiner. Die standen auch alle unter Schock, die aus Bothmer genau wie die aus Arpshagen, das muss ich schon sagen.«

»Haben Sie sonst noch jemanden gesehen, der weder zur einen noch zur anderen Partei gehörte? Jemanden, der sich womöglich seitwärts irgendwo herumtrieb? Einen, der das Geschehen etwas abseits beobachtete? Einen Fremden gar?«

»Nein. Aber ich habe bei Gott auch nicht darauf geachtet. Das heißt, jetzt fällt mir ein, der Herr Zornow ritt übers

Feld, in Richtung Klütz. Aber das war erst, als die Schubkarre schon in Richtung Schloss geschoben wurde. Ich glaube, dem Herrn Zornow gehört da Grund und Boden, aber ich weiß nichts Genaues. Überhaupt sagen alle, der Herr Zornow sei nur ein Phantom. Aber was heißt: nur. Phantome tragen etwas Teuflisches in sich, glaube ich. Ein Phantom ist überall und nirgends, und wenn ich dem Zornow mal begegne, zufällig, irgendwo in der Stadt, wechsle ich lieber die Straßenseite. Wenn ich ihn auf den Feldern oder im Wald träfe – ach, das mag ich mir gar nicht ausdenken. Sehr unheimlich.«

Abermals wurde gelacht in den Zuschauerreihen, Förster verzichtete aber diesmal auf die Glocke. Er sagte nur: »Müssen Sie auch nicht.« Und ließ die Zeugin ziehen. Zufrieden und, wie dem Richter schien, ziemlich keck wählte Jenny Ihden einen Abgang unter starker Beteiligung ihres Hinterteils.

In der Mittagspause meinte Förster zu seinem Kollegen: »Eine tapfere Frau. Tough, wie die Engländer sagen würden.«

»Und ein herrlich wiegender Gang, wie sie da aus dem Saal schritt. Als Engel angekündigt und dann keine Enttäuschung, wie schön, wie selten.« So sprach der unverbesserliche Pan.

Im *Hamburger Hof* gab es Weißkohleintopf mit dünnen Fäden von Fleisch darin. Förster bemerkte, was er in schwierigen oder unerfreulichen Situationen gern zu bemerken pflegte: »Auch das geht vorüber.« Und behielt recht.

Dann endlich die Gräfin. Amalasuntha Gräfin Rantzau, geborene Gräfin Bothmer. Hochgetürmtes blondes Haar, von grauen und weißen Fäden durchzogen, ein paar Löckchen rechts und links der apfelgleichen Wangen. Weißes Kleid der Unschuld. Auch die Gräfin war hochgewachsen, mit einer Neigung zur Fülle. Ihre Nase aber sah aus wie im Eulengesicht der Schnabel. Anders als die Eule bedurfte sie freilich noch des Mundes, der schmal und wie eingefallen unter der Schnabelnase lag, von Fältchen umgeben. Aber knallrot waren die Lippen nachgezogen. Schon diese aparte Kleinigkeit sprach von Selbstbewusstsein und Willen. Auch das zwar etwas feiste, aber doch energische Kinn sprach davon. Und wie bei der Eule war ihr Blick starr und durchdringend. Förster dachte noch: Vielleicht hat auch ihre Stimme etwas vom Unheimlichen der Eulenrufe. Und er wurde nicht enttäuscht.

Eine Gräfin Rantzau kam nicht einfach, sie hatte ihren Auftritt. Sogar mit Gefolge, das auf die Besucherplätze abbog, zwei große Augen darunter.

Förster straffte sich innerlich, halb aus Respekt, halb aus Vorsicht. Im Umgang mit einem Adel, der seine Selbstsicherheit aus Wurzeln sog, die in die Tiefe von Jahrhunderten reichten – nicht der bothmersche Adel zwar, dafür der angeheiratete rantzausche – war Fingerspitzengefühl geboten. Das wusste er aus leidvoller Erfahrung. Zumal der Adel im Mecklenburg auf den eigenen Gütern noch immer die Gerichtsbarkeit ausüben durfte, die sogenannte kleine Gerichtsbarkeit. Förster dachte, während die Gräfin neben dem Zeugenstuhl stand und vereidigt wurde: Diese Frau ist es gewohnt, recht zu behalten und recht zu bekommen, ihre Rechte durchzusetzen oder was immer sie dafür hält. Und: Diese Frau ist anstrengend. Augen zu und durch, auch das geht vorüber.

»Bitte, Gräfin, nehmen Sie doch Platz. Ihr Auftritt hier ist eine Ungewöhnlichkeit, wir wissen es zu schätzen, dass Sie sich herbemüht haben. Wir wissen um Ihren Rechtsstreit wegen der Erbfolge, wollen diesen Punkt aber ausdrücklich nicht berühren, denn der hier zu behandelnde Streitfall, die Sache mit dem Holländer, hätte sich so oder so im Pachtvertrag gefunden.«

»Das sehen Sie sehr richtig, Herr Richter ... Wie war doch der Name?«

»Förster.«

»Richter Förster, danke. Das Verhalten von Herrn Priester ist nun einmal strafbar, jedenfalls in dem Punkt der Holländerei. Ansonsten schätze ich meinen Pächter durchaus, das will ich gleich sagen. Umso größer ist die Enttäuschung, wenn man in einen solchen Streit gerät, noch dazu unnötigerweise. Aber es geht leider Gottes um etwas Grundsätzliches.«

Priester fuhr auf: »Meinen Pächter? Ich bin nicht Ihr Pächter. Ihr Pächter bin ich eben nicht.« Hecht neben ihm zischte, bis Priester sich auf seinem Stuhl zurücklehnte: »Ist schon gut, pardon.«

Förster fragte: »Warum haben Sie eigentlich einen derart großen Trupp zu Herrn Priester geschickt? Das musste ihn doch einschüchtern, oder?«

»Mein Oberinspektor, Herr Rippen, hatte mir dazu geraten. Nach den Erfahrungen mit Hellmann. Überhaupt hatte in dieser Angelegenheit Herr Rippen die – wie sagt man – Federführung. Es gibt keinen besseren Mann für solcherlei Angelegenheiten.«

»Hellmann? Das war der ersten Holländer, den sich Herr Priester geholt hatte?«

»Genau. Unrechtmäßig geholt hatte. Priester wollte ihn nicht ziehen lassen. Damals schrieben wir uns Briefe, Priester und ich. Das wurde immer verrückter, bis ich Singelmann hinschickte. Dem hat Priester auch erst die Tür vor der Nase zugeschlagen. Aber dann wurde ihm wohl klar, was er da tat: die Obrigkeit düpieren. Da hat er sich eines Besseren besonnen. Umso schlimmer war es mit dem neuen Holländer, es war Aufruhr. Aufruhr war es schon, den Holländer überhaupt heranzuholen. Aufruhr gegen mich und damit gegen alle Obrigkeit.«

»Alles nicht wahr«, grummelte es von der Bank des Inculpanten.

Die Gräfin überhörte es, sie hatte auch keinen Blick für Priester. Sie fuhr fort: »Eigentlich wollten wir das Hellmann-Theater nicht noch einmal erleben, dieses zeitraubende Hin und Her, wir hatten anderes zu tun. Da kam Rippen zu mir und meinte, Singelmann, als Justizdiener, als der Arm des Gesetzes, dazu Gendarm Hermann sollten hingehen und für den Fall der Fälle noch ein paar von den Unsrigen mitnehmen, vor allem unseren Gutsjäger Wilhelms, der hier vor dem hohen Gericht schon ausgesagt hat, wenn ich richtig ins Bild gesetzt wurde. Wilhelms wiederum wollte noch die Üs mitnehmen, die beiden Kossäten mit dem Ü im Namen. Die wissen nämlich, wie man einen Stall ausräumt.«

»Dücker und Grüder.«

»Genau die. Dass Priester noch nie zimperlich war, wussten wir ja.«

»Und Herr Luckmann?«

»Kam dann irgendwie drüber her, als die Unsrigen losmarschierten, und ging mit. Ich hatte ihn nicht gerufen, Rippen, soweit ich weiß, auch nicht.«

»Da wir mit Grund annehmen«, so wieder Förster, »dass kein Arpshagener auf Luckmann geschossen hat, absichtlich oder unabsichtlich, muss ich Sie fragen: Hatte der Holzvogt Feinde? Konnte es irgendeinen Grund geben, ihn umzubringen? Wissen Sie da was?«

»Ha«, lachte, nein, wieherte die Gräfin. »Feinde? Viele. Mit Singelmann versteht er sich überhaupt nicht, auch nicht mit Gendarm Hermann. Und das Verhältnis zum Wilhelms ist auch gespannt, um es mal nett auszudrücken.«

»Und Ihr Verhältnis zu ihm?«

»Er macht seine Arbeit, ich bin zufrieden.«

»Und wieso dann die Feindschaften? Das kann Ihnen doch nicht recht sein.«

»Oh, doch, ein Prinzip von mir, wenn Sie so wollen. Auch der Oberinspektor pflegt es. Wenn alle auf dem Gut sich nicht leiden können, passen sie besser aufeinander auf. Der Laden läuft vernünftiger, wenn ich das mal so unverblümt sagen darf. Und wenn es so richtig Zank gibt, kriegen wir am Ende meistens eine gute Idee serviert. Herr Rippen ist diesbezüglich ein Meister, und eben auch der Holzvogt oder der Gutsjäger. Alles eigenwillige Charaktere, in gewisser Weise unausstehlich, und genau deshalb wunderbare Stützen unseres Unternehmens. Allgemeine Freundschaft schläfert nur ein. Priester hier macht es doch genauso. Fragen Sie ihn.«

Protest beim Inculpanten, Hechts Zischen.

Bratspieß mischte sich ein: »Aber gegenseitige Feindschaft sollte doch nicht dazu führen, dass man sich niederschießt, oder?«

»Was wollen Sie damit sagen, Herr Richter? Ich bin kein Hellseher, wie auch, aber ich sage Ihnen: Wenn Sie den Täter finden, wird es keiner meiner Bothmerschen sein. Wir mögen uns allesamt.«

Bratspieß irritiert: »Sie mögen sich und sind einander feind.«

»Wenn Sie so wollen, ja.«

»Und außerhalb Ihres Unternehmens?«

»Verhält es sich nicht anders. Es wäre nicht in meinem Sinn, dass sich der Holzvogt, um bei ihm zu bleiben, mit aller Welt gut versteht und mich am Ende im Überein mit den anderen übervorteilt. Ich erwarte Loyalität. Illoyalität gehört bestraft, deshalb sitzen wir hier und Herr Priester auf der Anklagebank.«

Diesmal hielt Advokat Hecht seinen Mandanten gleich zurück, bevor der hätte auffahren können.

»Nun, dann sagen Sie uns doch, wo wir die Feinde Luck-manns finden, die ihm ans Leben wollen, außerhalb Ihres Unternehmens«, bohrte Bratspieß weiter.

»Ich bitte Sie, Luckmann ist der Holzvogt. Wissen Sie überhaupt, was das heißt? Keiner mag den Holzvogt. Holz-diebstahl gibt es nicht bei ihm, nicht einmal Reisig. Da ist er streng. Kaufen ja, klauen nein. Wen er erwischt, der ist übel dran. Ein Forst muss geführt werden wie ein Heer, sagt er gern. Dieselbe Strenge. Das Heer soll siegen und so Er-trag bringen, der Wald wachsen und so gleichfalls seinen Ertrag bringen. Wir machen gute Geschäfte mit unserem Wald, Luckmann versteht viel davon.«

Bratspieß wechselte gewissermaßen das Thema: »Und als Privatmann. Hat er da auch viele Feinde?«

»Es geht mich nichts an, was meine Leute sonst so trei-ben in ihrem Leben. Es sei denn, ihr Treiben könnte mei-nem Unternehmen schaden. Vorgekommen ist das freilich noch nie. Ich rate ohnehin niemandem, mein Vertrauen zu missbrauchen.« Der Mund der Gräfin schloss sich zu ei-nem schmalen roten Strich in einem Faltenmeer, unnahbar, streng, entschlossen. Wie ein blutendes Messer.

Förster nahm das Wort: »Ihr Grundstücksnachbar in Arpshagen, dieser Herr Zornow, hat der auch eine Fehde mit Luckmann?«

»Selbstverständlich. Dass die wie Katz und Maus sind, weiß doch der ganze Winkel. Ich glaube allerdings nicht, dass es dabei um Holz geht.«

»Und warum wie Katz und Maus?«

»Keine Ahnung, wieso ich gerade Katz und Maus sagte. Sagt man doch so. Aber es scheint mir auch nicht von Belang zu sein. Denn auch mit Zornow sind doch alle zerstritten, mein Holzvogt macht da also keine Ausnahme. Ganz starke Charaktere, ich sagte es wohl schon. Wenn ich die nicht hätte.«

»Und weshalb?«, fragten Förster und Pan wie aus einem Mund. Und der Pan: »Weshalb sind alle mit Zornow über Kreuz, wie Sie sagen?«

»Ein Grund findet sich immer«, antwortete die Gräfin leichthin. »Zornow will das so. Er kann kein Gespräch anfangen, ohne dass es mit der Vernichtung des anderen endet oder in gewaltigem Zorn aufeinander. Er macht jeden nieder, der ihm nicht passt, zumindest versucht er es. Und wer passt ihm schon. Man darf sich auf sein Spiel nicht einlassen, sonst ist man verloren.«

Bratspieß hakte ein: »So eine Haltung müsste Ihnen, Gräfin, doch nahestehen. Wenn ich Sie richtig verstanden habe.«

»Unverschämt«, rief sie. »Gar nichts haben Sie verstanden ...«

Ehe sie noch richtig zornig werden konnte, griff Förster beruhigend ein: »Es soll einen Streit zwischen Zornow und Luckmann gegeben haben, an jenem Morgen, als die Schüsse fielen. Könnte sich Zornow gerächt haben? Ist er cholerisch«

»Nein, cholerisch nicht. Choleriker kommen irgendwann wieder runter. Zornow würde ich als kalt berechnend bezeichnen. Eher geplanter Mord als Totschlag im Affekt. Er ist intelligent über die Maßen. Aber es gibt eine Intelligenz, die nur auf Zerstörung aus ist, eine destruktive, eine fehlgeleitete Intelligenz. So einer ist der Zornow. Wäre er anders, er könnte bei mir nachfragen, ob er nicht Inspektor werden wolle. Ich würde ihn sofort nehmen.«

»Nun, Gräfin, da übertreiben Sie jetzt.« Förster lächelte die Zeugin an, um ihren Satz als Scherz aussehen zu lassen.

Sie verstand seine Absicht und nickte gnädig: »Ich übertreibe, sehr richtig, ich neige dazu. Frauen übertreiben eben. Aber um Ihre eigentliche Frage zu beantworten, ich habe nicht die geringste Ahnung, wer es ausgerechnet auf unseren Holzvogt abgesehen haben könnte. Wenn die Schüsse wirklich ihm galten und ihn nicht zufällig trafen, hat der Schütze einen perfekten Moment gewählt. Aber, bei Gott, wer soll dieser Schütze gewesen sein? Kein Bothmerscher, wie gesagt, ich würde es beschwören. Streit ja unter meinen Leuten, aber es ist nicht so, dass der eine den anderen gern zur Strecke bringen würde. Wenn Streithähne sich gegenseitig eliminieren, wer soll dann noch streiten? Wer soll dann noch die Arbeit machen? Und bei uns ist zu tun, das kann ich Ihnen sagen, hohes Gericht.«

Soweit und so ratlos war das hohe Gericht auch schon vor dem Auftritt der Gräfin gewesen. Aber sie hatte einen schillernden Auftritt hingelegt. Schon dafür habe es sich gelohnt, dachte Förster, als die Eule nach getaner Arbeit dem Saalausgang entgegenflatterte.

Mit dem Abflug von Amalasuntha Gräfin Rantzau war für die erste Woche die Arbeit getan. Förster schloss die Sitzung.

Bratspieß verschwand sogleich. Er werde auch nicht nach Rostock mitkommen, rief er Förster zu, schon in der Tür zum Treppenhaus stehend. Ulrike war noch irgendwo im Haus mit der Post unterwegs und wollte ohnehin bei einer Tante bleiben, wo sie während des Prozesses auch wohnte. Förster nestelte eben an seiner Robe herum, diesmal hatte sich die seine vertütert. Ausgerechnet als er sie in seiner Not über den Kopf zu ziehen suchte, klopfte es leise.

»Herein.«

Zu seiner Überraschung erschien Charlotte von Moltke, die er doch eigentlich schon in Pans Armen wähnte. Charlotte konnte sich eines Lachens nicht erwehren, als sie den Richter mit seiner Kleidung kämpfen sah. Beherzt griff sie ein und befreite ihn.

»Danke. Wenn Sie zu meinem Kollegen wollten, der …«

»Den habe ich schon eingefangen und weggesperrt«, lachte sie. »Nein, zu Ihnen wollte ich. Graf Rantzau bat mich, Ihnen diesen Brief zu übergeben, persönlich, wie er betonte.«

Förster nahm ihn und verstaute den Umschlag achtlos in seinem Gehrock, in den er eben hineinschlüpfte.

»Es ist aufregend, so eine Gerichtsverhandlung mitzuerleben. Sie beide machen das souverän, Herr Doktor. Leider kann ich nicht immer dabei sein.«

»Auf Dauer ist so etwas doch sehr langweilig.«

»Nein, gar nicht. Meinen Sie, dass es wirklich jemand auf Lucki abgesehen hatte, auf den Herrn Luckmann, meine ich, und nur auf den Aufruhr gewartet hat, um in der Menge getarnt zu bleiben für so ein Attentat? Eine reife Leistung, oder?«

»In der Menge getarnt ist gut. So viele Leute waren nun auch wieder nicht dabei. Aber was schwatze ich da. Hochverehrtes Fräulein von Moltke, ich werde Ihnen dazu bestimmt nichts sagen, selbst wenn ich es könnte. Wir verhandeln das dort.« Und Förster zeigte mit dem Daumen hinter sich zur Tür in den Amtssaal. »Und nicht hier im Hinterzimmer.«

»Klar, sehen Sie es einem neugierigen Frauenzimmer nach, dass es neugierig ist. Ich bin hier nur eine Botin. Alles Gute, adieu.«

Sie drehte sich um, wollte einen Augenblick zögern, ging dann aber doch. Ihre Gegenwart schien dann noch im Raum zu schweben, obwohl sie fort war. Es lag wohl an ihrem Duftwasser, das einen schweren Geruch hinterlassen hatte. Lavendel, dachte Förster. Und: Nein, keine schöne Frau, diese Moltke. Er sah noch ihr Gesicht dicht vor sich, wie sie eben vor ihm gestanden hatte. Die überhohe Stirn, die etwas schiefe Nase, die vorstehende schwere Unterlippe, die Marionettenfalten, das leichte Doppelkinn. Das aschblonde, dünne Haar, der schiefe Scheitel, der die weiße Kopfhaut sehen ließ. Die ganze etwas trampelige Erscheinung. Und die großen blaugrünen Augen. Wie hatte Pan sie eigentlich kennengelernt? Förster wollte sich die Frage merken, vergaß sie aber im selben Augenblick.

Denn Fräulein Ulrike kam von ihrem Postweg zurück. »Herr Doktor, der Justizkasten ist vorgefahren.«

»Unsere fahrbare Gerichtslaube, hoffentlich schafft sie es noch bis Rostock.«

»Und bitte wieder hierher zurück, wir wollen den Prozess doch gewinnen.«

»Ja«, lachte Förster im Hinausgehen. »Wir wollen den Prozess gewinnen, hübsch gesagt, Fräulein Ulrike. Sie haben Humor. Bewahren Sie sich den mal. Als Laterne durch die Finsternis des Lebens. Bis dann.«

»Laterne durch die Finsternis des Lebens. Das will ich mir merken. Glückliche Heimfahrt, Herr Doktor.«

ACHTES KAPITEL

Richter Förster kommt nach Hause, isst mit seiner Frau zu Abend, trinkt dabei Bier und gesteht etwas, das beinahe zu einem Bildersturm führt

Friedrich Förster schlüpfte eben in seine bequemen Hausschuhe aus Saffianleder, als unten der Gong ertönte. Erst seit einer knappen Stunde war der Richter aus Grevesmühlen zurückgekehrt, hatte rasch seinen staubigen Anzug gegen ein bequemes Hauskleid gewechselt und sich etwas frisch gemacht. Beim Umziehen hatte etwas in der Jackentasche geknistert. Ah, der Brief des Grafen Rantzau, übergeben von der Moltke. Förster nahm ihn heraus, entfaltete das Blatt – es war nur eines – und las oder besser: überflog. Auf der Fahrt nach Rostock, da Zeit zum Lesen genug gewesen wäre, hatte er den Brief über seinen Grübeleien ganz vergessen.

In dem Billett stand nun: »Hochverehrter Doktor Förster, mir wurde berichtet, dass Sie planen, gemeinsam mit dem ebenso geschätzten Doktor Bratspieß Bothmer Ihre Aufwartung machen zu wollen. Zwecks Tatortbesichtigung, wenn ich das so sagen darf. Das veranlasst mich, Sie an diesem Tag, wann immer er sein wird, zu mir zum Tee zu bitten. Dem sollten Sie schon deshalb nachkommen, weil Sie eine andere Möglichkeit, einen guten Tee und dazu köstliches Gebäck zu bekommen, schwerlich im Klützer Winkel fänden. Das allein rechtfertigte meine Einladung, auch wenn Sie mir womöglich ablehnend entgegnen werden, mein Haus sei der Kläger und also Partei im von Ihnen zu entscheidenden Rechtsstreit, was einen Besuch Ihrerseits nicht opportun erscheinen ließe. Jedoch lassen Sie mich zu diesem Punkt entgegnen: Genau genommen ist meine Gattin die Klägerin. Könnten wir uns deshalb so einigen, dass die Gräfin bei unserer Teestunde nicht dabei ist und dass wir uns bestimmt nicht über den Fall unterhalten, sondern über anderes, das Wetter meinetwegen, die Ernte oder die nächsten Theaterfreuden in Rostock, wenn denn welche in Aussicht stehen? Oder über Wallenstein, man hört, das Thema interessiere Sie. Kann ich Sie überzeugen? Lassen Sie mich wissen, wann genau die von Ihnen angesetzte Ortsbegehung in Bothmer und Arpshagen starten soll und ob ich danach mit Ihrem Besuch bei uns im Gartensaal rechnen darf. Es ist der Blick von dort in den Garten jetzt besonders schön und bunt blumenreich. Es lohnt sich also auch schon deswegen.« Der Graf schrieb in gewaltig schwingenden Buchstaben, sodass eine Seite am Ende doch nicht ausgereicht und er auf der Rückseite weitergemacht hatte.

Förster hatte das Blatt auf seinen Löwentatzenschreibtisch geworfen und etwas unbestimmt gegrunzt. Jetzt tändelte der glücklich Heimgekehrte die Treppe hinunter, sah nur kurz nach seinem Übervater hinauf und war mit einem gutgelaunten kleinen Hüpfer unten am Treppenfuß angelangt. Der bubenhafte Hüpfer wollte freilich so gar nicht zu einem Richter passen mit jahrzehntelanger ernsthafter Berufs- und Lebenserfahrung, einem Mann mit einem gewissen Ruf und der immer noch klitzekleinen Aussicht, eines Tages an einer Universität, am besten der Rostocker, zu lehren. Aber die Buberei hatte auch niemand weiter gesehen, außer der gestrenge Papa von oben.

Neben dem ausgestopften Waschbären, der die leere Schale hielt, wartete schon Wallenstein, freudig mit dem Schwanz wedelnd. Gemeinsam setzten Hund und Herr den Weg fort, der sie nur ein paar Schritte weiterführte, diesmal hinüber ins Speisezimmer. Dort stand Ric, über die Schüsseln und Platten gebeugt, deren Düfte erkundend.

»Huhn in Safran«, meldete sie. »Außerdem eine Boullion mit Ei, das erste Apfelmus der Saison zum Nachtisch, gartenfrisch. Und zum Kaffee ein Stück Marzipan aus Lübeck für jeden. Du kannst gern meines haben.«

Bei dem Wort Safran musste Förster daran denken, dass seine rotblonde Frau auch rotblondes Schamhaar hatte. Er mahnte sich jedoch, solche Abschweifungen zu unterlassen. Dass vor einer Woche das Abendessen etwas wild auf der Ottomane geendet hatte, dürfte künftig kaum zur Regel werden, dachte er, halb belustigt, halb bedauernd.

»Du siehst müde aus«, sagte Ric, ohne allzu viel Mitgefühl in ihre Stimme zu legen, und setzte sich. »Nun, nach vier Tagen Grevesmühlen, im fernen Asien ...« Dabei warf sie einen sehr weiblichen Blick auf ihren Gemahl, voller Mitgefühl äußerlich, im tieferen Augenglitzern aber voller Spott. »Wie war es bei Dschingis Khan? Wie läuft es? Hier ist noch ein Kartoffelgratin. Sophie hat alles gegeben, glaube ich. Der arme Doktor, wir müssen ihm was Gutes tun. Das waren ihre Worte. Als wärest du tatsächlich in der hintersten Mongolei gewesen mit Übernachtung in eiskalter Jurte. Ich hätte Sophie nicht so viel Mitgefühl zugetraut. Muss ich misstrauisch werden?«

Förster lächelte. »Die Ferne hat nicht immer nur mit der Anzahl der Kilometer zu tun, nicht wahr?«

»Da sprichst du wohl recht«, erwiderte Ric leichthin. »Ist schließlich dein Beruf.«

Sie lachten und stießen an, diesmal schäumte Rostocker Bier in den Gläsern, und es waren natürlich auch andere als neulich beim Schaumwein. Ricarda tat die Suppe auf.

»Ach, Ric, es ist wie immer. Hat man Bratspieß dabei, pflegt der Fall viel komplizierter zu werden als in den Akten vorgezeichnet. Er zieht das an, scheint mir. Er will das so, sagt er ja selbst. Und prompt tritt auch eine neue Frau in sein Leben, was es nicht leichter macht. Die frühere Geliebte aus Grevesmühlen, bei der er eigentlich wiederanknüpfen wollte, scheint weggezogen zu sein, angeblich ins Magdeburgische, in den Elbhafen der Ehe sozusagen. Also musste eine andere her. In seiner Logik jedenfalls. Ausgezeichnet, das Süppchen.«

»Sehr viel Lauch, aus unserem Garten. Köstlich, finde ich auch. Und was macht es diesmal so kompliziert?«

»Du erinnerst dich an die Geschichte, die ich dir am Sonntag erzählte?«

»Vor der Ottomane? Klar.«

»An die Schüsse? Es waren nicht nur Warnschüsse gefallen, es hatte auch jemanden getroffen, den bothmerschen

Holzvogt. Gut, das wussten wird, das hatte ich auch erwähnt, meine ich. Was aber nicht in den Akten stand: Dass die Schüsse wahrscheinlich nicht zufällig trafen, sondern treffen sollten. Keine der beteiligten Parteien will es gewesen sein. Die Bothmerschen ja sowieso nicht, die beschießen schließlich nicht ihren eigenen Mann, noch dazu mitten im Krieg mit den Arpshagenschen. Aber auch die Arpshagenschen schwören Stein und Bein, mit der Sache nichts zu tun zu haben.«

»Reden und beschwören lässt sich viel. Je mehr geredet und beschwört wird, desto mehr wird verborgen. Weiß ich das nicht von dir?«

»Beschworen, es heißt beschworen. Partizip.«

»Sage mir, habe ich einen klugen Mann oder schlicht einen Oberlehrer.«

Er ging lächelnd darüber hinweg. »Glaubhaft beschwören sie es, wie mir scheint, denn warum gerade den Holzvogt, der nur mehr oder weniger zufällig bei der morgendlichen Aktion dabei war? Zufällig von den Bothmerschen von der Stelle weg rekrutiert, weil er sich im Schloss herumtrieb. Um ihre Heeresmacht größer erscheinen zu lassen. Er war gar nicht vorgesehen, da mitzumarschieren. Eher hätten die Arpshagenschen dann schon auf den Anführer der Bothmerschen schießen müssen, diesen Singelmann, wenn ich den Namen richtig erinnere. Ist das nicht verrückt? Ein Mord oder doch ein Mordversuch mitten im Aufruhr? Aufruhr als Tarnung? Wer soll da die Übersicht behalten?«

»Aber eine der Parteien lügt, oder?«

»Da stellst du die entscheidende Frage, Ric. Ich befürchte, nein. Es gab offenbar Schüsse von der Seitenlinie, sozusagen. Jemand hat geschossen, der am Aufruhr gar nicht beteiligt gewesen sein muss. Eine dritte Partei, als würde nicht schon der Streit der beiden anderen genügen.«

»Ein Dreiecksverhältnis.« Ric setzte mit dem Finger drei Punkte auf den Tisch. »Bothmersche, Arpshagensche, Unbekannte. Dreiecksverhältnisse sind immer interessant.«

Förster nickte, leicht resigniert. »Vermutlich, alles nur vermutlich. Jemand, dem womöglich der Aufruhr tatsächlich willkommene Tarnung war, dem Holzvogt eins auszuwischen, gern auch mit Todesfolge. Wenn es tatsächlich so war, kann das mit den Schüssen unmöglich Zufall gewesen sein. Unser Unbekannte aus deinem Dreieck muss das gewusst haben mit dem Aufmarsch der Arpshagenschen, ziemlich im Detail sogar, sonst hätte er nicht zum richtigen Zeitpunkt an der richtigen Stelle gewesen sein können. Aber wer macht sowas? Wenn nicht sowieso alles nur ein erstaunlicher Zufall war.«

»Krass.«

»Bitte?«

»Entschuldige, krass, habe ich gerade gelernt, das Wort, meine ich. Im Damenzirkel. Die Freud brachte es mit. Du weißt schon, vom Theologieprofessor die anstrengende Frau. Und die Gendarmen haben das nicht herausgefunden, das mit den Schüssen von der Seitenlinie? Sie haben doch ermittelt, oder nicht?«

»Na ja. Der Aufruhr hat so viel Trubel gemacht, da hat wohl niemand darauf geachtet. Obwohl alle glaubwürdigen

Zeugen in Grevesmühlen bislang einig waren: Der Holzvogt hat sich im entscheidenden Augenblick umgedreht, als hätte ihn jemand von der Seite angerufen. Aber alle haben das nur so nebenbei bemerkt, aus den Augenwinkeln, gar nicht richtig wahrgenommen. Sie waren mit anderem beschäftigt, klar. Und die Schüsse oder genauer der Schuss hat den Holzvogt frontal erwischt. Das war kein Querschläger, das war gezielt. Vermutlich, wie gesagt. Außerdem traf ihn offenbar ein Schuss aus einem Revolver. Wir hatten einen Zeugen, der behauptete, heraushören zu können, ob jemand mit einem Revolver, einer Pistole, einem Gewehr oder einer Flinte schießt.«

»Krass. Wie schmeckt dir das Huhn?«

»Nach der Küche der Frau Meininger im *Hamburger Hof* schmeckt zu Hause alles köstlich. Außer Senfeier, die sind dort vorzüglich, muss ich sagen. Aber das Huhn ist wirklich wunderbar, Sophie ist ein Schatz. Die Arpshagener haben aber wohl nur Pistolen, Terzerole, ich erwähnte es, glaube ich, schon neulich.«

»Wer hat es denn nun herausgefunden, das mit dem Holzdingsda?«

»Der Verteidiger, ein krasser Bursche, um mal dein Wort zu gebrauchen. Der hat uns damit völlig überrannt, peinlich für die mecklenburgische Justiz und noch mehr für die Gendarmen.«

»Und nun?«

»Eigentlich müsste ich den Fall an die Criminalen nach Bützow zurückgeben, die Stones sollten sich damit herumschlagen. Andererseits hängt in Sachen Aufruhr alles davon ab, wie sich die Sache mit dem Holzvogt stellt. Zwei Fälle in einem, das ist kompliziert und, nebenbei bemerkt, ein bisschen viel für meine Nerven.«

»Nun, dann nimm doch noch etwas von dem Huhn. Eine Stärkung für Körper und Geist, findest du nicht auch?«

»Aber zum Glück oder zu meinem Pech, je nach Sichtweise, läuft Bratspieß zur Hochform auf. Wallenstein, weg mit der Nase, das ist nichts für dich.«

»Und die neue Bratspieß-Geliebte? Sag. Sieht sie gut aus?«

»Seltsame Frau. Sie hat uns einen Tipp gegeben, wer das mit dem Holzvogt gewesen sein könnte, als Hans-Heinrich und ich zu Mittag aßen, gleich am zweiten Tag kam sie an damit. Sie trat an unseren Tisch und plauderte drauflos, einfach so. Ganz merkwürdig. Gleich einen Täter anzubieten, das sollte doch misstrauisch machen. Übrigens ist sie eine der Gesellschaftsdamen bei den Bothmers, eine Moltke. Hübsch ist sie nicht, eher trifft das Gegenteil, aber sie hat was.«

»Charlotte von Moltke?«

»Charlotte, genau. Du kennst sie?«

»Das nicht, aber ihr Ruf hat etwas von Donnerhall. Ein ziemliches Früchtchen, sagt jedenfalls die Freud, die hat wohl Umgang mit ihr, hin und wieder.«

»Früchtchen?«

»Gemeint ist wohl, dass nicht ein Bratspieß allein ihr zu Füßen liegt. So, Herzallerliebster, jetzt das Apfelmus. Die Creme dazu habe ich kreiert.«

»Männer und Süßspeisen. Männer und Frauen. Zwei grundlegende Leidenschaften.«

»Ausnahmen wie du bestätigen die Regel, zumindest bei den Frauen. Oder hat die Moltke …, ich meine, auch bei dir …«

Förster hatte die freche Anspielung aber gar nicht gehört. Sinnend schaute er in Richtung Fenster, in den Augustabend, der, wie er, der Pessimist, fand, schon herbstlich war. Dann antwortete er: »Die Moltke hat viel erzählt, auch die Zeugen reden alle viel, die meisten jedenfalls. Warum tun sie das? Es ist, wie du sagst, auch wenn du angeblich nur mich zitierst: Weil sie bei allem stets auch etwas verschweigen, weil sie es besser verschweigen sollten oder tatsächlich nicht wichtig finden. Wer viel redet, verschweigt viel. Der Grund sei dahingestellt. Aber das ganze Rechtswesen beruht doch eigentlich nur darauf, dass verschwiegen wird, wortreich geschwiegen wird. Sonst wäre ja alles sonnenklar, verstehst du? Es brauchte unsereins gar nicht, der die Wahrheit hinter den vielen Worten hervorkratzt.«

»Oh, das Schweigen, das Verschweigen, das ganze Leben beruht darauf. Selbst alle Literatur kommt daher, weil immer einer dem anderen etwas nicht mitteilt, was wichtig wäre. Daraus wachsen die schönsten Konflikte. Denk nur an Ödipus, der fällt mir gerade so ein, die Verhängnisse nehmen ihren Lauf. Oder: kein Dreiecksverhältnis ohne Schweigen. Was wäre Shakespeare ohne Verschweigen? Alle seine Dramen würden sich in Luft auflösen. Verschweigen ist wichtig. Verschweigen ist Menschheitskultur.«

»Ric, ist es das Bier?«, lachte Förster. »Du hast doch eben selbst ein Dreiecksverhältnis auf den Tisch gezeichnet. Gerade Dreiecksverhältnisse sind übrigens ein gutes Beispiel, was passierte, würden wir alle stets die Wahrheit bekennen. Fatal, fatal. Wer kann schon die volle, ehrliche Wahrheit vertragen? Und wer würde da überhaupt zuhören, wer die Wahrheit als Wahrheit erkennen? Wer an die Wahrheit glauben? Und außerdem muss sich schließlich niemand selbst anklagen, lieber verschweigt er. Verschweigen ist immer noch besser als lügen.«

»Und schweigen ist besser als verschweigen.«

»Oh ja, wer schweigt, kommt der Wahrheit nah, in ihrer ganzen Tiefe. Aber das führt uns jetzt doch etwas ins Abseits.«

»Wobei das Lügen doch eigentlich auch ein Verschweigen ist, die Wahrheit verschweigen. Wie waren wir da jetzt draufgekommen? Ach ja, ich frage wegen der Moltke mal die Freud, wir sind morgen wieder zusammen im Damenzirkel. Wegen Waisenhaus, du weißt. Vielleicht weiß sie etwas mehr über die plaudernd verschwiegene Charlotte. Was verschweigt sie denn, deiner Meinung nach?«

»Tja, von einer Sache weiß ich. Sie hatte sowohl mit dem Täter, den sie uns präsentieren wollte, als auch mit dem Opfer Affären. Ein gewisser Zornow spielt da eine gewisse Rolle, Gutsch Zornow. Ihrer Meinung nach könnte er der Schütze gewesen sein. Sagt der dir auch etwas? Wir holen ihn uns noch als Zeugen.«

»Nein, nie gehört.«

»Und du verschweigst mir auch nichts? Deine Creme, das Apfelmus – perfekt.«

Wieder lachten sie, hoben ihre kleine Tafel auf und wechselten mit den Kaffeetassen und dem Marzipan-Teller aus Meißner Porzellan in den Salon, sie auf die berüchtigte Ottomane, er auf einen nahestehenden Fauteuil.

»Weißt du, Ric«, sagt er da, jetzt mit ernster Stimme, als hätte der kleine Ortswechsel auch in ihm die Heiterkeit gegen Lebensernst ausgewechselt, »der ganze lächerliche Arpshagen-Fall ist dazu angetan, in meinem Innern etwas aufzuschließen, was da schon länger ruht, nein gärt. Ein wirklicher Aufruhr, könnte man sagen.«

»Oh je, Friedrich. Was für Worte.«

»Schau, ich müsste den Pächter aus Arpshagen, diesen Herrn Priester, zum Tode verurteilen. Zu Recht, im wahrsten Sinne des Wortes. Aber es wäre doch Unrecht. Ein lächerlicher Fall, lächerlich ein solcher Spruch. Aufruhr ist für das, was da in Arpshagen fern der Welt passierte, bestimmt eine Übertreibung, einerseits. Andererseits aber ist dieser Priester garantiert nicht frei von Schuld, auch wenn man ihn dafür nicht gleich auf das Schafott bringen muss. Er hat schlechte Stimmung gemacht, klar. Einen Vertrag nicht eingehalten, auch wenn er Gründe dafür hatte. Er brauchte dringend einen, der sich darum kümmerte, dass die anfallende Milch irgendwie verarbeitet wird. Wie groß aber ist seine tatsächliche Schuld? Wie groß ist die Schuld der Bothmerschen, die an sich lächerliche Sache derart hochzuschaukeln?«

»Bis sich hochmögende Richter in die Mongolei begeben müssen, um das zu klären. Fürwahr.«

»Und was ist mit den Schüssen auf den Holzvogt? Weißt du, manchmal denke ich, an mir, dem Richter, bleibt von all der Schuld, über die ich zu richten habe, immer ein kleiner Teil kleben, so wie an den meisten Fällen auch etwas Unausgesprochenes, Ungeklärtes kleben bleibt. Ich fühle mich nach all den Jahren als Richter vollgeklebt mit Schuld, ohne dass ich mir selbst je etwas zuschulden hätte kommen lassen. Glaube ich jedenfalls. Ist das nicht seltsam?«

»Es ist dein Beruf, Liebster. Selbstgewählt.«

»Nun, selbstgewählt. Mein Vater wollte es so. Er hat an seinem Ruhestand gelitten, weil er sich eine Welt ohne ihn als Richter nicht vorstellen konnte. Ich sollte ihn gleichsam fortsetzen. Ab in die Unsterblichkeit sozusagen.«

»Ja, dein Papa. Unsere kleine Welt hier beherrscht er noch immer, finde ich. Hast du nicht selbst gesagt, du würdest dich vor seinem Porträt an der Treppe fürchten? Mir ist es auch unheimlich. Dieser stechende Blick. Dass du das aushältst.«

»Ich habe mich gegen mein Schicksal nicht gewehrt, ich meine das berufliche, und es war über viele Jahre, nein, Jahrzehnte in Ordnung. Was wäre ich ohne ihn? Nicht mal verheiratet wäre ich, jedenfalls nicht mir dir. Selbst dieses Glück verdanke ich dem Scheusal von der Wand. Und auch der Teller hier mit dem Marzipan stammt aus dem Erbe, ich darf doch … Aber jetzt fühle ich, dass es nicht mehr in Ordnung ist.«

»Doch nicht, weil dein Alter ausgerechnet uns zusammengeführt hat, indirekt jedenfalls?« Ricarda klang bei dieser Frage übrigens nicht ernsthaft besorgt.

»Ach, du. Natürlich meine ich etwas anderes. Als ich gestern in Grevesmühlen morgens vom Gasthof hinüberging zum Amt, wo der provisorische Gerichtssaal mit dem Kreuz statt der Waage an der Wand hängt, hatte ich einen Moment ganz für mich. Hans-Heinrich war zwar dabei, aber den vergaß ich für diesen Moment, obwohl er redete, ich glaube sogar pausenlos. Dazu die Augustsonne, die langgezogenen Schatten, der Duft nach Reife und Ernte. Da wurde es mir bewusst. Stille Momente sind immer gefährlich, der Blick nach innen fällt meistens in einen Abgrund.«

»Na, na. Wie oft habe ich dir schon gesagt, dass dein Pessimismus grundlos ist.«

»Mag sein, aber wo der Selbstzweifel auftaucht …«

Ricarda beugte sich vor. »Du solltest mit Wallenstein gehen, er wird unruhig.«

»Ja, gute Idee. Lange Rede, kurzer Sinn: Ich denke über meinen Abschied nach.« Und zu dem Hund: »Komm, Alter.« Förster erhob sich.

Ricarda Förster war nicht überrascht. Im Gegenteil, Frauen wissen vorab, was in ihren Männern vor sich geht. Kühl und zärtlich zugleich sagte sie: »Mindestens zwei werden deinen Abschied zu hindern suchen. Durchlaucht in seinem Schwerin wird ihn dir nicht gewähren, fürchte ich. Und dann Bratspieß. So lange dein Friedrich da ist am Gericht, bleibe auch ich gern. Hat er mir erst neulich gesagt.

Er baut auf dich.«

»Ach, der Pan.«

»Pan?«

»Erzähle ich nachher.« Und damit verließ Förster mit dem aufgeregten Wallenstein an der Seite den Salon, drehte sich in der Tür aber noch einmal um: »Wenn Wallenstein und ich wieder da sind, hole ich noch ein Bierchen aus dem Keller. Ich könnte mich heute vollllaufen lassen.«

Nun, vollllaufenlassen blieb eine Förstersche Übertreibung. Er gehörte zu denen, die sich schon nackt fühlen, wenn sie nur das Jackett ausziehen oder die Krawatte abnehmen. Ein zweites, drittes Glas Bier fiel bei ihm unter Maßlosigkeit. Tatsächlich lallte er ein wenig, als das Ehepaar später die Treppe hinauf nahm, wo das Schlafzimmer dem Arbeitszimmer des Richters schräg gegenüber lag. Unter dem Porträt des Vaters blieb Förster stehen und sah hinauf, obgleich es dort oben jetzt stockfinster war. »Der da ist auf alle Fälle auch gegen einen Abschied vor der Zeit.«

Ricarda schlang ihren Arm um den Ehemann und flüsterte ihm ins Ohr: »Das freilich spricht für deinen Plan. Und wenn du es tust, dann nehmen wir deinen hochmögenden Papa von der Wand und übergeben ihn den Spinnenweben auf dem Dachboden, die können ihn einhüllen, einverstanden?«

»Einverstanden, sehr einverstanden.« Friedrich Förster blickte seine elegante Frau dankbar an.

Ric, als sie schon oben an der Schlafzimmertür stand, lachte: »Wie ich dich kenne, tust du es sowieso nicht. Weder das mit dem Abschiednehmen noch das Bild endlich dorthin zu bringen, wo es hingehört. Schon wegen des hellen, leeren Flecks auf der Tapete wäre es deinem Ordnungssinn fatal.«

»Ric, da nun allerdings weiß ich Rat. Da kommt natürlich dein Porträt hin.«

»Als Ersatz für deinen Alten? Puh.«

»Nein, der Alte war nur Platzhalter für dich. Ich werde Gaston deswegen fragen, wenn ich wieder mal in Schwerin bin. Den Lenthe, du weißt. Wozu kennt man sich von großherzoglichen Banketten und hat sich dort immer nichts zu sagen. Da hätten wir ein Thema, Lenthe und ich. Ein sympathisches Thema, dich.«

»Den Hofmaler meinst du? Oh, Schreck. Der malt mich doch so langweilig, wie ich gar nicht werden kann.«

»Du würdest ihn dazu inspirieren, seelenvoll zu malen. Glaub mir.«

»Und wenn er es nicht hinkriegte? Trotz stundenlanger Sitzungen, die meine Zeit rauben? Weißt du, was ich dann mit ihm machte?«

»Na? Ich ahne es. Von der Seite ansprechen, und wenn er sich zu dir dreht, deinen Revolver ziehen und einfach abdrücken, mitten ins Herz. Und du würdest richtig treffen.«

»Genau. Und nun komm, es ist spät.«

NEUNTES KAPITEL

Richter Förster fährt inkognito nach Klütz,
begegnet dort einem Schäfer, der Hirte heißt und
drei Patronenhülsen bei sich trägt

Als Friedrich Förster zufällig aus dem Fenster der Kutsche blickte und in der Ferne die Kirchtürme von Wismar auftauchen sah, St. Georg, St. Nikolai, St. Marien, fasste er plötzlich einen Entschluss. Er pochte an die Holzwand zum Kutschbock hin und hörte sogleich Wandersees »Brr«. Dann stand die rollende Justizlaube auf ihrem Weg von Rostock nach Grevesmühlen. Förster öffnete den Schlag, Wandersee sah ihn von oben herab erwartungsvoll an.

»Wir fahren nach Klütz, Wanderer. Ein kleiner Umweg.«

»Nun«, sprach es von oben, »kleiner … Aber gut, dass Sie es jetzt sagen, wir müssen dann in Wismar nach Norden abbiegen. Ist eine schöne Strecke, direkt am Wasser lang.«

»Es spricht also nichts dagegen?«

»Oh, nein, Herr Doktor. Bei dem prächtigen Wetter lohnt doch ein Ausflug.«

»Genau. Das ist übrigens auch eine gute Begründung für die Spesenabrechnung, Wanderer, das gute Wetter«, lachte der Richter, um dann, etwas ernster, hinzuzufügen: »Wir reisen inkognito da hin, denken Sie dran.«

»Herr Doktor, ich bin dabei«, antwortete Wandersee nach kurzem Zögern. »Inkognito ist immer gut.«

Förster schloss lächelnd den Schlag, der Rumpelkasten setzte sich wieder in Bewegung. An seinem Kutscher gefiel Förster, wie klaglos er jeden Umweg mitmachte und wie er die Lücken in seiner lückenhaften Bildung immer wieder mit einem Scherz zu überdecken verstand. Was wusste Wandersee von inkognito, wo ihm nicht einmal das Wort bislang begegnet sein dürfte. Inkognito ist immer gut. Der Satz gefiel Förster. Ein Bonmot geradezu. Frage die Kutscher und du erfährst, wie das Leben so läuft und wie sich damit umgehen lässt, ohne es zu beschwerlich werden zu lassen.

Gägelow, Hohenkirchen, Gramkow, dann fuhren sie tatsächlich dicht am Wasser des Boddens entlang, schließlich Eulenkrug, Christinenfeld, endlich Klütz. Sie fuhren noch bis Hofzumfelde. Von dort war das bothmersche Anwesen, das Schloss, in seiner ganzen Größe und Schönheit zu sehen, mitten in eine feuchte Niederung hineingebaut, entwässert nach holländischem Vorbild durch einen breiten Wassergraben, eine Gracht, die Schloss und Park umgab. Das sommerliche Licht, welches das Backsteinrot etwas schräg traf, tat sein Übriges, die ganze Pracht zum Leuchten zu bringen, auch das Wasser glitzerte. Friedrich Förster, der noch nie zuvor im Klützer Winkel gewesen war, entstieg seinem Rumpelkasten, stand und staunte.

»Wanderer, ich mache eine Wanderung. In einer guten Stunde holen Sie mich wieder ab, am besten in Arpshagen am Gutshaus. Kennen wir beide noch nicht, aber wir werden es schon finden. Es muss da hinten sein, hinter dem Schloss.«

Wandersee tippte sich an die Schirmmütze, was so viel heißen sollte wie: einverstanden, mache ich. Er wartete noch, bis Förster, große Schritte nehmend, seinen Blicken entschwunden war und fuhr dann zurück nach Klütz. Der *Frät Kraug* war ihm empfohlen worden. Er hatte das mit dem Inkognito zwar nicht verstanden, aber ihm war schon klar, nicht jedem auf die Nase binden zu dürfen, wer sie seien und was sie hier wollten. Auch nicht nach ein paar Bechern Dünnbier.

Friedrich Förster indes ließ Hofzumfelde hinter sich und trat in die Festonallee, Lindenbäume rechts und links, deren gespaltenen Kronen im Laufe der Jahre wie zu einer Girlande gewachsen waren. Ein seltsamer, erhebender Weg, der auf das bothmersche Haupthaus, das Corps de Logis, zuführte, als führte er in eine andere Welt. Und irgendwie tat sich auch eine andere Welt auf. Ein Schloss, das eigentlich keines war. Und doch wurde es von allen Schloss genannt, so breit und mächtig lag es da. Zudem: Hatte sich der Graf Bothmer nicht vor einem Jahrhundert aus lauter mecklenburgischen Gütern ein eigenes Reich zusammengekauft, das am Ende den halben Klützer Winkel oder sogar noch mehr umfasste, eine Art eigene Grafschaft? Nun, das gilt nicht so recht, heutzutage, dachte der Richter und schritt weiter.

Förster las die die golden gefasste Aufschrift am Haupthaus: »Respice finem«. Bedenke das Ende. Der alte Lateiner in ihm kannte natürlich das vollständige Zitat, in dem die beiden Worte nur am Schluss standen. Er wusste im Augenblick nicht die Quelle, Vergil, Seneca, Ovid, Horaz, egal: Quidquid agis, prudenter agas et respice finem. Was immer du tust, das tue bedacht und bedenke das Ende. Der Richter musste darüber lächeln. Denn er hatte es fast ausschließlich mit Leuten zu tun, die genau das nicht taten, mit Bedacht handeln und das Ende bedenken.

Förster wanderte bis zu dem weit geöffneten Haupttor von Bothmer, hinter dem der Ehrenhof leer, matt und schattenlos in der warmen Sonne lag. Förster wollte die Ruhe nicht stören. So wandte er sich nach links und ging am Wassergraben entlang vorbei am Schloss. Er versuchte, sich unter den Bäumen zu halten. Nicht nur wegen des angenehmen Schattens. Wer weiß, wer zufällig aus dem Fenster sah und sein Inkognito hätte lüften können, schneller als gedacht. Wahrscheinlich war es zwar nicht, dass da jemand ihn zufällig sah und auch noch erkannte, aber das Unwahrscheinliche geschieht, das war seine Erfahrung, mit schöner Regelmäßigkeit.

Dann ließ er das Schloss hinter sich. Jetzt tauchte der Park jenseits des Wassergrabens auf. Förster marschierte auch daran munter vorbei, der Wassergraben, die Gracht, endete, oder genauer: machte einen Bogen und entfernte sich vom Weg. Ein kleines Waldstück, und dann sah Förster Arpshagen vor sich liegen. Das also war der Weg, den auch Singelmann und sein bothmerscher Trupp genommen haben mussten, dachte der Richter. Die alte arpshagensche Burg tauchte links auf, ursprünglich tatsächlich eine Burg, jetzt nur noch ein baufälliges Stallgebäude, umgeben von einem längst verschilften Graben. Förster wusste aus den Gerichtsakten, hier hatten die Bothmers ursprünglich und mehr schlecht als recht gehaust, die Baustelle des Schlosses immer im Blick. Bis eines Tages in den Prachtbau umgezogen werden konnte, 1736 war das, der Bauherr, der Graf aus London, war nur wenig zuvor gestorben.

Schon hatte Förster jenseits einer Straße, auf die er traf, das arpshagensche Gutshaus entdeckt, ein Backsteinbau mit einer hölzernen Veranda davor. Es erhob sich auf einer kleinen Anhöhe, ein vernünftiger Bau, der die Feuchtigkeit der Wiese mied und sympathisch schlicht dastand. Von der Veranda hatte man sicher einen schönen Blick in die Weite der Wiesen bis zum Schloss. Hinter dem Gutshaus lagen wie durcheinandergewürfelt die Wirtschaftsgebäude, einige einfache Fachwerkbauten mit Lehmbewurf, andere aus Backstein. Jede Zeit hatte hier ihren Bau hinterlassen. Der eine Teil davon, der mit einem schmalen Schornstein, musste die Meierei sein, ein Pferdewagen stand davor, das Geschepper von Kannen klang herüber.

Es war die Straße, die Klütz mit Rankendorf verbindet. Förster konnte nicht gleich hinübergelangen, so viele Fuhrwerke waren unterwegs, mitten in der Ernte. Aber da er so stand und schaute, vermochte er es sich auf einmal lebhaft vorzustellen, wie die Bothmerschen zuerst am Torweg gleich neben dem Gutshaus gerüttelt hatten und später, beim zweiten Marsch auf Arpshagen, noch einmal am Tor zur Meierei. Die Wege waren nicht weit, Förster kannte sie jetzt, fragte sich aber, was mit diesem Wissen gewonnen sein sollte.

Jetzt lag alles friedlich in der Nachmittagssonne, nichts von Aufruhr, nichts von Schreien, Glockengebimmel, Schüssen, Hundegebell. Nichts von Blut.

Und wie er so in Richtung Bothmer zurückschaute, fiel Förster ein: Dies hier, zu seinen Füßen, musste das Zornowsche Grundstück sein. Eine Staubwolke lag darüber. Wie Förster aber genauer hinsah, war es gar keine Wolke, sondern bewegte sich der Boden, sogar in seine Richtung. Eine graue Masse wogte langsam heran unter einem seltsamen Geräusch, einem immer lauter werdenden Rupfen. Dazu Rufe und Bellen, auch das lauter und lauter. Eine Schafherde schaukelte da heran, umspielt von zwei Schäferhunden, mittendrin ein Schäfer mit langem Stab, trotz der Wärme in einem abgetragenen wollenen Mantel, vielfach geflickt und bis zu den Füßen reichend. Dazu ein weit ausschwingender Hut auf dem Kopf. Eine imposante, eine biblische Erscheinung, wie Förster fand.

»Gott befohlen«, rief der Schäfer, als er mit seiner Herde nahe genug an Förster herangekommen war. »Wenn Sie rüber zu Priester wollen, dem Pächter, der sitzt im Knast. Sie sehen so aus, als wollten Sie zum Gut. Der Priester sitzt wegen Hochverrat und Aufruhr. Bei solchen Vorwürfen sitzt man ziemlich fest im Knast. Und alle fragen sich, ob der je wieder rauskommt, lebend, meine ich.«

»Die Geschichte mit dem Holländer«, erwiderte Förster. »Ich las davon, in der Zeitung. Und von dem Mann, den sie beinahe erschossen hätten.«

Auf einmal war auch Förster in die große Schafwolke eingehüllt. Die Tiere waren beschäftigt und beachteten ihn gar nicht. Nur manchmal sah eines auf zu dem Mann, den sie da umringt hatten. Förster beschlich ein seltsames Gefühl der Haltlosigkeit. Grau umwogte es ihn, als wäre er auf dem Meer. Das Gefühl hatte er schon einmal erlebt, bei Seegang auf der Nordsee, viele Jahre lag es zurück. Ein rettendes Ufer, ein fester Horizont weiter weg als die Gefahr, umgerissen zu werden und im Grau zu versinken. Das seltsame Gefühl einer Lähmung: Was immer du jetzt tust, bedenke, es ist falsch. Wie in manchen meiner Prozesse, dachte Förster. Wie die Aussichtslosigkeit, zur Wahrheit, zu wahrer Schuld und gerechter Strafe zu finden. Das graue Wogen seines Berufslebens aus Schweigen, Lüge, Angst, Hoffnung, Peinlichkeit, Ächtung, Gefängnis und manchmal Tod.

Förster musste sich ermahnen, den grauen Gedanken in der grauen Wolke nicht weiter zu folgen. Zumal der Schäferbursche sein kantiges junges Gesicht mit strahlend blaue Augen auf ihn gerichtet hielt, um etwas zu erzählen, was mit dem Fall zu tun zu haben schien, der Förster hierher an die staubige Straße von Arpshagen geführt hatte.

»Ja, genau hier, wo wir jetzt stehen traf es ihn, den bothmerschen Holzvogt. Vielleicht sehen wir noch Blutflecken, wenn wir nur genau hinschauen würden.«

Förster sah aber nicht nach unten, sondern im Gegenteil nach oben. Er sah auch am blauen Himmel eine Schafherde vorüberziehen, Schäfchenwolken, heller als das Wogen unter ihm auf Erden. Er antwortete: »Ich will gar nicht zum Gut, auch nicht zu dem Herrn, dem Priester.«

»Sie sind nicht von hier.« Eine Feststellung, keine Frage. Der Schäfer schob den Hut ins Genick, sein hübsches Gesicht, das Blau der Augen traten aus dem Schatten. Dann doch eine richtige Frage: »Sind Sie von den Gendarmen?«

»Nein, nein, das nicht. Aber ich gebe zu, ich habe mit dem Fall zu tun, dienstlich.«

»Dachte ich mir schon. Es kommen sonst hier keine Fremden vorbei. Ich habe gleich gesagt, dass der Holzvogt ein Opfer ist, das mit dem Hin und Her zwischen den Bothmerschen und die Arpshagenschen nichts zu tun hat. Gleich als es passierte.«

»Wie kommen Sie darauf, Herr …«

»Hirte.«

»Das sehe ich, ich meine, wie heißen Sie, wenn Sie Ihren Namen nennen wollen. Der meine lautet Friedrich Förster. Ich bin einer der Richter in dem Fall.«

Fortgeweht das Inkognito, schon vom ersten leisen Sommerwind. »Aber, ehrlich gesagt, nur ganz privat hier, sozusagen abweichend vom Dienstweg.« Förster lachte über seine eigene Bemerkung und sagte dann leise für sich: »Ich dürfte gar nicht hier sein.«

Auch die blauen Augen lächelten. »Hirte. Ich heiße Hirte. Kein Scherz. Nomen est omen. Sebastian Hirte.«

Förster murmelte: »Lauter Latein heute.«

Diesem Hirten, der Hirte hieß, sprach das Kluge aus den Augen. So ließ es sich Förster gefallen, am Straßenrand, in der Gesellschaft einer Schafherde stehend, für einen Augenblick zu verweilen.

Hirte sagte: »Es ist doch ganz einfach. Der Priester lässt nicht auf Leute schießen, nur weil es um seinen Holländer geht. Ökonomie hat ihre eigenen Gesetze, nicht immer sind sie zartfühlend, aber Mord gehört nicht dazu.«

»Sollte man meinen«, brummte der Richter. Die Schafe hatten ihn inzwischen wieder freigegeben. »Aber ich habe es auch schon anders erlebt, egal.«

»Nun, Sie als Richter, klar. Aber hier in Arpshagen? Die bepöbeln und prügeln sich doch laufend, die Bothmerschen und die Arpshagenschen. Die Knechte jedenfalls, manchmal auch die Mägde. Fragen Sie im *Frät Kraug* da hinten.« Hirte zeigte in Richtung Klütz. »Da geraten die dauernd aneinander. Gehört dazu. Und wenn ein Arpshagener den Dienst wechselt zu den Bothmers oder umgekehrt, dann wechselt er auch die Fronten beim Pöbeln und Prügeln. Ist im Lohn inbegriffen und hat noch nie jemanden gestört. Am Ende saufen sie sowieso alle zusammen. Das ist das Landleben. Und nun soll das auf einmal Aufruhr sein?«

»Die Streitereien betreffen wohl kaum den Holländer?«

»Der Gegenstand wechselt und ist auch gleichgültig. Hauptsache pöbeln und prügeln.«

»Das kann ich mir vorstellen«, lachte Förster. »Aber in unserem Fall geht es darum, sich der Obrigkeit widersetzt zu haben und das Recht dabei nicht auf seiner Seite zu haben, im Gegenteil. Aber was schwatze ich da.«

»Gehört in den Gerichtssaal, ich verstehe. Aber eines sollten Sie noch wissen, die beiden Parteien haben Spaß am Pöbeln und Prügeln. Mit dem Holzvogt jedoch ist es etwas anderes, der ist wirklich verhasst bei den Leuten.«

»Ja, ich hörte davon, er führt ein strenges Regime.«

Hirte grinste: »Bei den Holzpreisen, kein Wunder. Sich ein bisschen Holz aus dem bothmerschen Forst zu holen, und seien es nur ein paar Äste, um zu Hause Feuer anzumachen – es ist so einfach, aber Diebstahl und in Luckmanns Augen gar ein Verbrechen. Luckmann lässt nichts durchgehen. So etwas schürt die Feindschaft, besonders bei den Leuten, die es von früher gewohnt waren, sich zu bedienen wie sie es brauchten. War vor Luckmann alles so ein bisschen Larifari. Außerdem ist der Holzvogt unnahbar. Niemand traut sich, ihn wenigstens zu bitten, mal Gnade vor Recht ergehen zu lassen. Es gibt viele hier, Doktor Förster, die sich insgeheim gefreut hätten, wenn der Schuss auf den Holzvogt um ein paar Millimeter zielsicherer gewesen wäre.«

Förster stutzte: »Sie kennen meinen Namen?«

Jetzt stutzte auch Hirte, dann lachte er hell auf, sodass seine beiden Hunde zu ihm eilten, als hätte er sie gerufen: »Sie sind von der Großherzogliche Justizkanzlei, und da ist man ganz wichtig, was? Ich habe mir neulich mal für eine Stunde das Spektakel in Grevesmühlen angeschaut. Ich musste sowieso in die Stadt, um mit dem Schafscherer zu verhandeln. Der wird auch immer teurer. Immerhin gibt mir Luckmann ein bisschen Deputat an Feuerholz, um den Scherer damit zu bezahlen, wenigstens zu einem Teil. Deputat geht in Ordnung, da kann er sogar großzügig sein. Aber Diebstahl ist übel.«

Der Schäfer hatte wirklich strahlend blaue Augen. Förster fragte ihn ohne Umschweife, ob er wisse, wer seinen Hass auf den Holzvogt mit ein paar Patronen blutigen Ausdruck verliehen haben könnte.

»Blutigen Ausdruck verliehen, oh je.« Hirte musste noch immer lachen. »Patronen ist übrigens ein gutes Stichwort. Fast hätte ich es vergessen, das hier könnte Sie interessieren.« Der Bursche zog aus seinem Mantel etwas hervor und zeigte es dem Richter, präsentiert auf der offenen Handfläche: drei leere Patronenhülsen.

»Drei Patronenhülsen«, sagte Förster und zuckte mit den Achseln.

»Gefunden auf der Wiese da.« Hirte deutete hinter sich. »Hinter Strauchwerk.«

»Strauchwerk, das gute Deckung gibt, um von der Straße aus nicht gesehen zu werden, aber selbst alles auf der Straße gut zu sehen.«

»Das Stück Land« – und wieder zeigte der Schäfer mit gerecktem Daumen hinter sich – »gehört einem Herrn Zornow.«

»Ist das wichtig?«, fragte Förster.

»Na ja, das hier« – Hirte nickte in Richtung seiner Handfläche – »ist Munition für einen Revolver, wie es scheint. Ich kenne zwar nicht alle Waffen, die die Leute hier besitzen, wie auch. Aber Revolver? Die sind selten. Zornow besitzt bestimmt welche, ein ganzes Waffenarsenal besitzt er. Erzählt man sich. Man erzählt vieles vom Zornow. Und der Graf besitzt auch einen Waffenschrank, wo ein Revolver drin ist, ein schöner Lefaucheux. Weiß ich zufällig.«

Förster unterbrach den Schäfer: »Schade, dass es nur drei Hülsen sind.«

»Wieso?«

»Ein Schütze sollte beim Revolver immer alle Hülsen herausnehmen, also sechs, selbst dann, wenn er nicht alle sechs Patronen verschossen hat.«

»Ach so. Und was sagt Ihnen das? Dass es nur drei sind?«

»Bei Lichte besehen gar nichts. Zumindest wissen wir jetzt, von wo auf den Holzvogt geschossen wurde. Vermutlich jedenfalls.«

»Ich habe einen Birkenreis da in die Erde gerammt, mit einem Sacktuch dran, damit man es wiederfindet.«

»Sehr klug. Ich habe es schon geahnt, dass aus der Richtung geschossen wurde, jetzt weiß ich es. Vielen Dank. Wenn der Luckmann so gehasst wird … Hat er Familie?«

»Nicht, dass ich wüsste. Mit einem der Fräuleins bei den Bothmers hatte er mal was, wurde im Krug so erzählt. Vielleicht sind sie noch zusammen, vielleicht auch nicht.«

»Charlotte von Moltke.«

»Genau die. Aber die hat es faustdick hinter den Ohren. Mit Zornow lief da auch was. Und mit dem Inspektor wohl auch, Gerüchte, es wabern so viele Gerüchte. Im *Frät Kraug* jedenfalls.«

»Ist dafür ja auch der richtige Ort, nicht wahr? Inspektor? Sie meinen Herrn Rippen? Ich darf die Hülsen mitnehmen?«

Hirte nickte, dreimal. Dann sagte er: »Rippen ist auch so einer mit nomen est omen, spindeldürr wie er ist, abgemagert im bothmerschen Dienst. Oder um es genau zu sagen: im aufreibenden Dienst der Gräfin Rantzau.«

»Warum erzählen Sie mir das, Herr Hirte? Ihr Weg hat Sie nicht zufällig hier zu mir geführt. Ich sah es, Sie wollten in die Klützer Richtung. Sie erblickten mich, und dann kamen Sie hierher.«

»Mache ich mich verdächtig deshalb, Herr Doktor? Ich habe keinen Strauß mit dem Holzvogt auszufechten, abgesehen von ein paar kleinen Schulden. Ich gehöre zu keiner der Parteien. Schauen Sie, das hier sind bothmersche und arpshagensche Schafe, die einen mit grünem Punkt, die anderen mit rotem. Einträchtig grasen sie. Und sollten die Böcke doch mal aufeinander gehen, fliegen meine Hunde heran und stellen die Ordnung wieder her. Und wenn der Wolf kommt, haben wir alle die gleiche Angst und vielleicht auch den gleichen Mut, unserem Schicksal zu trotzen.«

»Unserem Schicksal zu trotzen«, wiederholte Förster belustigt. Er sah auf der Straße von Klütz her die Gerichtslaube heranschaukeln. Als er sich wieder zu seinem Hirten wandte, war die Herde schon ein ganzes Stück weitergezogen. Der Schäfer rief noch: »Gott befohlen« und grüßte, indem er die Hand an seinen gewaltigen Hut hob. Dann verschwand das graue Wogen in der dichten Staubwolke nach und nach, wie verschluckt vom Abendlicht. So wie im Theater nach einem Akt langsam der Vorhang fällt. Erst jetzt bemerkte Förster, dass es auch kühl wurde.

In dem Augenblick hielt Wandersee, sprang ab und öffnete dem Richter den Wagenschlag.

»Eine Stunde Kurzweil, der Umweg war nicht umsonst«, sagte Förster, ein Fuß schon auf dem Trittbrett, den anderen noch auf der Straße. »Und haben Sie auch was herausgefunden? Der Hirte hier schwört auf den *Frät Kraug*.«

»Sehen Sie, Herr Doktor, da war ich. Mitten im Feierabendverkehr, volles Haus, gut für unsere Zwecke.«

»Unsere Zwecke? Was erzählt man sich?«

»Sie hängen die ganze Geschichte an die Hakennase vom Grafen. Der sei so eifersüchtig und der Holzvogt ein Filou, dem auch die Gräfin ins Netz gegangen sei. Zwischen Graf und Gräfin gebe es keine große Leidenschaft, und der Graf habe wohl auch daran zu knabbern, dass sie hier in Bothmer sitzen und nicht er, sondern die Gräfin das Sagen hat. Dass seine Gemahlin einem anderen schöne Augen macht. Er habe den Holzvogt schon lange entlassen wollen, sie aber soll gesagt haben: Nur über meine Leiche.«

»Und nun war es fast über seine Leiche.« Förster fasste sich an die Stirn. »Pardon, was für ein makabrer Witz.« Er gab sich einen Ruck und kletterte in die Kutsche.

Wandersee, im Begriff den Schlag zu schließen, sagte noch: »Der Graf und Zornow kennen sich übrigens schon sehr lange, noch aus der Zeit, als der Graf ein begehrter Junggeselle war. Aus Rantzau. Als der Graf nach Bothmer kam, dauerte es nicht lange, bis auch Zornow hier erschien. Angeblich machen sie Geschäfte zusammen, mit Getreide vor allem, neuerdings auch irgendwas mit Zucker.«

»Hat jemand gefragt, wer Sie sind und was Sie in den Krug führte, außer Durst und Hunger, meine ich?«

»Nein, gar nicht.«

»Da haben wir es wieder: Sie treue Seele bewahren unser Inkognito, und ich lüpfte es schon beim ersten, der mir über den Weg läuft. Spricht für Sie und gegen mich. Aber gut. Unser Ausflug hat sich gelohnt, ich sagte es wohl schon, Inkognito hin, Inkognito her. Und nun fahren Sie zu, Wanderer, damit wir wenigstens noch etwas Warmes aus der Küche abbekommen im *Hamburger Hof*. Es wird schon frisch, scheint mir, mich schuddert ein wenig.«

Eine gute Stunde später hatten sie ihr Ziel Grevesmühlen erreicht. Förster fand eine Nachricht von Fräulein Ulrike vor: »Hochverehrter Herr Doktor Förster, Zeuge Zornow erscheint morgen um zehn Uhr. Übermorgen fahren wir nach Klütz, zuerst zu Holzvogt Luckmann, der am Krankenbett empfängt. Die Bothmers laden nachmittags zum Tee, die Einladung hatten Sie angenommen, wie man mir sagte. Sie wissen also Bescheid? Und übermorgen haben wir als letzten Zeugen noch Herrn Rippen, den Inspektor von Bothmer. Guten Abend.«

Er ließ sich das Essen auf sein Zimmer bringen, Agnes brachte es auch bald. Hier, fern der Aufsicht seiner Gemahlin, aber auch der von Frau Meininger, konnte er seiner Unart frönen, beim Essen nebenbei zu lesen oder eigentlich beim Lesen nebenbei zu essen. Er las sich im Wallenstein-Aufsatz jenes Leopold Ranke fest, dem er gern einmal begegnet wäre. Mit wem schon lässt sich aufrichtig über das reden, was einen wirklich beschäftigt. So dachte Förster noch, als er schon im Bett lag, und schlief darüber ein in einem

Gefühl, als würde Wallenstein vor seinem Bett liegen, mit der Schnauze seine Hand stupsend. Wie nur kam er gerade darauf? Egal. Die Müdigkeit, nichts weiter.

ZEHNTES KAPITEL

Gutsch Zornow tritt vor Gericht auf, und Friedrich Förster lädt seinen Freund Pan Bratspieß zu Birnen, Bohnen und Speck ein

»Ich mache Sie darauf aufmerksam, dass Sie hier die Wahrheit sagen müssen. Die Wahrheit und nichts als die Wahrheit. Sie heißen Zornow? Gutsch Zornow? Ein ungewöhnlicher Vorname. Woher haben Sie den, wenn ich fragen darf?«

»Sehen Sie, hohes Gericht, da kann ich die Wahrheit schon mal nicht sagen. Denn ich weiß es nicht.«

»Was wissen Sie nicht?«

»Woher ich den Vornamen habe.«

»Nun, daran wäre dann immerhin die Wahrheit, dass Sie es nicht wissen. Wenn Sie es tatsächlich nicht wissen, meine ich. Aber wir wollen uns nicht in Spitzfindigkeiten verlieren, Herr Zeuge.« Friedrich Förster blätterte in den vor ihm liegenden Papieren und legte dabei seine sonst glatte Stirn in Falten.

In die raschelnde Pause hinein sagte Zornow: »Was heißt hier Spitzfindigkeiten? Was sind Spitzfindigkeiten? Das liegt doch nur im Auge des Betrachters. Sehen Sie, ich sehe mich als unbescholtener Bürger, als treuer Untertan Seiner Durchlaucht, der es übrigens von Zeit zu Zeit gefällt, mit mir die eine oder andere Stunde zu verbringen. Sie aber, Herr Richter, sehen in mir, der ich hier vor Ihnen stehe, jemanden, der irgendwie, irgendwo Dreck am Stecken hat oder wenigstens haben muss.«

»Sie sitzen, mit Verlaub.« Bratspieß konnte sich nicht zurückhalten. Hier und da Gelächter im Saal.

Förster fiel ein, wie die Moltke ihren Fast-Verlobten vorgestellt hatte: Dass er wie ein gelblich-grauer Fels aussehe und sein Lachen gleichsam aus dem Mundwinkel falle, auch seine Rede. Man musste sich in der Tat anstrengen, ihn zu verstehen. Zornow sprach unbewegt, öffnete kaum den Mund, er nuschelte, und das mit voller Absicht, damit man ihm angestrengt zuhören musste. Mitunter klang es sogar wie ein Knurren. An dem betreffenden Mundwinkel saß auch eine kleine Warze, als sei da ein Zusammenhang zwischen ihr und seiner Sprechweise. Sein Mund war ein karger Strich in dem flächigen, blassen Felsgesicht, aus dem sich selbst die Nase nicht recht zu erheben wusste und zwei starr blickende grünlich-graue Augen weniger zu sehen als vielmehr das zu Sehende zu durchbohren schienen. Überhaupt: Zornow schien sich nicht gern zu bewegen, tatsächlich wie ein Fels saß er da, ein Gletscher, an dem jeder Wanderer scheitern musste. Sogar ein Gipfelkreuz stand darauf, jedenfalls aus dem Blickwinkel Försters, denn das Kreuz an der gegenüberliegenden Wand schien genau über Zornows Haupt zu schweben.

Zornow würdigte den Pan keines Blickes, als er weitersprach: »Vermutlich haben Sie keine Vorstellung davon, wie es der Reputation schaden kann, vor Gericht gezerrt zu werden. Ich bin auf meinen guten Ruf angewiesen in meinen

Geschäften. Jetzt hält mich die Justiz sogar von meinen Geschäften ab, einen Unschuldigen, der nicht einmal ahnt, in welche dunklen Verwicklungen er gezogen werden soll und wer ihn hier anzuschwärzen beliebte.«

»Nun, nun«, unterbrach Förster, so wie er auch schon andere Zeugen in ihrem Redefluss gestoppt hatte, wenn der nichts zur Sache tat. »Sie wurden weder gezerrt noch angeschwärzt, noch stehen oder sitzen Sie hier als Angeklagter. Nicht mal ein Verdacht liegt gegen Sie vor. Glauben Sie mir, ich habe in den Jahrzehnten meiner Richtertätigkeit viele Zeugen erlebt, die vor Gericht erscheinen mussten, nur weil sie mit dem entsprechenden Prozess mehr oder weniger zufällig, in jedem Fall aber ohne alle Schuld verbunden waren. Da ist kein Makel, schlimmstenfalls Pech.«

Zornow daraufhin, die Stimme noch weiter senkend: »Mein Pech also. Dann fragen Sie. Meine Zeit ist kostbar. Die Geschäfte rufen.«

Bratspieß preschte vor: »Dann kommen wir auch gleich zur Sache. Von Ihrem Grund und Boden aus wurde auf Herrn Luckmann, den bothmerschen Holzvogt, geschossen. Das wird Ihnen nicht verborgen geblieben sein. Was wissen Sie darüber? Können Sie uns sagen, wer geschossen hat und warum?«

Zornows Blick blieb ausschließlich auf Förster gerichtet, als er nach einigem Zögern, das wohl nur ein Wartenlassen sein sollte, Pans Frage beantwortete: »Nichts. Ich weiß nichts. Ich war nicht dabei. Dass etwas von meinem Grund und Boden aus geschieht, mag sein, aber der Angriff auf

Luckmann geschah ohne mein Zutun. Natürlich ohne mein Zutun. Und bitte versuchen Sie gar nicht erst, mir da etwas anzuhängen. Ich erwähnte bereits, dass Durchlaucht …«

»Nun, nun.« Diesmal hob Förster sogar beschwichtigend die Hände. »Keinem Besitzer von Land ist ein Vorwurf zu machen, wenn ein Unbekannter dort seinen Revolver zieht und auf jemanden schießt – wenn er nicht selbst mit der Sache zu tun hat.«

»Ich habe nichts damit zu tun«, tröpfelte es aus Zornows Mundwinkel.

»Sie hatten zuvor einen Streit mit Herrn Luckmann, auf dem bothmerschen Schlosshof. Und Sie wurden auf Ihrem Grund und Boden gesehen, kurz nachdem der Schuss gefallen war, der Herrn Luckmann beinahe das Leben gekostet hätte.«

»Also doch eine Anklage.«

»Nein«, entgegnete Förster jetzt in einem scharfen Ton. »Aber die Bitte, dass Sie uns als Zeuge helfen, die Sache aufzuklären. Worüber haben Sie mit Luckmann gestritten?«

Förster meinte, den durchbohrenden Zornowschen Blick in seinem Körper zu spüren, so intensiv war er, als der Zeuge antwortete: »Lucki hat erzählt, dass er mit den anderen die Arpshagener aufmischen wolle, wegen der Holländer-Geschichte, die war ja in aller Munde. Aufmischen – das Wort hat er verwendet.«

»Das war aber nicht das, worüber Sie sich gestritten haben, oder?«

»Nein, da ging um etwas Privates.«

»Waren Sie beide verabredet an jenem Morgen im Schlosshof?«

»Gott bewahre. Wir trafen uns zufällig, beide überrascht über die Anwesenheit des anderen. Er kam aus dem Haupthaus, ich kam da eben vorbei, da habe ich ihn mir zur Brust genommen.«

»Zur Brust genommen? Könnte es sein, dass es um eine Frau ging?«, hakte Bratspieß ein. »Eine Frau als Grund für den Streit.«

Zornow bedachte sich abermals einen Augenblick lang, ohne den Pan anzusehen, dann sagte er: »Mit Verlaub, Sie sind ein Rabauke.«

Förster schritt ein: »Herr Zeuge, wollen Sie sich ernsthaft einen Ordnungsruf einfangen? Ich bitte doch um Contenance.«

Zornow brauchte einen Moment, bevor er schließlich schwerfällig nickte. Dabei schloss er seinen Mund, als würden zwei Felsen aufeinanderprallen, um die Öffnung nie wieder freizugeben.

Förster seufzte: »Herr Zeuge, wir wollen keine Einzelheiten hören, auch keine Namen. Wir wollen hier nicht Delikates zur Sprache bringen. Ich sehe Ihnen an, dass Sie so etwas befürchten. Bitte sagen Sie uns nur eines: Wie endete Ihr Streit? Konnten Sie sich einigen? Wie sind Sie auseinandergegangen?«

Es dauerte eine Weile, bis sich die Felsbrocken im Steingesicht doch wieder leicht hoben: »Ich habe dem Luckmann nur die Meinung gegeigt. Ich glaube, er hat gar nichts er widert, er wurde dann ja auch erwartet von der Truppe um den Singelmann. Ich habe ihm die Meinung gegeigt, mich dann umgedreht und ihn stehen lassen. Ich hatte meine Gründe, so zu handeln.«

»Sehr wohl«, sagte Bratspieß ironisch. »Und später auf Ihrem Grund und Boden? Sie müssen doch etwas mitbekommen haben? Der Aufruhr, die Glocken, die Schüsse, das Hundegebell, das Geschrei. Was wollten Sie auf Ihrem Feld?«

Zornows Blick blieb unverdrossen auf Förster gerichtet, als er Bratspieß antwortete: »Selbst da kommen Sie nicht weiter, mir etwas anzuhängen. Ein Teil des Feldes – ist nur eine Wiese übrigens – nutze ich als Pferdekoppel. Kann ja jeder sehen, die Pferde sind auch jetzt dort. Ich war dort – Sie werden es nicht glauben –, weil ich eines meiner Pferde gesattelt habe und dann fortgeritten bin. Und zwar in Eile, aber keineswegs auf der Flucht.«

Förster fragte: »Und der Trubel?«

»Der war unübersehbar und auch nicht zu überhören, in der Tat. Aber ich hatte es eilig, wie erwähnt. Und ich gebe es auch zu: Ich wollte mich nicht weiter darum bekümmern, um nicht in etwas hineingezogen zu werden, was mich nichts anging. Ich sah den Singelmann und dachte, der werde schon alles richten. Wer wenn nicht er, dazu gibt es ihn schließlich. Hat mir nichts genützt, meine Zurückhaltung, wie man sieht. Jetzt bin ich doch hineingezogen und verplempere hier meine Zeit.«

»Und Ihre Reputation, natürlich.« Bratspieß ließ nicht locker. Dass Zornow ihn nicht ansah, schien seine juristische

Rauflust zu befördern. »Und Sie waren kein bisschen neugierig, was da vor sich ging mit großem Lärm und am frühen Morgen?«

»Ich bin nicht neugierig. Von Natur aus bin ich nicht neugierig. Außerdem wusste ich vom Lucki ja, worum es ging, so im Groben jedenfalls. Aber warum sollten mich Priesters Alleingänge interessieren? Ein Holländer, eine Gutswirtschaft, mit er ich nichts zu tun habe? Soll er machen, was er für richtig hält, dachte ich. Solange es nicht mich selbst betrifft und meine Kreise stört, bin ich liberal.« Nach diesem Satz fiel gleichsam als Zugabe noch ein Grinsen aus dem Mundwinkel. Hier und da Gelächter im Saal.

Bratspieß fragte: »Man sagte uns, Sie seien ein guter Schütze. Haben Sie Ihren Revolver stets bei sich? Hatten Sie ihn auch jenem Morgen dabei?«

»Revolver? Wo denken Sie hin, guter Mann. Ich besitze gar keinen. Ich besitze keine Handfeuerwaffe. Nur zwei Jagdgewehre, auch wenn ich mich bestimmt nicht unter die Jäger zählen würde. Aber wenn Durchlaucht mich zur Jagd einlädt, was denn doch hin und wieder vorkommt, kann ich schlecht sagen, dass mich die Jagd gar nicht interessiert, oder nur mit Pfeil und Bogen kommen. Auch wenn ich es tatsächlich liebe, ins Schwarze zu treffen, wie man so zu sagen pflegt.«

»Wie vertraut sind Sie mit Herrn Luckmann?«

Aus dem Mundwinkel kam, träge und verdrossen: »Niemand hier im Winkel kommt um den Holzvogt herum, wenn er im Winter nicht erfrieren will. Man kennt sich.

Ich kenne alle aus dem bothmerschen Hofstaat. Das bleibt nicht aus, wenn man hier lebt und dann und wann mit den Bothmers Geschäfte betreibt.«

»Stimmt es«, fragte Förster weiter, »dass die Bothmers Ihr Stück Land gern übernehmen würden, zwecks Arrondierung des eigenen Besitzes?«

»Mit Luckmann hat das ja wohl nichts zu tun«, bemerkte Zornow.

»Wer hat sonst noch Zugang zu Ihrer Wiese?«

»Jedermann. So lange mir nicht jemand das Heu wegnimmt oder die Pferde stiehlt oder eben gleich das ganze Grundstück, habe ich auch nichts dagegen, wenn dort wer wandelt. Der Schäfer geht regelmäßig über die Fläche, gern gesehen.«

»Der Hirte Hirte.«

»Ja, der.« Wieder fiel ein Lächeln hinterher.

Bratspieß sagte: »Oder es kommt jemand daher, der sich hinter einen Busch stellt, seinen Revolver zückt und schießt.«

»Das haben Sie gesagt, Herr Richter. Ich wiederhole es gern und zum Mitschreiben für das Protokoll: Ich besitze keinen Revolver, ich hatte auch noch nie dergleichen in meinem Besitz. Wenn es so war, wie Sie es sagen, dass da mit einem Revolver geschossen wurde, muss es jemand anderes gewesen sein. Ich nehme aber an, Revolver sind nicht so verbreitet hier bei uns im stillen Winkel.«

Bratspieß fragte, noch immer von Zornows Blick ignoriert: »Wer könnte ein Interesse daran haben, den Holzvogt aus dem Weg zu schaffen? Sie werden sagen, woher soll ich das wissen.«

»Woher soll ich das wissen.«

»Ich will nur Ihre Ansicht hören.«

»Wer mag schon den Holzvogt. Vor allem den Lucki als Holzvogt. Der sitzt auf seinem Wald, wehe, es holt sich mal jemand ohne seine Erlaubnis ein bisschen Brennholz, und sei es nur ein paar Kienäpfel zum Anfeuern. Luckmann kennt kein Pardon. Viele haben bei ihm Schulden. Aber ihn deshalb erschießen? Nach dem einen Holzvogt kommt der nächste, vom Regen kommt man in die Traufe.«

»Wie wir hörten, liegt er mit vielen über Kreuz, sogar am Hof der Bothmers.«

»Das ist bitter wahr. Aber mir wird das auch nachgesagt, und noch nie hat jemand auf mich geschossen.« Wieder die seltsame Zornowsche Mundwinkelheiterkeit. »Fragen Sie mal den Hirte. Zwischen dem und dem Lucki – da herrscht purer Hass. Wenn die sich zufällig einmal im *Frät Kraug* – Sie kennen den Krug in Klütz? – treffen, liegt Prügel in der Luft. Vielleicht können sich beide nicht mal mehr daran erinnern, wie das ganze Elend begann. Ich weiß es auch nicht, aber bestimmt eine Weibergeschichte oder Schulden beim Holzkauf. So ist das beim Lucki, Holz und Weiber. Und dann Hass auf Lebenszeit.«

Es schien, als hätte sich der Gletscher Zornow an seinen eigenen Worten erwärmt. Sogar Schweißtropfen erschienen auf seiner Stirn, als würde Eis tauen. Auch lockerte Zornow endlich einmal seinen Blick. Förster fühlte sich befreit. Er treibt mit uns sein Spiel, dachte der Richter. Er fühlt sich unendlich überlegen. Zuerst war es die pure Drohung, als er auf seine Beziehungen zum Großherzog zu sprechen kam, jetzt war es feixende Ironie. Förster fühlte, dass er dagegen etwas unternehmen musste, damit sich am Ende nicht auch noch der Saal auf die Seite Zornows schlug, obwohl Zornow doch eigentlich überall als unbeliebt galt. Aber eine Gerichtsverhandlung hebt sich so ab vom Alltag des Lebens, dachte Förster weiter, dass sich hier auch leicht alle Verhältnisse verschieben können, von unten nach oben und umgekehrt. Und plötzlich gilt selbst der Widerling als beliebt, weil die Richter so unbeliebt sind, die Gerichte und überhaupt alles, was nach Amt aussieht.

Förster griff ein: »Herr Zornow, unserem Archiv entnehme ich, dass Sie schon einmal vor Gericht gestanden haben, da nicht als Zeuge, sondern als Angeklagter. Ein ungeklärter Todesfall …«

Zornow vergletscherte sogleich wieder, seine Augen wurden starr wie vorhin, sein Felsenmund nichts weiter als eine leicht zu übersehende Spalte. Zornow schwieg, als wollte er die Bemerkung des Richters an seinem Gletscher abrutschen lassen. Dann aber sagte er: »So wird Ihnen Ihr Archiv auch freundlicherweise mitgeteilt haben, dass ich in der Sache freigesprochen wurde. Ein Freispruch erster Klasse, wie man bei Gericht sagt, nicht wahr?«

»Sie haben dennoch gebüßt, es wurde nichts mit dem Landrat.«

»Ich war das Opfer einer Intrige, und ich glaube wirklich, das tut hier nichts zur Sache.«

»Da mögen Sie recht haben. Es ist nur eine Auffälligkeit, ich wollte Sie danach gefragt haben.«

»Wer einmal vor Gericht steht, tut es immer wieder. Meinen Sie das?«

Förster winkte ab. Es sah aus, als wollte er eine lästige Fliege im Flug fangen. »Würden Sie uns Ihren Waffenschrank zeigen? Wir sind morgen in Klütz und sehen uns den Tatort an, da kommen wir gern vorbei.«

»Herr Richter, Sie werden verstehen, dass ich in dieser Sache einen Advokaten konsultiere.«

»Tun Sie das. Ich denke, wir sind am frühen Nachmittag bei Ihnen, aber machen Sie sich keine Umstände. Noch Fragen an Herrn Zornow. Herr Kollege? Herr Seeliger, Herr Hecht?«

Hecht hatte eine Frage: »Sie sind auch in Geschäften mit dem Herrn Grafen? Und sogar mit dem Holländer, den mein Mandant hat ziehen lassen müssen?«

Zornow besann sich in seiner undurchdringlichen Art. Dann ließ er sich zu einem knappen »Ja« herab, wandte seinen massigen Schädel in Richtung des Advokaten und durchbohrte jetzt Hecht mit seinem Blick, dass der es doch tatsächlich unterließ, weiter zu fragen. Und ehe es ein anderer gewagt hätte, brummte Zornow noch: »Geschäfte basieren auf Vertrauen, ich werde deshalb hier nichts darüber verlauten lassen, sie haben nichts, rein gar nichts mit dem zu tun, über das hier zu Gericht gesessen wird.«

Einen Augenblick lang war es ganz still im Saal. Dann griff Förster wieder ein: »Ich sehe keine weiteren Fragen. Dann danke ich Ihnen, Herr Zornow, Sie können gehen.«

Der Gletscher erhob sich zur Lawine. Ganz langsam bewegte sie sich, und Förster meinte, dabei das Geräusch von bewegtem Geröll zu vernehmen, ein Donnern wie in der Ferne. Zornow war nicht eigentlich dick, wirkte aber so in seiner untersetzten Statur. Er machte erstaunlich kleine Schritte. Mit dem Abstand des Richtertisches sah es aus, als schöbe sich der Mann langsam dahin, tatsächlich wie eine Lawine, alles mit sich ziehend, unter sich begrabend. Förster hätte sich nicht verwundert, wenn nach Zornows Abgang mit Türenknall der Saal leer und in Trümmern dagelegen hätte.

Aber die Tür wurde leise geschlossen. Wer im Saal gesessen hatte, saß immer noch da. Schon vor einer Weile hatten die Kirchenglocken zwölf geschlagen. Zeit für den Mittagstisch im *Hamburger Hof*. Förster schloss die Sitzung.

Eine Viertelstunde später saß er in der Gaststube des Hotels. Er hatte dort inzwischen einen Stammplatz, in jener Nische, die fast als Versteck gelten konnte, aber neulich von der pfiffigen Moltke doch entdeckt worden war. Förster schätze es an sich nicht, beim Essen gestört zu werden. Aber er speiste durchaus gern in Gesellschaft. Diesmal war Bratspieß mitgekommen. Frau Meininger kündigte Birnen, Bohnen und Speck an, ein seltsames Gericht, sie selbst nannte es Grönen Heini.

»Ich habe zwei große Augen vermisst eben im Saal«, sagte Förster und spielte in Erwartung des Essens mit Serviette und Besteck.

Der Pan antwortete: »Tja, Dienst im Hause Bothmer. Ich glaube auch nicht, dass Charlotte sich den Zornow hätte antun wollen. Sie hat ihn verlassen, und ich glaube, sie möchte ihn auch gar nicht wiedersehen. Lässt sich hier im Winkel aber schlecht vermeiden.«

Frau Meininger kam mit dem Essen und zeigte ein erwartungsvolles Gesicht. Sie wollte für ihren Mittagstisch gelobt werden, ohne ihren Gästen die Chance gegeben zu haben, von dem Gericht überhaupt gekostet zu haben. Die beiden Herren lobten also pflichtgemäß, schon der Anblick lasse das Wasser im Munde zusammenlaufen und so etwas.

Als sie wieder allein waren in ihrer Nische, grummelte Bratspieß: »Geht einem auch auf die Nerven, diese Frau.«

Förster, der liberalere von beiden, lachte: »Ach, was. Das Lob ist insofern berechtigt, als dass es hier überhaupt einen Mittagstisch gibt, preiswert, anständig und pünktlich.« Sie aßen schweigend.

Schließlich sah Bratspieß auf: »War es ein Fehler, den Zornow vorzuladen? Er hat nichts mit dem Aufruhr zu tun. Da hat er recht, oder?«

»Ich denke, wir werden den Fall Holzvogt vom Fall Aufruhr trennen müssen, das stimmt. Das muss auch im Urteil klarwerden. Eine schwierige Sache. Aber noch gehört das eine zum anderen, und insofern müssen wir uns nicht schelten wegen Zornow. Sag mal, hat dein Fräulein den Zornow wegen Luckmann verlassen?«

»Das habe ich Charlotte auch gefragt. Die Antwort war sehr poetisch, viel Herz, Gefühl und Seele kam darin vor. Alles Quatsch, aber ich nehme an, sie wollte mir gegenüber verbergen, dass es zwischen Gutschi und Lucki noch irgendwen gab. Sie liebt die Liebe. Nenne sie nymphomanisch und ich würde nicht widersprechen. Ich bin es allerdings auch.«

»Und mit Lucki war es zu Ende, bevor du in ihr Leben getreten bist?«

»Oh, was für eine Frage. Keine Ahnung. Ich weiß nur, was sie mir erzählt hat: Lucki hat sie verlassen. Lucki will nämlich heiraten, eine Pastorentochter aus Gadebusch.«

»Und unser Fräulein ist so verärgert, dass es einen Killer anheuert …«

»Mein Lieber, ist irgendwas im Essen? Charlotte tröstet sich anders, wenn sie sich trösten muss. Vielleicht bin ich ihr sogar mehr Trost als Freude. Wer weiß. Sie liebt die Abwechslung, genau wie ich. Wir fallen übereinander her, ohne ein Gestern, ohne ein Morgen. Und so wird es auch beim Luckmann gewesen sein.«

»So genau wollte ich es gar nicht wissen. Aber das sagte ich wohl schon einmal. Frau Meininger, das Essen war vorzüglich. Sie sehen es, alles verputzt, und Edgar muss darben. Und was erblicke ich da, sogar eine Nachspeise rollt heute heran. Rote Grütze, da sage ich bestimmt nicht nein.«

Beim Kaffee später stöhnte Pan Bratspieß: »Es kann doch, verdammt noch mal, nicht so schwierig sein, den Schützen zu finden. Ein überschaubares Tableau, ein begrenzter Personenkreis bei beinahe noch nachtschlafender Zeit, zwei Dutzend Zeugen, ein Vorgang, der sich bis in die Kleinigkeit hinein rekonstruieren lässt.«

»So sehe ich das auch«, erwiderte Förster. Und nach einer Pause: »Wie heißt es so schön, manchmal sieht man den Wald vor lauter Bäumen nicht. Vielleicht geht es uns gerade so.« Und wieder nach einer Pause: »Morgen schauen wir uns den Ort des Geschehens an. Ich muss dir da noch etwas gestehen, Hans-Heinrich. Ich war am Montag schon einmal dort, in Bothmer und Arpshagen, mehr oder weniger inkognito, eigentlich weniger. Ich war zu neugierig – im Gegensatz zu Zornow. Ich habe den Hirten kennengelernt, der doch tatsächlich Hirte heißt.«

»Mein Lieber, das Geständnis kommt zu spät. Wie die meisten Geständnisse. Ich weiß es bereits. Wir haben einen geschwätzigen Kutscher. Ein Hirte, der Hirte heißt, auch verrückt, oder? Ich gestehe dir auch etwas. Ich fahre jetzt ebenfalls nach Bothmer, ich reite, um genau zu sein. Zwei große Augen, du weißt.«

»Also dann. Die Rechnung hier geht auf mich, das bin ich dir schuldig, Hans-Heinrich. Hau ab. Bis morgen. Treffen wir uns gleich dort? Am Tatort?«

»Wenn mich Charlotte bei sich behält – gern.«

»Gut, bis dann. Viel Spaß. Abfahrt um 8 Uhr, falls du doch noch bis morgen hier im Gasthof wiederauftauchen solltest.«

ELFTES KAPITEL

Beim Tee wird davon berichtet, dass es manchmal nachts im Schloss Bothmer spukt und bei Zornow ein Revolver gefunden wurde

»Willkommen, Doktor Förster. Willkommen auf Bothmer. Es freut mich, dass Sie der Einladung gefolgt sind. Sehr aus Eigennutz übrigens freut es mich. Der Umgang hier im Winkel ist ein bisschen einseitig. Immer nur Landwirtschaft, Pachtverträge, Bilanzen, Käufe und vor allem Verkäufe. Ich bin bestimmt der einzige Jean-Paul-Leser im ganzen Winkel. Lesen Sie Jean Paul?«

»Hohle Nüsse für hohle Zähne. Ein Satz von ihm, den ich mir zufällig gemerkt habe. Aber, Graf, da bin ich für Sie auch eine Enttäuschung. Vor vielen Jahren habe ich es mit dem ›Titan‹ versucht, wo es an einer Stelle um die hohlen Nüsse für hohle Zähne geht, freilich nur ganz beiläufig. Ich würde meinen Eindruck so zusammenfassen: eine große Wüste, aber was für Oasen darin. Am Ende bin ich jedoch, wenn ich mich recht erinnere, in der Wüste verdurstet, was nichts anderes sagen will als: Ich habe aufgegeben.«

»Wüste! Oase! Hübsch. Kommen Sie, Doktor Förster, hier entlang. Den ›Hesperus‹ müssen Sie lesen, da ist er auf seiner Höhe, der ›Titan‹ gehört schon zum etwas müde gewordenen Spätwerk. Das hier ist der Gartensaal. Sehen Sie die Türen, da sind Spiegel eingelassen, so wirken Garten und Gartensaal viel größer, als sie eigentlich sind. Auch wir sind auf einmal mehrfach da, freut bestimmt nicht jeden, bothmersche Spielereien. Und schauen Sie in den Garten, habe ich Ihnen zu viel versprochen, was das Blütenmeer betrifft? Herrlich, nicht wahr? Darf ich so sagen, weil ja nicht ich es so hergerichtet habe, sondern der Gärtner.«

»Schuld sind immer die Gärtner. Herrlich, das stimmt. Ein Paradies haben Sie hier, Graf. Noch paradiesischer wäre es zweifellos, wenn nicht Leute wie ich hier auftauchen müssten.«

»Sie scherzen, Doktor. Wussten Sie, dass der große bothmarsche Vorfahre der Gräfin, Urvater Hans Kaspar, in London 10 Downing Street wohnte? Bothmar-House hieß es zu seiner Zeit.«

»Ja, natürlich weiß man davon.« Graf Rantzau, das fiel Förster auf, sprach nicht von seiner Ehefrau oder Gattin, er nannte sie die Gräfin, halb wohl aus Respekt, halb aus Ironie.

»Und hier, Doktor, wird uns auch der Tee serviert. Dank der alten englischen Verbindungen haben wir vorzüglichen Tee aus dem fernen Assam, wo immer das liegen mag. Er wärmt und öffnet die Seele.«

Friedrich Förster war dankbar, als ihm eine Tasse gereicht wurde. Seine Hand umklammerte sie sogleich, um sich an deren Wärme zu wärmen. Anders als neulich bei seiner einsamen Wanderung von Bothmer nach Arpshagen und dem Gespräch mit Hirte Hirte war der Himmel heute verhangen. Hin und wieder hatte es auch ein wenig geregnet, ein unangenehmer Wind ging. Kurzum, Förster war durchgefroren. Nachher in Grevesmühlen wollte er Frau Meininger bitten, ihm erst einen Grog und dann eine Bettpfanne vorzubereiten. Der Tee schmeckte vorzüglich, und er wärmte tatsächlich. Die Küchlein mit Marzipanfüllung, die ebenfalls herumgereicht wurden, taten ihr Übriges, dass Förster still für sich dem Grafen von Herzen dankte, ihn in das Schloss eingeladen zu haben, obwohl es doch eigentlich, jedenfalls mit Blick auf den Aufruhr-Prozess, delikat gewesen war, sich einladen zu lassen.

Graf Rantzau plauderte derweil weiter: »Hans Kaspar Graf Bothmer hat uns ein gewaltiges Erbe hinterlassen, das Majorat, den Fideikommiss. Na, Sie wissen. Viel gewaltiger als alles Rantzau'sche, auch wenn der echte Rantzau'sche Adel Jahrhunderte älter ist als der gekaufte bothmersche. Dennoch hat das Schicksal mich ausersehen, das Anhängsel der Gräfin zu sein. Verkehrte Welt. Früher zog die Frau zum Mann, aber heutzutage … Zum unfreiwilligen Mecklenburger bin ich durch die Heirat geworden und muss nun in diesem Winkel versauern. Offen gestanden, Doktor, ich könnte natürlich meine Erfüllung darin finden, den gewaltigen bothmerschen Schatz zu verwalten und zu mehren. Aber wenn ich die Rechnungsbücher schon sehe, die Zahlen statt der Worte, wird mir klar, dass ich von Gutsverwaltung bestenfalls eine etwas romantische Vorstellung habe. Die Gräfin aber geht voll darin auf. Also ziehe ich mich zurück zu meinem Jean Paul. Und beileibe nicht nur Jean Paul. Sie glauben gar nicht, wie viele Kriminalromane ich konsumiere.«

»Oh, was für ein Geständnis.«

»Nicht wahr. Und Gespenstergeschichten. Daher weiß ich übrigens auch, dass ein Mörder meistens erst nach dem zweiten oder dritten Mord sichtbar wird, ich meine für jene, die ihn finden wollen. Oder anders gesagt. Ein Mord zieht den anderen nach sich, zwangsläufig geradezu. Um Spuren zu verwischen, werden neue gelegt. Müssen wir da nicht auch in unserem Fall fürchten? Oder ist das auch schon wieder romantisch? Noch eine Tasse?«

Und weil es Charlotte von Moltke war, die neben dem Grafen mit der Teekanne bereitstand, die aus der Königlich-Preußischen Porzellanmanufaktur stammte, fuhr der Graf fort, indem er seinen Arm etwas unsittlich um die etwas zu mollige Hüfte der Dame legte: »Unsere Charlotte, Charlotte von Moltke, die Gesellschafterin der Gräfin. Und manchmal freundlicherweise auch die meine, wenn die Gräfin ihrer ausnahmsweise mal nicht bedarf. Das hier, liebe Charlotte, ist Richter Doktor Friedrich Förster. Ach, ich sehe, man kennt sich. Das ist wunderbar, so setze ich niemanden in Verlegenheit, wenn ich mich kurz entschuldige. Ich muss noch einen Bülow begrüßen, der sein Gut verkauft, vielleicht verkauft. Aber was heißt vielleicht. Ihm wird nichts anders übrigbleiben, als an uns zu veräußern. So hat es schon Urvater Hans Kaspar gehalten, so halten auch wir es, obgleich mein Ehrgeiz weit davon entfernt ist, hier über eine eigene Grafschaft herrschen zu wollen, wie es sich Hans Kaspar in seiner Downing Street ausgedacht hatte. Aber das Monopol sind wir hier schon und der Klützer Winkel ohne uns nichts. Die Bülows hätten besser aufpassen sollen.«

Der hochgewachsene Graf, in der einen Hand die Tee-tasse mit erstaunlicher Sicherheit balancierend, die andere in der Hosentasche, ging mit gereckter Hakennase davon, als müsse er per Witterung den Bülow finden. Dabei stand der Gutsherr nur ein paar Meter entfernt an einem Kamin, dessen Sims ein schönes Frauenporträt in Stuck zierte, die Augen schwarz, die Lippen rot angemalt. Natürlich hatte der Graf den Mann längst gesehen. Er wollte dem Baron nur hochnäsig entgegentreten, buchstäblich.

»Wo haben Sie meinen Kollegen gelassen?«, fragte Förster die großen Augen, die noch dem Grafen nachsahen.

»Ich kaue noch. Verschlungen habe ich ihn.«

»Oh, so genau wollte ich es gar nicht wissen.«

»Ein Scherz, Doktor Förster. Nichts weiter, ein Scherz. Haben Sie Humor? Ich glaube schon. Sie machen das nett im improvisierten Gerichtssaal, geduldig und witzig. Aber das sagte ich, glaube ich, schon. Und Hans-Heinrich erscheint jeden Augenblick. Er packt noch seine Siebensachen und will mit Ihnen zurück nach Grevesmühlen. Sie sind fünf Minuten zu früh.«

»Fünf Minuten vor der Zeit ist die wahre Pünktlichkeit. Für den Kollegen Bratspieß freilich gilt das nicht, wie die Erfahrung mit ihm immer wieder lehrt.«

Die Moltke lachte, kaute dann nachdenklich auf der Lippe, sodass ihr Mund erst spitz, dann leicht schief wurde, ehe sie Förster fragte: »Haben Sie Luckmann besuchen können? Wie geht es ihm?«

»Ja, er empfing. Ein bisschen schwach auf der Brust, was nicht verwunderlich. Er kann sich leider an nichts erinnern, nur an einen dumpfen Schlag. Er weiß weder, was davor passierte, noch, was danach. Er sagt, wie Pilatus ins Credo gekommen ist, so sei er zur lebenden Zielscheibe geworden. Er wisse von nichts. Zwanzig Minuten war ich bei ihm, er hat mir noch die Wunde gezeigt, ziemlich unangenehm. Dann schien er doch sehr ermüdet.«

»Er ist nicht beliebt hier im Winkel, der Lucki. So gesehen passt das schon mit Pilatus.«

»Aber ich hörte, dass er Ihr Wohlwollen durchaus …«

Charlotte von Moltke zog die zu hohe Stirn kraus. »Ich streite es nicht ab. Aber das ist nun auch schon wieder eine Weile her. Er ist ein sehenswerter Mann. Er hat Charme und eine wunderbar warme Stimme. Die öffentliche und die private Person fallen doch sehr weit auseinander, das will ich zugeben. Außerdem glaube ich, ich wollte nur Zornow ärgern, als ich Luckis Werben nachgab. Wissen Sie eigentlich, wer Luckis größter Schuldner ist? Genauer gesagt: Schuldner der Bothmers in Sachen Holzkauf?«

»Sie werden es mir gleich sagen.«

»Priester. Und der Hirte, den Sie, wie ich vernahm, auch schon kennengelernt haben, steht gleichfalls auf der schwarzen Liste, allerdings nur wegen einer nicht allzu hohen, aber eben unbezahlten Brennholzrechnung.«

»Das hat mir der Hirte Hirte sogar selbst erzählt. Aber, liebes Fräulein von Moltke, der Graf wollte nicht, dass wir hier beim Tee über den Fall Arpshagen sprechen.«

»Das stimmt, er hält sich auch eisern daran. Aber wir hier, unter vier Augen, dürfen wohl, oder? Ich will gar nicht abstreiten, wie sehr es mich belebt, dass in unserem stillen Winkel endlich einmal etwas geschieht. Haben Sie bei Zornow was gefunden? Ah, da ist ja auch Ihr Kollege. Hans-Heinrich, du musst unbedingt von diesen Küchlein probieren.«

Bratspieß trottete heran, er sah übernächtigt aus. Zu Förster sagte er: »Na, mein Lieber. Ich darf mich natürlich nicht beklagen über die bothmersche Gastfreundschaft. Man hat sich sehr um mich bemüht, wirklich. Allein das Essen – perfekt. Und sogar water closets und warmes Wasser, wann immer es einen danach verlangt. Aber es spukt hier nachts. Ein Schlurfen und Seufzen in den langen Gängen, zermürbend. Als ich allein in meinem Zimmer lag, endlich und etwas abgespannt, wie du dir vorstellen kannst, ging es los. An Schlaf war nicht mehr zu denken. Bestenfalls blieb mir ein Dahindämmern, von Albträumen zersetzt. Dabei bin ich bestimmt nicht abergläubisch.«

Die Moltke lächelte: »Aber in der Zeit, da du noch bei mir warst, habe ich dich beschützt, oder?«

»Der Graf«, warf Förster ein, »hat mir eben anvertraut, dass er Gespenstergeschichten liebt. Und Kriminalromane.«

Charlotte darauf zu ihrem Liebhaber: »Ich bin mir sicher, dass der Graf vor deinem Zimmer herumgeschlurft ist. Manchmal tut er es auch vor meinem. Er stellt mir nach.«

»Das erzählst du jetzt erst«, staunte Bratspieß, Ärger in der Stimme.

»Tja, was will man machen. Ich habe sogar Verständnis dafür. Übrigens ganz im Gegensatz zu Lucki, der immer sehr eifersüchtig auf den Grafen war. Aber was hat er denn sonst, der Graf? Der Gräfin aus dem Weg gehen genau wie jeder sinnvollen Beschäftigung, das macht hier seine Tage aus. Er ist nicht ausgelastet.«

»Auch mir hat er geklagt, wie öde es im Winkel sei«, bemerkte Förster.

»Das ist doch aber kein Grund, der Gesellschafterin nachzustellen, solche Tändelei füllt niemals die Leere, wenn man sonst nicht weiß, was man mit sich anfangen will.« Bratspieß senkte seine Stimme zum Flüstern. »Außerdem ist genug los, deshalb sind wir schließlich hier. Der Wandersee hat mir schon berichtet, dass ihr den Revolver gefunden habt.«

Diese Information hätte Förster lieber für sich behalten oder mit seinem Kollegen unter vier Augen besprochen. Aber nun war es heraus, also antwortete er: »Das stimmt. Allerdings nicht im blitzblanken Waffenschrank Zornows. Der Revolver lag in einem Karton in einem Küchenschrank, der außerdem lauter kleine Säcke mit Erbsen enthielt. Wahrscheinlich schießt er mit den Erbsen, übungshalber. Ein gutes Versteck, gerade weil es so wenig Versteck ist. Es sind schon geheime Briefe geheim geblieben, nur weil sie offen auf dem Sekretär herumlagen. Der Gärtner hat den Karton gefunden, als er da im Schrank irgendwelches Gerät verstauen wollte.«

»Drei Patronen fehlten?«

»Drei Patronen fehlten. Seltsam. Man spielt nicht mit der Trommel eines Revolvers, entweder sind alle sechs Schuss drin oder alle werden herausgenommen. So sagt es die Vorschrift.«

»Und was sagt Zornow?«

»Der staunte oder tat zumindest so. Wenn ich den erwische, der das Ding dahin gelegt hat, dem haue ich eines in die Fresse. Seine Worte. Zornow liebt das Direkte, scheint mir.«

»Das ist Gutschi, wie er leibt und lebt, ich höre ihn regelrecht«, warf die Moltke fröhlich ein. »Spricht das nun gegen ihn, ein Revolver im Dielenschrank? Oder hat ihm da jemand einen Streich gespielt?«

»Mir fiel nur auf«, fuhr Förster fort, »dass die Säckchen mit den Erbsen von einer dünnen Staubschicht überzogen waren. Ich musste niesen, als ich die nur mal kurz verschob. Beim Karton jedoch gab es keinen Staub, lange also lag unser Revolver da noch nicht.«

»Was will Zornow mit Erbsensäckchen?«, fragte Pan.

Eine Antwort gab es nicht, denn der Graf trat wieder heran und wandte sich an Bratspieß: »Ich hoffe, Sie hatten eine erträgliche Nacht in unserem Backsteinpalais.«

»Wohnen hier auch Gespenster?«

»Natürlich. Das Haus ist groß. Nachts melden sie sich manchmal, nicht wahr? Mitternacht ist ihre bevorzugte Uhrzeit. Das kommt von Christine Margarethe.«

»Christine Margarethe?«, fragte die Moltke. »Kenne ich die?«

»Offenbar nicht. Nein, die können Sie auch nicht kennen, Charlotte. Sie war die überhaupt erste Schlossbewohnerin, zusammen mit ihrem Gatten, einem Neffen von Urvater Hans Kaspar, der auch Hans Kaspar hieß. Christine

Margarethes Porträt ist gleich nebenan zu sehen. Achten Sie mal drauf. Ein Medaillon aus Stuck, hier gleich um die Ecke im Treppenhaus. Sie muss eine Verrückte gewesen sein. Sie soll ihren Ehemann schleichend vergiftet haben und wurde später hier im Winkel als Geistererscheinung ohne Kopf gesehen, auf einem Kutschbock sitzend, die Pferde, ebenfalls ohne Kopf, zu wilder Fahrt antreibend. Wie eine Hexe auf ihrem Besen. Eine tolle Story. Sie war übrigens eine geborene Bülow.« Der Graf sah zu Charlotte. »Apropos Bülow. Charlotte, seien Sie so gut … Der Bülow da drüben am Kamin will nun doch nicht verkaufen, er hat Angst vor seinen Kindern. Seine Kinder werfen ihm vor, er würde das Erbe aus Jahrhunderten verspielen. Ist auch nicht verkehrt, was die Kinder sagen, ändert aber nichts an der Situation, in der das Gut jetzt steckt: kurz vor der Pleite. Also, Charlotte, Ihr bewährter Charme, auf zum Angriff.«

Die Moltke lächelte, nickte und war schon dabei, wie zufällig und im wiegenden Gang auf den Bülow zuzusteuern. Und der, dessen Äußeres an Borstenvieh erinnerte, leuchtete aus feistem Gesicht ihr entgegen, ein fettiges Lächeln auf den Lippen, nichts davon ahnend, dass die Moltke allein zu seinem Unheil gesandt war.

Die drei Herren, der Graf und die beiden Richter, sahen Charlotte nach, dann meinte der Hausherr: »Sie wird das schon machen. Sie hat so eine beschwingte Art ewigen Wohlgefühls und ist mit sich beneidenswert im Reinen. Stellen Sie sich vor, meine Herren, sie versteht sich mit mir, aber auch mit der Gräfin. Da kann sie mehr als ich, es gibt überhaupt wenige, die das vermögen. Denn ich, offen gestanden, verstehe mich nicht sonderlich mit der Gräfin.« Und zu Bratspieß: »Wenn ich es richtig sehe, sind auch Sie dem moltkeschen Charme verfallen. Ich bemerke das mit einer gewissen Freude. Und ich sage Ihnen auch, weshalb, obwohl Sie genau das wahrscheinlich nicht hören mögen. Wenn es endlich einmal mit all den Affären dieses Mädchens vorbei wäre, wenn sie in den seriösen Hafen einer Ehe mit einer so seriösen Persönlichkeit wie Ihnen einlaufen könnte, es wäre wunderbar.«

Förster sah im Augenwinkel, wie bei dieser Bemerkung die Hakennase des Grafen ein wenig zitterte, kaum wahrnehmbar eigentlich. Aber auf einmal wusste er: Auch der Graf war dem moltkeschen Charme verfallen. Vielleicht war er wirklich daran interessiert, ihr einen Ehemann zu verschaffen, aber, so dachte Förster weiter, bestimmt nur, um verantwortungslos aus einer Ehefrau seine Geliebte zu machen. Ein bewährtes Verfahren, wie der Richter wusste, besonders in adligen Kreisen, aber keineswegs nur von dort. Nicht aus eigenem Erleben wusste er es, natürlich nicht, aber aus dem Gerichtssaal, wie so oft.

Bratspieß hüstelte, mehr belustigt als ernsthaft des Grafen Worte bedenkend. »Nun, seriöse Persönlichkeit. Ehe. Da hätte ich Zweifel, und ich glaube, mein Kollege hier, mit dem ich schon so lange zusammenarbeite, würde die Zweifel teilen, was meine Person betrifft.«

Der Graf winkte ab: »Zweifel sind immer dominant, nur die Tat verweist sie auf ihren nachrangigen Platz. Wer hat das doch gleich gesagt? Vielleicht ist es auch von mir selbst.«

Die Hakennase hakte sich bei Förster fest: »Fräulein Charlotte schwärmt auch von Ihnen. Wie Sie gleich zum Auftakt des Prozesses sagten, es werde wohl bald weibliche Richter – Richterinnen, um genau zu sein – geben, das hat ihr gefallen. Sie hat mir auch erzählt, wie sehr sie das Richtersein bewundere, und wäre zu gern eine solche Richterin, angetan mit schwarzer Robe und einem schwarzen Barett auf dem Köpfchen. Nicht zuletzt deshalb, um den zu verurteilen, der ihren alten Freund Luckmann um ein Haar erschossen hätte.«

Bratspieß fragte: »Wissen Sie, Graf, etwas über ihre Beziehung zum Luckmann?«

»Fragt da die Eifersucht oder das professionelle Interesse? Ich weiß nur so viel, es ging nicht lange, neuneinhalb Wochen, glaube ich. Eigentlich habe ich es beendet. Ich habe dem Luckmann gesagt, dass es so nicht weitergehen könne. Auch dem hatte ich schon gesagt, er solle sie heiraten oder Schluss machen mit der Affäre, über die das ganze Haus, der ganze Winkel schon tratschte. Oder uns verlassen. Genau genommen ist er mir die Antwort noch schuldig. Aber dann fiel der fatale Schuss.«

Der Graf nahm sich noch ein Küchlein und sprach mit vollem Mund, Krümel weithin verteilend. »Dann hieß es, Singelmann habe ein Auge auf sie geworfen. Oder umgekehrt, sie auf ihn. Keine Ahnung, ob da etwas dran ist. Oder war. Aber ehrlich gesagt, ich glaube, sie war schon wieder frei, als Sie kamen, Herr Bratspieß. Um so mehr bitte ich Sie, diesem unsäglichen Verhalten, sowohl moralisch als auch sittlich unsäglich, ein Ende zu bereiten. Ein gutes Ende, versteht sich, Heirat, wie gesagt, nicht ausgeschlossen.«

»Ich wäre das gute Ende?«, lachte Bratspieß.

»Unbedingt«, entfuhr es dem Grafen und Förster zugleich.

Die drei Herren lachten so laut, als hätten sie vergessen, wo sie sich befanden. Alles drehte sich zu ihnen um, die Moltke mit einem strahlenden Lächeln. Lächeln macht alle schön, dachte Förster einmal mehr und nahm noch eine Tasse Tee.

Später in der quietschend dahinrollenden Gerichtslaube gähnte der Pan: »Dem alten Grafen hat es nicht gepasst, dass ich bei denen aufgetaucht bin. Die Frauen hatten das unter sich geklärt, Charlotte und die Gräfin. Charlotte hatte gefragt und die Gräfin umstandslos geantwortet, ja, ich könne bei ihnen wohnen. Die Hakennase war, wie so oft, nicht gefragt worden. Ich sage dir, er ist heiß auf Charlotte und hasst mich schon deshalb.«

»Das sehe ich auch so«, erwiderte Förster. »Du hättest sehen sollen, wie er ihre Hüften umfasst hat. Und wie er sie dabei angeschmachtet hat.«

»Ein alter Bock. Am Tag ein alter Bock, der nie zu seinem Ziel kommt. Und nachts geistert er umher.«

»Erlöst erst, wenn er doch mal an sein Ziel kommt. Und sei es durch Zufall. Aber im Ernst, ist dir sonst noch was aufgefallen bei deinem Undercover, wie die Engländer sagen würden, deinem halben Undercover, um genau zu sein?«

»Sie werden mir schon tüchtig misstraut haben, Graf und Gräfin. Auch wenn sie sich natürlich nichts anmerken ließen. Der Graf hat es uns eigentlich wissen lassen, vorhin.

Er sagte doch, Charlotte habe einen guten Stand bei beiden, vielleicht könnten wir von einer Vertrauensstellung sprechen. Aber Graf und Gräfin sind wie Hund und Katze. Hund und Katze verstehen sich unter Umständen, oft aber nicht. So ist, glaube ich, das Verhältnis der beiden ganz gut beschrieben. Eine Zwangsehe, aber nicht ohne liebeähnliche Züge.«

»Liebeähnliche Züge«, wiederholte Förster und hob die Augenbrauen.

Der Pan lachte: »Eigentlich meine Spezialität, oder? Liebeähnliche Beziehungen?« Dann wieder etwas ernster: »Luckmann dürfen wir als eine Art Schlüssel zu den bothmerschen Verhältnissen sehen. Bei der Gräfin hat er eine Vertrauensstellung, kein Wunder, er scheint ja sehr auf Zahlen und Gewinne aus zu sein. Der Graf begegnet dem Lucki reserviert und hat wohl schon diesen oder jenen Versuch unternommen, sich des Mannes zu entledigen.«

»Aus Eifersucht? Glaube ich nicht.«

»Nein, ich auch nicht. Charlotte weiß allerdings keinen genauen Grund, woher die Spannungen kommen. Vielleicht sind es nur zwei sehr unterschiedliche Weltsichten. Hier der beinharte Geschäftsmann Lucki, der das Ohr der Gräfin hat, dort die Hakennase, die überall sich festhakt, aber nie gründlich genug, um einen Luckmann im Griff zu haben oder überhaupt irgendjemanden. Hier der knallharte Durchgriff, dort das Larifari in Besitz und Wohlstand.«

»Der Graf liest Jean Paul.«

»Eben. Das passt. Ein Träumer.«

»Ein Träumer, der den Träumer vielleicht nur spielt. Der harmlos tut, bis alle glauben, er sei harmlos, der aber so harmlos nicht ist.«

»Was seine geheime Leidenschaft für Charlotte anbelangt, magst du recht haben.«

»Aber würde er so weit gehen, Luckmann aus dem Weg räumen zu wollen? Das klingt doch abenteuerlich. Obwohl er sich doch einmal heute in der Teerunde selbst zitiert hat. Wie war das? Zweifel sind immer, nur die Tat verweist sie auf ihren nachrangigen Platz. Oder so ähnlich. Wir hätten uns mal seinen Waffenschrank zeigen lassen sollen. Aber gut, wir waren nicht offiziell da.«

»Lässt sich nachholen, denke ich.«

»Aber eine Tatwaffe haben wir ja nun.«

Bratspieß dachte einen Augenblick lang nach, dabei aus dem Kutschfenster schauend, ehe er sagte. »Vielleicht klingt es nicht mehr so abenteuerlich, das mit der Beziehung zwischen Grafen und Luckmann, wenn ich dir sage, dass der Graf und Zornow tatsächlich gut miteinander stehen. Charlotte meint, es sei der Graf, der schützend seine Hand über Zornow halte. Die Gräfin hätte den Mann gern längst dazu gebracht, dass er seine Wiese inmitten der bothmerschen Wiesen an sie verkauft und danach am besten gleich ganz verduftet. Ins Rantzau'sche verduftet, wo er hergekommen ist und von wo der Graf und er sich kennen.«

»Pan, wir müssten herausfinden, was genau die beiden verbindet, Zornow und den Grafen. Was sind das für Geschäfte? Womöglich Geschäfte, bei denen Luckmann stört?«

»Wieso sagst du Pan zu mir?«

»Ach, pardon, ist mir nur so rausgerutscht, Hans-Heinrich.« Friedrich Förster wurde doch tatsächlich ein wenig rot.

»Einem Mitglied der Großherzoglichen Justizkanzlei rutscht nicht einfach etwas heraus. Zumindest sollte es nicht so sein.«

Förster musste sich zu seinem Glück nicht weiter erklären. Die Gerichtslaube hielt eben vor dem *Hamburger Hof*. Bratspieß gähnte und beschloss, sogleich sein Bett aufzusuchen. Förster hingegen schritt zum Abendessen, Frau Meininger erwartete ihn schon, frische Kartoffeln im Angebot, Tüften, wie die Mecklenburger sagen. Förster setzte sich auf den Platz in der Nische, der inzwischen als sein Stammplatz gelten konnte.

»Ja, gern«, sagte er zur Wirtin, »gern Tüften, und einen heißen Grog bitte.«

»Unser Grog ist immer heiß. Kommt, sobald das Wasser siedet. Auch wenn wir nur wenig Wasser ranmachen. Recht so, Herr Richter?«

»Danke Frau Meininger.«

Das aber hörte sie schon nicht mehr. Sie eilte zum Tresen. Dort stand Gutsch Zornow, ungeduldig mit den Fingern trommelnd.

ZWÖLFTES KAPITEL

Es gibt eine Kostprobe von falschem
Marzipan aus Erbsbrei, wobei seltsame
Geschäftsbeziehungen offenbar werden

»Na, Herr Doktor, noch etwas Süßes zum Abschluss des Abendessens?«

Friedrich Förster hatte gar nicht bemerkt, dass Frau Meininger an seinen Tisch getreten war, so sehr beschäftigte ihn noch der Besuch bei den Bothmers und bei Luckmann. Die Wirtin hielt ihm eine kleine Schachtel hin. In Seidenpapier gebettet lagen sechs Stücke Konfekt darin.

»Oh, Marzipan. Eine Leidenschaft. Andere Männer in meinem Alter pflegen Zigarre zu rauchen, aber das habe ich nie gemocht. Und meine Frau wäre auch entschieden dagegen, mit einem Stinker und Vernebler, wie sie es nennen würde, leben zu müssen. Aber so etwas nettes Kleines wie dies hier, da bediene ich mich gern. Woher kommt der hübsche Grünton? Pistazien?«

Frau Meininger machte große Augen: »Pistazien?«

»Nun ja, Pistazien. So etwas ähnliches wie Mandeln. Eine der Zaubereien, die uns die sonnige Mittelmeerwelt beschert.« Förster kostete. »Seltsamer Geschmack, nein, auf keinen Fall Pistazien. Sehr süß. Aber ich habe nichts dagegen. Männer lieben das Süße, wussten Sie das, Frau Wirtin? Jedenfalls kenne ich aus meinem Lebensumkreis fast ausschließlich Herren, die furchtbar gern naschen. Frauen sprechen immer gleich von Hüftgold und lassen es.«

Frau Meininger lachte: »Hüftgold, das kenne ich, da muss ich auch immer sehr aufpassen.«

Förster spürte, dass die Wirtin unentschlossen neben ihm stehenblieb. »Aber setzen Sie sich doch, wenn es Ihre Zeit erlaubt. Sie haben etwas auf dem Herzen, stimmt's? Woher haben Sie diese kleinen Köstlichkeiten? Lübeck?«

»Gern setze ich mich, aber nur für einen Augenblick. Sie sehen ja, es sind gerade weiter keine Gäste da. Ich muss nur ein Auge auf den Tresen haben.«

»Mein Plätzchen hier ist gut getarnt«, meinte Förster. »Man sieht, wird aber nicht gesehen, jedenfalls wenn man nur flüchtig schaut. Wir sind hier gut aufgehoben. Apropos. Darf ich mir die Frage erlauben: Was wollte Herr Zornow?«

»Ah, Sie haben ihn natürlich gesehen. Er gab mir diese Schachtel. Ich solle mal probieren. Ob das nichts für mich sein könnte. Er meinte nicht für mich persönlich, sondern nebenan für das Delikatessengeschäft. Es gehört doch zu unserem Haus.«

»Ich weiß. Aber Sie haben nicht probiert? Sie mögen so etwas nicht? Ach so, Hüftgold, richtig. Aber bei Ihnen besteht doch nun wirklich keine Gefahr.«

»Sie sind ein Schelm, Herr Doktor.«

»Wenn das so ist, dann gönne ich mir noch ein zweites Stück. Also Marzipan ist es nicht. Sieht zwar so aus, schmeckt aber irgendwie anders. Persipan ist es auch nicht.«

»Persipan?«

»Das, was man aus Aprikosenkernen macht statt aus Mandeln. Preiswerter, Aprikosenbäume gibt es mit etwas Glück auch in deutschen Landen, vielleicht sogar im Speckwinkel, keine Ahnung. Nein, wohl doch zu kalt. Aber entscheidend ist sowieso immer, wie viel Zucker zugesetzt wird. Je mehr Zucker, je weniger wertvoll, so ungefähr, egal ob bei Marzipan oder Persipan.«

»Herr Doktor, ich staune, Sie kennen sich selbst bei Marzipan aus? Sie wissen einfach alles, was? Da hätten Sie sich mit Zornow noch austauschen können.«

»Worüber?«

»Na, über diesen Süßkram. Er ist neuerdings unter die Konditoren gegangen. Wissen Sie, er kommt immer mit etwas Neuem. Mal will er Boltenhagen aufkaufen, weil er sagt, bald würde es viel Fremdenverkehr an unserer Küste geben, die Leute würden sich massenhaft in die Wellen stürzen und bräuchten, wenn sie es denn überlebten, Gasthäuser und Zimmer. Dann wieder weiß er ganz genau, wie man ein Postsystem organisieren müsste, um alles, Mensch wie Ware, schneller und zielsicherer zu befördern. Dazu will er ein Schienennetz hier verlegen, Schmalspur, sagt er. Er hat auch schon mit neuartigem Dünger auf seinen Feldern herumexperimentiert. Und wenn man ihn irgendwann darauf anspricht, was eigentlich draus geworden ist, aus den großartigen Ideen von Boltenhagen, Schmalspur oder Dünger, weiß er gar nicht mehr, wovon die Rede. Er beschäftigt sich dann längst mit etwas anderem. Er gibt dann vor, einen Roman zu schreiben oder englische Romane zu übersetzen. Ein riesiger Markt, pflegt er zu sagen. Bei ihm geht es immer um einen riesigen Markt. Aber nie wird was draus oder fast nie. Er ist unstet, aber das merkt man erst gar nicht. Er klingt so felsenfest überzeugt von seinen Ideen und versteht es, die Leute damit zu fangen, mich eingeschlossen. Aber während die Leute noch bei der Sache sind und ihre Kräfte für ihn vergeuden, hat er längst wieder etwas anderes für sich entdeckt.«

»Hauptsache riesiger Markt.«

»Sie sagen es, Herr Doktor. Muss man da nicht misstrauisch werden?«

»Und jetzt macht er auf Süßes? Irgendwie habe ich das auch schon mal gehört.«

»Jetzt würde er auf allen Feldern am liebsten Zuckerrüben anbauen. Und Erbsen. Denn Zucker und Erbsen stecken in dem Konfekt. Hat er mir jedenfalls gesagt. Dabei sind wir mit unserem Getreide immer gut im Geschäft gewesen. Unsere Gegend gilt nicht ohne Grund als der Speckwinkel. Gute Ernten, gute Preise. Die Nähe zu Lübeck und Hamburg macht sich bezahlt, da sind wirklich riesige Märkte. Er aber hat es gerade mit Erbsen. Er sagt, aus Erbsenbrei lasse sich mit viel Zucker tolles Zuckerwerk herstellen. Besser als das teure Marzipan, das aus Lübeck kommt, sagt er. Er wolle Lübeck Konkurrenz machen, weil er so billig produzieren könne. Aber erst einmal will er Grevesmühlen und den Winkel mit dem Zeug überschwemmen. Und von hier aus dann die ganze Welt. Und ich soll damit anfangen, in meinem Geschäft. Von der Probepackung haben Sie genascht.«

»Es gibt doch auch Zuckererbsen«, warf Förster ein. Aber bevor die Wirtin die Bemerkung womöglich noch ernst nehmen würde, setzte er hinzu: »Und natürlich sollen Sie das Risiko tragen?«

»Darum könne er sich nicht auch noch kümmern, sagt er. Aber wenn ich dann ein paar Pakete ordern würde bei ihm, sieht er sich bestimmt nicht in der Lage, die zu liefern. Weil er schon wieder eine andere Idee hat. Vielleicht Ballonflüge an der Küste entlang oder so etwas.«

»Immerhin liegen ein paar Säckchen mit Erbsen bei ihm im Haus.«

»Ja, sehen Sie, sein Haus. Auch so eine Sache. Da sprach er davon, sein Haus auszubauen, modern mit Wasserklosett und dergleichen. Nach bothmerschem Vorbild, er glänzt ja auch gern mit seiner Beziehung zum Grafen. Von prächtigen Räumen mit riesigen Fenstern hat er geredet, wo er exotische Früchte anbauen wollte. War mal ein paar Wochen lang das große Thema, dann nie wieder.«

»Und jetzt Erbsen.«

»Das ist Zornow. So war es schon immer mit ihm. Niemand würde mehr mit ihm zu tun haben wollen, wenn er nicht doch ab und an den richtigen Riecher hätte. Dann ist er auf einen Schlag reich – und verliert bald wieder alles mit irgendwelchen neuen Ideen.«

»Ein Spieler. So sind Spieler.«

»Mag sein. In diesem Herbst hat er Gerste für Unsummen an die Rostocker Brauerei verkauft. Es war nicht seine Gerste, er hat gar keine große Landwirtschaft. Er hat das nur

vermittelt, aber vermutlich dabei derart viel Vermittlungs-
gebühr eingestrichen, dass er auf einmal mit der Erbsen-
sache kam. Wieder kam, um genau zu sein. Denn das war
auch schon mal vor einiger Zeit ganz wichtig, dann vergessen. Aber unter uns, Herr Doktor, ich glaube, diesmal gibt
es für seine plötzliche Entschlossenheit sogar einen hand-
festen Grund. Jedenfalls hörte ich das heraus, als er mir da
eben am Tresen das Ohr absäuselte.«

»Vor Gericht hat er mehr geraunt als gesäuselt.«

»Ja, geraunt, genau. Und immer so leise, dass ich mich
beim Zuhören so anstrengen musste, wo ich doch eigentlich anderes zu tun habe, als meine Zeit diesem Mann und
seinen fixen Ideen zu widmen.«

»Was meinen Sie mit handfestem Grund?«, fragte Förster.
Er versuchte beiläufig zu klingen, aber Frau Meininger bemerkte das gar nicht. Sie freute sich, von ihrem wichtigen
Gast in ein Gespräch gezogen worden zu sein, und hoffte,
dass es nicht abrupt enden müsste, bloß weil ein neuer Gast
auftauchte. Und das, obwohl sie auf jeden Gast angewiesen
war, denn Hotel, Restaurant und Delikatessengeschäft zu
betreiben, das war aufwendig und teuer, die Gewinne eher
bescheiden.

»Dass ihm andere zuvorkommen mit seinem Konfekt«,
antwortete Frau Meininger. »Er klagt, es wüssten schon zu
viele von der süßen Unternehmung. Deshalb müssten jetzt,
sagt er, Nägel mit Köpfen gemacht werden.«

»Und das sind die Nägel? Die Nägel mit Köpfen? Na gut,
man haut sie sich ins Maul, wenn ich so sagen darf.«

»Ach, Herr Doktor, wie man so spricht. Leute wie Sie schauen immer so auf die Wörter. Vielleicht hat der Zornow es auch anders gesagt. Er hat es jedenfalls eilig. Wo haben Sie die Erbsen eigentlich gefunden, die Säckchen, von denen Sie sprachen?«

»In seinem Haus, das Sie schon erwähnten. In der Küche, in einem der Schränke. Ein Zufall, wir suchten etwas ganz anderes.«

»Die Tatwaffe, ich weiß. Die Leute hier gelten als wortkarg, aber alles macht immer gleich die Runde, vor allem natürlich hier bei mir.«

»Oder im Klützer *Frät Kraug*.«

Frau Meininger lachte und nickte. »Tja, die Konkurrenz, da ist es auch nicht anders als bei mir. Aber glauben Sie mir, Herr Doktor, Sie waren bestimmt nicht in der Küche beim Zornow, sondern in dem Raum, den er hochtrabend sein Laboratorium nennt. Sein ganzer Stolz.«

»Das könnte sein. Schien mir aber alles etwas eingestaubt.«

»Sehen Sie, da hat er an den Erbsen auch schon wieder die Lust verloren. Wann immer er in jüngster Zeit in Grevesmühlen herumschlich, hat er mir erzählt, dass er seine Erbserei patentieren lassen wolle. Ich wusste immer gar nicht, was er meint. Offenbar hat er es bislang nicht geschafft mit dem Patent, wie so oft. Und nun ist der Luckmann ihm auf die Schliche gekommen. Das ist sein Problem.«

»Luckmann? Der Holzvogt?«

»Genau der, Ihr Opfer, wenn ich das mal so schnippisch sagen darf. Und ›auf die Schliche gekommen‹ passt, glaube ich, auch nicht so recht. Irgendjemand muss dem Luckmann jedenfalls von der Erbserei erzählt haben, und zwar alles, im Detail. Worauf Luckmann herumtönte, er habe sich darangemacht, das Patent einzureichen. Die sind wie Feuer und Wasser, Luckmann und Zornow.«

»Wer erzählt dem Luckmann solche Patisserien vom Zornow und warum?«

Frau Meininger war beim Plaudern derart in Schwung gekommen, dass sie sich nicht einmal an den Patisserien stieß, wo sie doch schon mit Pistazien und Persipan nichts anzufangen wusste. Sie redete einfach weiter, ihr pausbäckiges Gesicht gerötet vor Begeisterung: »Zornow hatte Helfer, die dem Luckmann was gesteckt haben könnten. Der Sommer zum Beispiel. Der Name sagt Ihnen ja was.«

»Der Holländer, den Priester sich geholt hatte.«

»Genau der. Um den ist es schade für uns hier. Der verstand es. Der konnte Milch verzaubern, wenn ich das so sagen darf. Nicht nur zu Butter und Sahne, der hat auch viel herumprobiert, was sich mit Milch noch so alles machen ließe. Süßspeisen zum Beispiel, Quark, Joghurt und all solche Sachen. Das hat dem Zornow gefallen.«

»Ein riesiger Markt«, warf Förster ein.

»Umgekehrt interessierte den Sommer auch das Erbsenzeug. Der Sommer gab Zornow nicht nur manchen Tipp, er versprach auch, Schokolade zu liefern, um das falsche

Marzipan mit einer leichten Schokoschicht zu überziehen, Milchschokolade genannt.«

»Schokolade fehlt hier beim Prototyp, eine empfindliche Einschränkung.«

Aber auch dieser Einwurf Försters blieb unbeachtet und mit ihm das Wort Prototyp, dass Frau Meininger bestimmt auch noch nie gehört hatte. »Außer Sommer könnte freilich auch der Kümmerlich aus Arpshagen das Zornowsche Rezepturgeheimnis kennen und weitergetratscht haben. Er hat die ganze Arbeit geleistet in Zornows Laboratorium, während Zornow selbst vermutlich schon wieder ganz andere Ideen in seinem Herzen erwog, wenn er denn überhaupt ein Herz hat.«

»Kümmerlich war Zeuge in meinem Prozess. Der Riese mit dem unpassenden Namen, ich erinnere mich«, warf Förster ein.

»Sie alle jedenfalls hatten mit Luckmann zu tun und haben ihm vielleicht was erzählt. Vielleicht hatte der Luckmann nichts dagegen, ein paar Klafter Holz gegen die Rezeptur zu tauschen. Nur um Zornow eins auszuwischen. Stellen Sie sich doch nur mal vor, der Luckmann würde mit dem Rezept vom Zornow dann auch noch den großen Reibach machen, auf den der Zornow immerzu wartet.«

»Da könnte Zornow immer noch vor Gericht ziehen.«

»Vor Gericht ziehen. Dass ich nicht lache. Nehmen Sie es mir nicht krumm, Herr Doktor, aber hier im Winkel macht doch sowieso jeder, was er will. Ich jedenfalls werde die Finger davonlassen«, sagte die Meininger mit Entschiedenheit. »Von der Erbserei, meine ich.«

»Gibt es denn das Patent tatsächlich? Oder hat Luckmann nur geflunkert?«

»Was weiß ich.« Die Wirtin zuckte mit den kräftigen Schultern. »Der Luckmann ist auch so ein komischer Kerl, heute so, morgen so. Jedenfalls erlebte ich ihn so, wenn er mal bei mir einkehrt. Wenn die Klützer, die Bothmerschen und die Arpshagenschen eingeschlossen, hier in der Stadt zu tun haben, tauchen sie alle bei mir auf. Sie sind mir auch alle willkommen, ich will da nicht Partei werden, das sollen die bei sich zu Hause untereinander ausmachen. Im *Frät Kraug* können sie sich prügeln, so viel sie wollen. Bei mir aber herrscht Ordnung. Wie war übrigens das Weißsauer? Eine Spezialität unseres Kochs, der stammt aus Königsberg.« Aber ehe Förster noch hätte lügen müssen über das Abendessen, dem alles Salz und jede Würze gefehlt hatten, entschuldigte sich Frau Meininger: »Oh, Kundschaft.« Und eilte davon.

Auch Förster erhob sich und schlenderte, das Konfektschächtelchen in der Hand, in Richtung der rotbespannten Treppe, die hinauf zu den Gästezimmern führte. Ehe er, abermals in Gedanken, überhaupt mitbekam, dass jemand hinter ihm herlief, griff auch schon eine goldberingte Hand in das Kästchen und bediente sich.

»Was haben Sie da …?«, fragte Charlotte von Moltke, konnte aber nicht weitersprechen, weil sie ein Stück Konfekt sogleich komplett in den Mund geschoben hatte. Nun lagen noch drei im Seidenpapier.

»Ah, Fräulein von Moltke. Ich muss mit Ihnen ein ernstes Wort reden. Unter vier Augen.«

Noch schmatzend antwortete das Fräulein: »Wegen dieses komischen Konfekts? Seltsamer Geschmack. Wo haben Sie das her, dass Sie die Schachtel wie eine Monstranz vor sich tragen? Herr Richter, ich will gar nicht reden, ich habe es nämlich eilig.« Sie schlüpfte an ihm vorbei und nahm jeweils mehrere Stufen mit einem Schritt, bis sie auf dem Treppenabsatz doch noch einmal stehenblieb und sich Förster zuwandte, der gewohnt lässig-elegant und ohne alle Eile die Stufen hinter ihr emporstieg.

»Herr Doktor, Sie halten das jetzt bestimmt für unsittlich, aber ich habe solche Sehnsucht nach Hans-Heinrich, dass ich es nicht mehr ausgehalten habe. Ich habe mir in Bothmer kurzerhand ein Pferd genommen und bin gleich nach dem Dienst hierher geritten. Ist er auf seinem Zimmer?«

»Er wollte gleich zu Bett und hat sogar auf das Abendessen verzichtet.« Und flüsternd: »Es gab schreckliches Weißsauer.« Und wieder laut: »Ich glaube, die bothmersche Nacht hat ihm nicht so gutgetan.«

»Wegen der Gespenster, der Arme. Ich werde ihn schon zu trösten wissen. Also, gute Nacht.«

»Warten Sie«, rief Förster. Als er neben ihr auf dem Treppenabsatz stand, setzte er hinzu: »Ich meine es ernst mit dem ernsten Wort und will Sie auch gar nicht lange aufhalten. Aber wieso haben Sie uns, Hans-Heinrich und mir, nichts von diesem Konfekt erzählt? Ich meinte schon nach dem ersten Gespräch hier im Restaurant beim Mittagstisch, dass Sie uns zwar vieles erzählt, aber mindestens genauso viel verschwiegen haben. War es das? War es das Konfekt? Haben Sie das Geheimnis weitererzählt?«

»Wieso Konfekt?«, fragte Charlotte entgeistert. »Das Zeug, was ich eben verschlungen habe? Nicht überzeugend, finde ich. Wieso weitererzählt? Wem? Warum?«

»Sie wussten nichts von der seltsamen Patisserie des Herr Zornow? Sie haben auch dem Luckmann nie davon erzählt? Oder haben Sie ihm die Rezeptur verraten? Aus Rache an Zornow und als Liebesdienst für Luckmann?«

»Herr Doktor, ich weiß wirklich nicht, wovon Sie reden.«

»Erbsen?«

»Erbsen?«

»Hat Ihnen Zornow mal solches Konfekt angeboten?«

»Nie im Leben. Ich mag solches Zeug auch gar nicht. Männer stehen auf Süßes, Weiber nicht so. Ist jedenfalls meine Lebenserfahrung. Ich wollte Sie eben bloß ein wenig erschrecken. Aber ich bin Ihnen zu nahegetreten. Sie sind so seriös, und mir war eben nach Wildfang. Aus Freude, Sie zu sehen, aus Freude, Hans-Heinrich in die Arme zu schließen, klaue ich ausgerechnet einem hochmögenden Richter was und remple ihn dabei auch noch an. Schande über mich. Ich bitte um Entschuldigung.«

Förster runzelte die Brauen: »Und Zornow hat nichts erzählt von seinem gezuckerten Erbsbrei, mit dem er den Markt aufmischen wollte.«

Fräulein von Moltke lachte schallend: »Erbsbrei? Den Markt aufmischen? Er erzählt viel, wenn der Tag lang ist und die Nächte ebenso. Er hat immer Pläne. Aber das hat mich nie an ihm interessiert. Von Erbsbrei war bestimmt nicht die Rede, da darf ich mir, glaube ich, sicher sein.«

»Sondern? Was hat Sie interessiert?«

»Herr Doktor, wollen Sie jetzt wirklich hier auf der Treppe, so im Vorübergehen, ein intimes Geständnis? Das ist doch peinlich, oder? Mich interessieren an einem Mann nicht seine Pläne und seine Geschäfte und was weiß ich, schon gar nicht die Herstellung von Süßwaren aller Art. Mich interessiert – nun ja, wie soll ich es sagen, seine Männlichkeit. Ich kann von Männlichkeit nicht genug bekommen. Ich finde, Gott hat diesbezüglich ganze Arbeit geleistet, als er den Mann erschaffen hat. Wie er ausgestattet ist, gottgleich, möchte ich behaupten. Über den Rest an den Männern schweigt man lieber, Sie verstehen, ihr Charakter, ihr Denken, ihr Handeln. Aber das wiegt nichts gegen das eine. Herr Förster, das verwenden Sie alles bitte nicht gegen mich, will ich hoffen. Ich sage es nur Ihnen, sozusagen ins Ohr, weil Sie Vertrauen einflößen und weil Sie der reizende Kollege von Hans-Heinrich sind.«

Förster entgegnete in einem resigniert klingenden Ton: »So genau wollte ich es gar nicht wissen. Na, dann schwirren Sie ab. Und nehmen Sie das Schächtelchen mit dem Rest mit. Hans-Heinrich soll mal kosten. Vielleicht hilft es seiner Männlichkeit auf. Sie wirkte heute doch sehr ramponiert.«

»Herr Doktor Förster! Was reden Sie von Männlichkeit. Und dann noch von ramponierter. Ich werde rot.«

Ob es stimmte, konnte Förster nicht sehen, zu dunkel war es schon auf der Treppe. Die Moltke entschwand, ihm war, als würde sie schweben. Ihm war auch, als würde sie einen etwas herben Duft von Sinnlichkeit hinterlassen, ein bisschen Parfüm, ein bisschen Schweiß, auch etwas Pferd. Er musste einen Augenblick stehenbleiben und sah blicklos von oben in den leeren Gastraum. Der Duft von Sinnlichkeit hatte auf einmal die Erinnerung an die Ottomane in seiner Rostocker Wohnung hervorgebracht. Es vernebelt dir den Geist, rief er sich selbst zur Ordnung. Endlich stieg er entschlossen die letzten Stufen zu seinem Zimmer empor.

»Auch das geht vorüber.« So sprach er zu sich. »Alles ist endlich, welch ein Glück.« Er fand, das Konfekt habe einen angenehmen Nachgeschmack. In seinem Zimmer wartete Leopold Ranke.

DREIZEHNTES KAPITEL

Der bothmersche Gutsinspektor tritt vor Gericht auf und behauptet, dass die Wahrheit manchmal recht schamlos sei

Nomen est omen. Friedrich Förster musste an die Allerweltsweisheit, geadelt durch das Lateinische, denken, als Gutsinspektor Rippen, Emil Rippen, den Zeugenstand betrat. Von Nomen est omen war doch erst kürzlich die Rede gewesen, und sogar im Zusammenhang mit Rippen. Vor ein paar Tagen erst, aber wo und warum? Vergessen. Das Alter. So dachte Förster.

Nomen est omen. Bei Rippen. Aber tatsächlich auch. Bei ihm zeichneten sich die Rippen unter dem Wams ab, so beängstigend schmal und knochig sah der Mann aus. Hageres Gesicht, in dem sich die Haut derart scharf über den kahlen Schädel spannte, dass schon ein Lächeln, erst recht ein Lachen alles sprengen musste. Schmal auch die Schultern, lange, sehr dünne, spinnenartige Arme und Beine. Schlaksige Bewegungen, stark hervortretende Augen, ein Nasenrücken schmal wie eine Messerklinge. Darunter jedoch ein erstaunlich weicher, hängender Mund mit dicken Lippen, dessen Hängen noch durch einen Schnauzbart verstärkt wurde und der, wenn er sich widerwillig wulstig öffnete, schadhafte Zähne sehen ließ. An Rippen, der etwas über vierzig sein mochte, wirkte alles klapprig, eng, nervös, dabei aber auch drahtig, ausgenommen der missmutige Mund.

Wie anstrengend muss es sein mit so einem Mann, dachte Förster. Aber vielleicht täuschte da auch der erste Blick auf eine solcherart leptosome Erscheinung. Schließlich diente Rippen seit vielen Jahren treu den Bothmers, von der Gräfin geschätzt wie auch vom Grafen, was an sich bei der gräflichen Gegensätzlichkeit schon eine Leistung war. Außer Rippen schaffte das wohl nur noch das Fräulein von Moltke, so dachte der Richter. Hier die wandelnde Rechtschaffenheit, dort die lebenslustige Frau, die es verstand, Helle in die doch eher dunkle bothmersche Welt fallen zu lassen.

Auf den ersten Blick sah Rippen zwar so aus, als gehörte er zu jenen verhärmten Übellaunigen mit Verdauungsproblemen, die das Leben noch trister zu machen verstehen, weil sie nie lachen. Tatsächlich aber war er niemals oder nur sehr selten missgelaunt, sondern gleichbleibend temperiert als Inbegriff des soliden, überkorrekten Rechners, dem ein Minus in irgendeiner der bothmerschen Bilanzen wie eine persönliche Niederlage vorkommen musste. Tatsächlich aber lachte er so selten, dass man sagen konnte, er lache überhaupt nicht.

Zweifellos, dachte Förster, da er Rippen als Zeugen vereidigte, ist dieser Mann so störrisch genau, dass ihm selbst ein an sich im Großen und Ganzen der bothmerschen Geschäfte nebensächlicher Vertrag wie der mit einem Pächter aus Arpshagen als Gesetz galt, das von niemandem und schon gar nicht aus einer Laune heraus in Frage gestellt oder auch nur großzügig ausgelegt werden durfte, auch nicht im geringsten Detail, mochte es noch so gleichgültig erscheinen. An Rippens knochiger Erscheinung war eben alles rigide Verlässlichkeit.

Die Bothmers für sich genommen hätten sicherlich mit einem Herrn Sommer als Holländer in Arpshagen leben können, dachte Förster weiter, aber in Rippens Augen durfte der im Vertrag nun einmal festgehaltene gutsherrliche Vorbehalt nicht einfach mit einem Augenzwinkern abgetan werden. Recht war durchzusetzen, solange es so galt, wie es nun einmal galt, unabhängig davon, wie sinnvoll es sein mochte oder für wie sinnvoll es Rippen persönlich erachtete.

Korrekt und gleichbleibend temperiert blieb Rippen auch als Zeuge. Nachdem schon eine Weile Fragen und Antworten hin- und hergegangen waren, bemerkte Bratspieß in seiner gefürchteten Plötzlichkeit: »Weshalb haben Sie eigentlich gleich so eine Heeresmacht gegen den Angeklagten aufmarschieren lassen?«

Rippen hätte sich da aufregen und sich gegen das provozierende der Frage verwehren können. Förster hätte dem Einwand sogar stattgegeben, er fand, sein Kollege sei hier etwas zu frech vorgeprescht. Aber der Inspektor zog es vor, gleichmütig zu antworten: »Na, Heeresmacht wäre eine Übertreibung. Manchmal lassen sich Gesetz und Ordnung nicht anders herstellen. Aber das muss ich Ihnen doch nicht sagen, hohes Gericht. Wer das Recht verwaltet, muss es auch sichern können, zur Not mit dem Nachdruck einer Heeresmacht, wie Sie sich beliebten auszudrücken. Sonst bräuchten wir es ja nicht, das Recht, meine ich.«

»Aber wenn da ein ganzer Trupp heranmarschiert, scheint es doch nur verständlich, dass es derjenige mit der Angst zu tun bekommt, dem der Aufwand gilt, und seinerseits aufrüstet, nur so zur Verteidigung? Wie in unserem Fall der Inculpant.«

»Genau so war es, ich hatte Angst, pure Angst«, rief Priester dazwischen, von der Seitenlinie der Türseite, durch einen Fußtritt Hechts unter dem Tisch davon abgebracht, den Zeugen weiter zu unterbrechen.

Das war just der Moment, in dem es Förster wieder einfiel: Der Hirte in Arpshagen, der Hirte hieß, hatte Nomen est omen gesagt, und er hatte den Spruch nicht nur auf sich als Hirte angewandt, sondern auch auf Rippen. Förster lehnte sich etwas zurück in seinem unbequemen, hochlehnigen Stuhl und fühlte sich beruhigt, dies für sich geklärt zu haben. Manchmal schon kam ihm sein Kopf wie eine Lostrommel vor, wenn er eine Erinnerung, ein Zitat oder nur ein Wort suchte. Man zog ein Los auf gut Glück, manchmal brachte der Zufall das Richtige, meistens jedoch Nieten.

Rippen fuhr derweil gleichmütig fort, er tat, als hätte er den Zwischenruf des Inculpanten gar nicht gehört: »Bei Herrn Priester hatten wir schlechte Erfahrungen gemacht, als er schon einmal einen Holländer bestallte, ohne uns, oder genauer mich, den Inspektor, zu fragen. Herr Priester hatte schon damals gedroht, jeden – ich zitiere aus dem Gedächtnis – ›achtkantig vom Hof zu werfen, der mir hier Vorschriften machen will, wo es ihn nichts angeht‹. Kurzum, wir wollten auf alles vorbereitet sein. Der Widerstand in Arpshagen erwies sich dann ja auch als beträchtlich.«

»Widerstand! Beträchtlich!«, schnaubte Priester, abermals von einem Tritt seines Verteidigers zum Schweigen gebracht.

Bratspieß warf ein: »Nun, dieser Widerstand glich bei Lichte besehen doch wohl eher einem Theaterdonner. Jedenfalls machte das diese Verhandlung hier klar. Zumal der Inculpant schon erfüllt hatte, was Sie von ihm erwarteten: Den Holländer wieder wegzuschicken.«

»Hohes Gericht«, antwortete der gleichtemperierte Rippen, »Theaterdonner ist der völlig falsche Begriff. Wer soll ahnen, dass Leute, die einem mit zornfunkelndem Blick und knüttelschwingend begegnen, nicht wirklich zuschlagen. Und dann die Alarmglocke! Schüsse! Herr Luckmann wurde getroffen, das können Sie doch nicht ernsthaft als Theaterdonner abtun.« An der Stelle wurde Rippen dann doch etwas lauter: »Das ist versuchter Mord. Ich protestiere gegen eine solche Verharmlosung, Herr Richter.«

Förster griff ein: »Nun, nun. Der Punkt geht an Sie, Herr Zeuge. Ihnen musste sich die Sache als Widerstand gegen die Herrschaft, als Aufruhr also, darstellen, ganz ohne Zweifel. Sie konnten das banale Ende nicht voraussehen. Aber da Sie den Fall Luckmann selbst ansprechen, uns wurde hier berichtet, Herr Luckmann habe eigentlich nicht zu jenem Trupp gehört, den Sie gegen Priester zusammengebracht hatten. Wieso war er dann dabei?«

Die Antwort kam ohne Zögern: »Herr Richter, das hat mich auch gewundert. Ich hatte ihm keine Anweisung diesbezüglich erteilt. Ich hätte es auch gar nicht tun dürfen, denn der Holzvogt ist mir nicht direkt unterstellt. So ein Holzvogt führt gewissermaßen ein Eigenleben, er hat Prokura für alles, was mit Holz und Forst zu tun hat, und das ist ein ziemlich weites und, wie ich hinzufügen darf, einflussreiches, weil ertragreiches Geschäftsfeld.« Rippen schwieg für einen Moment, dann war es, als würde er sich aufraffen zu einer besonderen Tat: »Darf ich offen sein?«

Die Frage musste Förster irritieren. Er antwortete: »Sie dürfen nicht nur, sie müssen, zu diesem Zweck haben wir Sie doch eben vereidigt.«

Rippen lächelte kurz, und tatsächlich schien diese Veränderung zum Freundlichen hin seinem verspannten Gesicht Schmerzen zu bereiten, denn abrupt kehrte der Ernst in seiner ganzen Blässe zurück wie eine Wohltat, als der Inspektor sagte: »Ich bedaure das Schicksal von Herr Luckmann und bedaure auch, Ihnen, hohes Gericht, nichts weiter dazu sagen zu können. Ich war nicht dabei, als es passierte, ich saß an meinem Sekretär. Nur indirekt macht mir das, was Herrn Luckmann widerfahren ist, nicht unerheblich Sorgen. Denn weil er keine Anweisung von mir hatte, mit nach Arpshagen zu ziehen, stehe ich jetzt vor dem rechtlichen Problem, ob Herrn Luckmanns schwere Verletzungen als Arbeitsunfall zu werten sind oder ob er ganz allein für sich das Schicksal herausgefordert hat, mit allen Konsequenzen für ihn persönlich, also auch versicherungstechnischer und damit finanzieller Natur. Sie verstehen?«

»Nur zu gut«, zischte Bratspieß, nomen est omen auch bei ihm, als würde Fett vom Braten herab in das Feuer tropfen. »Da Sie bestimmt schon davon gehört haben, dass auf Herrn Luckmann offenbar gezielt geschossen wurde und aller Wahrscheinlichkeit nach nicht von einem der Arpshagener, würden Sie von Ihrer nicht unerheblichen Sorgen erlöst. Ein Mordversuch ist kein Arbeitsunfall.«

Ohne den Pan anzusehen, ähnlich wie Zornow, erwiderte Rippen ruhig: »Ihr Ton sagt mir, dass Sie mein Gedankengang empört. Das macht ihn aber nicht falsch. Ich trage als Gutsinspektor nun einmal die Verantwortung. Manchmal ist die Wahrheit ziemlich schamlos.«

»Nun, nun.« Förster hob seine Hände vom Tisch und senkte sie in einer begütigenden Geste. »Arbeitsunfall oder nicht, eine für uns hier völlig nebensächliche Frage. Wir haben ein Urteil über den Beschuldigten, Herrn Priester, zu sprechen. Deshalb würde uns mehr interessieren, ob Herr Luckmann möglicherweise von irgendwem in Ihrer komischen Truppe – Sie verzeihen den Ausdruck – gelockt wurde, um ihn auf dem Weg nach Arpshagen gleichsam als Zielscheibe vor sich zu haben.«

Hier dachte Rippen lange nach, sein Gehirn schien dabei derart beansprucht, dass seine Augäpfel noch mehr aus den Höhlen traten als gewöhnlich. Dann antwortete er: »Tja, ich weiß wirklich nichts dazu zu sagen. Sollte es so gewesen sein, müsste einer der Bothmerschen seine Hand im Spiel gehabt haben, denn nur wir wussten von unserem Vorhaben. Eine Handvoll Leute, mehr bestimmt nicht, alle eingeschworen, ihre Klappe zu halten. Und für alle würde ich meine Hand ins Feuer legen, dass sie Wort hielten.«

»Oder jemand, der, zufällig oder nicht, an jenem Morgen am oder im Schloss war und mitbekam, dass da etwas in Richtung Arpshagen geplant war. Mir fällt da Herr Zornow ein.«

Rippen blieb unbewegt, als er antwortete: »Glauben Sie wirklich, dass jemand, sagen wir Zornow, auf den Gedanken kommt, den Luckmann zu erschießen, nur weil er zufällig mitbekommt, dass Luckmann mit nach Arpshagen zieht? Wo er eigentlich mit der Arpshagen-Sache doch gar nichts zu tun hatte? Das klingt doch schon absurd. Und ist es auch, hohes Gericht. Hätte jemand, sagen wir Zornow, auf Luckmann schießen wollen, würde er andere Gelegenheiten gefunden haben, wo es besser planbar gewesen wäre und vermutlich erfolgreicher, oder?«

»Auch hier geht der Punkt an Sie«, bemerkte Förster lächelnd. »Und doch: Wir sind uns inzwischen sicher, dass Luckmann kein zufälliges Opfer war, schon gar nicht eines der in die Luft abgegebenen Terzerolschüsse seitens der arpshagenschen Truppe. Noch absurder, um Sie zu zitieren, wäre doch die Annahme, da sieht jemand zufällig Luckmann im Trupp nach Arpshagen, denkt sich, dem wollte ich schon immer ans Fell, und knallt ihn nieder.« Hier und da wurde im Publikum gelacht, auch die Bützower lächelten.

Förster fiel auf, dass der angeklagte Priester, sonst so aufmüpfig hier im provisorischen Gerichtssaal, zuletzt den Fragen und Antworten zwischen Gericht und Zeugen immer aufmerksamer gefolgt war, auch nicht mitlachte und am Ende dasaß mit selbstvergessen leicht geöffnetem Mund.

War er überrascht von dem, was Rippen da eben angemerkt hatte? Förster nahm sich vor, Priester später danach zu fragen, wenn Rippens Auftritt erst einmal zu Ende gebracht war.

Derweil nahm Bratspieß wieder das Wort: »Die Verhandlung hier hat durch viele Zeugenaussagen gezeigt, dass Luckmann als nicht sehr beliebt gilt und mancher mit ihm einen Strauß auszufechten oder besser: noch eine Rechnung offen hat.«

»Dafür ist er der Holzvogt«, konterte Rippen.

Förster fragte: »Betreibt Herr Luckmann nebenbei Geschäfte, bei denen er einen seiner Geschäftspartner aus welchen Gründen auch immer erzürnt haben könnte?«

»Er mag noch andere Geschäfte betreiben, aber so lange sie nichts mit Holz, unserem bothmerschen Holz, zu tun haben und überhaupt mit bothmerschem Eigentum, gehen sie mich als Inspektor nichts an.«

»Sagen wir, im Geschäft mit Patisserien? Mit Konfekt und so etwas?«

»Hohes Gericht, Sie belieben zu scherzen. Patisserien? Konfekt?«

Förster setzte hinzu: »Ich könnte Sie jetzt noch nach Erbsbrei fragen, aber ich vermute, dann würden Sie mich für verrückt erklären, endgültig für verrückt erklären. Also lassen wir es.«

»Erbsbrei? Ich kann nur sagen: Luckmann gilt als das, was man einen harten Hund nennt. Tatsächlich ist er ein erfolgreicher Geschäftsmann, in bothmerschen Diensten zu Ansehen und Wohlstand gelangt. Zu einem Ansehen, das viel mit Furcht vor ihm zu tun hat, das will ich zugeben. Aber in solchen Fällen, wenn jemand durch eigene Tüchtigkeit Erfolg hat, stellen sich auch die Neider von selbst ein.«

Der Pan warf ein: »Dann geht es Sie vermutlich auch nichts an, dass Herr Luckmann großen Erfolg bei den Damen hat?«

»Richtig. Ich ahnte allerdings, dass Sie mich danach fragen würden. Weil so viel drüber getratscht wird, womöglich auch hier im Gerichtssaal schon. Nur so viel: Sie sind unbestreitbar, ich meine, seine Erfolge bei den Frauen. Und auch so etwas gebiert den Neider. Oh, ja, so etwas vor allem. Aber eigentlich hat es hier nichts zu suchen, denke ich.«

»Gebiert den Neider!« Bratspieß schüttelte den Kopf, halb belustigt, halb verärgert. »Wissen Sie denn etwas über diese Neider, die da geboren wurden?«

»Bedaure, nein.«

»Wer so schnell mit dem Bedauern kommt – das sagt mir jahrelange Berufserfahrung –, hält sich eher mit seinem Wissen zurück«, brummte Bratspieß. Daraufhin war diesmal er es, der einen Fußtritt abbekam, von Freund Förster. Der Pan ließ sich davon nicht beeindrucken. Er fragte vielmehr: »Herr Zeuge, wo sind Sie eigentlich gewesen, nachdem Sie Ihre Truppe losgeschickt hatten. Ich meine, beim zweiten Mal, als der Trupp auch die Legitimation dabeihatte, sprich Ihre Unterschrift?«

»Sie meinen«, so Rippen mit seiner gleichmütigen Stimme, »wo ich war, als Luckmann getroffen wurde. Ob ich dem Zug gefolgt sei, das meinen Sie doch? Ob ich womöglich …?«

»Wenn Sie so wollen.«

»Ich sagte es bereits, ich saß an meinem Sekretär. Wenn Sie meinen, mein Alibi – so heißt es doch wohl in Ihrer Sprache – überprüfen zu müssen, wenden Sie sich bitte an die Gräfin oder gern auch an ihre Hofdame, Fräulein von Moltke. Mit denen sprach ich zur fraglichen Zeit, wenn auch nur kurz. Ich habe, in Ihrem Duktus, ein wetterfestes Alibi.«

Förster sah aus dem Augenwinkel, dass sein Kollege den Herrn Inspektor gern noch weiter gebraten hätte, er jedoch sah voraus, dass sich nunmehr Fragen und Antworten nur noch im Kreise drehen würden. Weshalb er lieber dazwischenging: »Danke, Herr Inspektor, für Ihre Auskünfte. Gibt es noch Fragen an den Zeugen? Die Herren aus Bützow? Herr Hecht? Nein, gut, dann dürfen Sie gehen, Herr Inspektor. Vielen Dank für Ihre Hilfe.«

»Welche Hilfe?«, zischte der Pan seinem Kollegen ins Ohr, sah dabei aber ganz zufrieden aus, so, als wäre für ihn der Fall ohnehin erledigt. Vielleicht hatte ihn auch nur friedlich gemacht, dass die Moltke erwähnt worden war, dachte Förster, und der Gedanke erheiterte ihn.

Laut sagte er, nachdem sich die große Tür an der Stirnseite des Saales hinter Rippen geschlossen hatte, in Richtung Platz des Beschuldigten: »Kollege Hecht, ich darf dem von Ihnen vertretenen Inculpanten eine Frage stellen?«

Hecht sprang auf: »Es hängt von der Frage ab. Er muss sich nicht selbst belasten.«

»Das ist mir bekannt, ob Sie es glauben oder nicht.« Förster wandte sich Priester zu: »Sie wirkten eben überrascht, als Inspektor Rippen daran zweifelte, dass jemand mitbekommen haben könnte, wie Herr Luckmann mehr oder weniger zufällig hineingeriet in den Zug nach Arpshagen. Um das dann auszunutzen, hinterherzuschleichen und auf Luckmann zu schießen, getarnt durch die allgemeine Aufregung. Warum?«

Hecht prompt: »Wenn das hohe Gericht beabsichtigt, meinen Mandanten mit den Schüssen auf Herr Luckmann ...«

Förster wischte den Einwand beiseite: »Das hohe Gericht beabsichtigt gar nichts. Meine Frage ist keine Ansicht, sondern eine Frage. Also?«

Priester nickte seinem Advokaten zu, sah dann hinauf zu Förster auf der Richterbank und sagte: »Weil mich das auch schon beschäftigte, um ehrlich zu sein. Wer hatte oder hat keine Fehde mit Herrn Luckmann. Brennholz brauchen wir alle. Auch ich liege mit ihm im Streit wegen einiger Rechnungen.«

»Einigen nicht unerheblichen Rechnungen«, warf Bratspieß ein.

»Weil er mir das Deputat vorenthalten wollte. Wahrscheinlich hat er schon frohlockt, dass ich nach diesem Prozess hier überhaupt kein Brennholz mehr brauche und er keines mehr liefern muss, obwohl er inzwischen Geld dafür bekommen hat. Der Wirt lebt auch vom Bier, dass zwar bezahlt, aber nie ausgeschenkt wurde. Wie auch immer, mir fiel aber noch etwas ein, etwas Verrücktes eigentlich. Nämlich wie in den vergangenen Wochen Herr Zornow und mein Holländer Sommer immer wieder die Köpfe zusammensteckten. Vielleicht hat es mit dem zu tun, was Sie, Herr Richter, vorhin erwähnten. Mit dem, was Sie seltsamerweise Patisserien nannten. Sommer hat viel mit Milchprodukten experimentiert, er träumt von einem Feinkostgeschäft nur mit edlen Milchprodukten, die er an die Wohlhabenden liefern will. Die vermutet er – bestimmt nicht zu Unrecht – in Schwerin bei Hof und in den Ministerien, auch in den Schlössern und Gutshäusern ringsum. Von diesem Plan muss Luckmann irgendwie Wind bekommen haben, er kam jedenfalls nach Arpshagen und brach einen mörderischen Streit mit Sommer vom Zaun.«

»Mörderisch?«, hakte Bratfisch ein.

»Das ist mir nur so rausgerutscht. Sie brüllten sich an, dass es im ganzen Gut zu hören war. Sommer hat mir dann erzählt, Luckmann habe gedroht, eine Erfindung zum Patent anzumelden, die er, Sommer, gemacht habe. Seit dem Streit jedenfalls wirkte Sommer resigniert und sprach häufiger davon, wieder weiterziehen zu wollen. Und prompt folgte bald darauf die erste Aufforderung von Herrn Rippen, den Holländer zu entlassen. Dann kam die zweite, schließlich die Heeresmacht mit der dritten Aufforderung. Aber das wissen Sie ja alles selbst. Als die Heeresmacht anrückte, ist Sommer einfach davongezogen, fast so, als habe er auf so einen martialischen Anlass nur gewartet, um das zu tun, wofür er innerlich längst bereit war: wegzugehen. Nicht mal mir hat er was gesagt, nur den Mägden in der Meierei.«

»Wann war das mit dem Streit?«, fragte Pan.

»Es muss drei, vier Wochen vor dem morgendlichen Überfall der Bothmerschen ...«

»Ich bitte Sie, auf Ihre Wortwahl zu achten: Überfall«, schnaubte es zur Abwechslung mal von der Fensterseite. Seeliger, hochrot.

»... gewesen sein, aber ich kann mich da auch täuschen. Ich hab das damals nicht ernstgenommen. Ich wusste schließlich, dass die beiden, Zornow und mein Holländer, keinem Streit aus dem Weg gehen und aus nichtigen Anlässen ziemlich böse werden können, um nicht zu sagen: fies. Und ein lauter Streit mit Luckmann ist an sich auch nichts Ungewöhnliches. Seltsam nur war, dass ausgerechnet mein Holländer und der Holzvogt aneinandergerieten, die normalerweise nichts miteinander auszumachen haben, sich praktisch auch gar nicht weiter kennen.«

»Und Herr Sommer zog davon, an jenem besagten Morgen, just zu dem Zeitpunkt, als die Schüsse fielen?«, fragte Pan.

»Kann schon sein, es ging drunter und drüber. Ich hatte an vorderster Front sozusagen mit Herrn Singelmann als Gegner zu tun, ich habe weder Sommers heimlichen Abgang noch die Schüsse auf Luckmann mitbekommen.«

»Hat sich Zornow danach noch einmal bei Ihnen sehen lassen? Oder beim Holländer? Wo ist der jetzt eigentlich? Haben Sie von Herrn Sommer etwas gehört?«

»Zurück nach Dassow, vermute ich, von wo ich ihn abgeworben hatte. Aber wir haben keinen Kontakt mehr. Zornow habe ich seit jenem turbulenten Morgen ...«

Hier schaltete sich der bothmersche Advokat Seeliger abermals schnaufend ein: »Turbulent! Turbulenter Morgen! Da schlägt es doch gleich dreizehn.«

»... nicht mehr gesehen in Arpshagen«, vollendete Priester. »Ob er mit Sommer nochmal gesprochen hat, keine Ahnung. Glaube ich aber nicht.«

Förster schritt wieder ein: »Woher um alles in der Welt weiß Luckmann von dem, was sich Zornow und der Holländer offenbar im stillen Kämmerlein ausgedacht hatten? Es ging übrigens, vermute ich, um die von mir erwähnte Sache mit den Patisserien. Um die Herstellung von ziemlich süßem Konfekt. Aus Erbsbrei.«

Unruhe im Saal. »Her damit, her damit, oh, Konfekt, jetzt genau das richtige«, rief jemand und alles lachte. »Erbsen, igitt«, rief ein anderer. Einer machte doch tatsächlich Furzgeräusche.

»Auch süße Sachen haben einen gewissen Ernst, wie wir sehen«, bemerkte Förster und stellte die Ruhe wieder her, indem er die Glocke betätigte.

Endlich konnte der Angeklagte Priester antworten: »Ich weiß es nicht, ich schwöre es beim Allmächtigen.«

»Vorsicht mit dem Schwören und dem Allmächtigen«, warf der Pan ein. Und zu seinem Nachbarn Förster: »Müssen wir den Sommer nun auch noch als Zeugen hören, Herr Kollege?«

»Ich denke, wir sollten das alles hier nicht unnötig hinauszögern. Wir wollten in dieser Woche fertigwerden, morgen ist bereits Freitag, ein dreizehnter – Herr Kollege Seeliger, es schlägt tatsächlich dreizehn, das können wir nicht ändern. Ich denke, wir hören morgen die Plädoyers von Anklage und Verteidigung. Wenn ich beide Seiten hiermit bitten dürfte, sich kurz zu fassen, könnten wir am Abend auch zu einem Urteil gelangen. Gibt es noch Fragen an den Angeklagten? Nein. Morgen Vormittag braucht das Amt den Saal, wir sehen uns deshalb erst um 13 Uhr. Damit schließe ich für heute die Sitzung.«

Keine halbe Stunde später saßen die beiden Richter an ihrem Tisch im *Hamburger Hof* und warteten auf das Abendessen, kurioserweise ein Bauernfrühstück. Als Vorspeise aber gab es Vorwürfe von Bratspieß gegen seinen Freund, weshalb Förster schon jetzt ein Urteil sprechen wolle und wieso er plötzlich auf so etwas Albernes wie Konfekt komme. Was habe Konfekt mit Aufruhr zu tun? »Soll es später mal heißen: der süße Aufruhr von Arpshagen? Mein Lieber, wir machen uns doch lächerlich und die gesamte Großherzogliche Justizkanzlei gleich mit.«

»Gemach, gemach«, entgegnete Förster. »Du dürftest gestern Abend sogar etwas von dem Konfekt abbekommen haben bei deinem Schäferstündchen mit Fräulein Moltke. Nein, oh, dann ist dir etwas vorenthalten worden.« Und er erzählte, was er von Frau Meininger erfahren hatte und wie er in den Besitz einer Konfektschachtel gelangt war mit Pralinés aus Erbsbrei.

»Erbsbrei! Ist ja eklig. So was kann nur in Grevesmühlen passieren«, lachte Bratspieß etwas unsicher darüber, ob sein Kollege sich nur über ihn lustig mache.

»Keineswegs eklig. Aber auch nicht so fein wie Lübecker Marzipan, zugegeben.«

»Und deswegen sollte der Luckmann dran glauben? Wegen Erbsbreipralinés? Nicht dein Ernst.«

»Klingt seltsam, nicht wahr? Genau das wissen wir aber nicht. Allerdings wissen wir, wer ein Geheimnis des einen zum anderen tragen konnte. Wo die Verbindung liegt zwischen Zornow und Luckmann, zwischen den beiden, die sich nicht ausstehen können und den direkten Kontakt meiden, angeblich.«

Da stutzte Pan, um sich schließlich mit der flachen Hand an die Stirn zu schlagen: »Charlotte.«

»Ich habe sie gestern Abend danach gefragt. Sozusagen vor deiner Zimmertür. Von irgendwelchen Patisserien weiß sie nichts. Sagt sie jedenfalls.«

»So etwas hätte sie mir doch auch erzählt, oder?«

»Was weiß ich, in dem Fall ermittelst du.«

VIERZEHNTES KAPITEL

Die Rostocker Richter Förster und Bratspieß
brüten über ihrem Urteilsspruch und treffen eine
folgenschwere Entscheidung

Die Kirchturmuhr von St. Nikolai schlug eben acht, als Pan Bratspieß in das Herbergszimmer seines Freundes und Kollegen Friedrich Förster trat. Er tat es mit Schwung und sichtlich gut gelaunt.

»Guten Morgen, mein Lieber, du hattest wieder einmal recht«, sagte er. »Sie war es.«

»Guten Morgen.«

»Sie war es doch.«

Förster staunte: »Du meinst, sie wusste von dem Konfekt? Deine Charlotte? Und lügt mich an? Frech.«

»Charlotte wusste nichts von dem Konfekt. Jedenfalls wenn wir ihr glauben dürfen. Sie hat aber einen Briefumschlag beim Zornow mitgehen lassen, nur um den Abgeschiedenen, wenn ich so sagen darf, zu ärgern. Sie sagt, der Umschlag sei ihr aufgefallen, weil in roter Schrift irgendwelche Formeln darauf gestanden hätten. Und dazu sei ein Mund gezeichnet gewesen, ein Kussmund. Der Umschlag lag in Zornows Schreibsekretär, aber keineswegs in einem Geheimfach, sondern gleich obenan. Sie hat ihn mitgehen lassen, als Zornows Abschiedsgeschenk sozusagen und als Liebesbeweis für Luckmann. Sie wollte Luckmann imponieren, weil der mal gesagt hatte, er wolle zu gern wissen, was der Zornow so alles treibe. Er würde zu gern mal in dessen Rechnungsbücher schauen. Komischer Wunsch, was? Und weißt du, wie Luckmann ihr dann seine Dankbarkeit für das Herumschnüffeln beim Zornow gezeigt hat?«

»Setz dich, Hans-Heinrich.« Förster deutete auf den einzigen Fauteuil im Zimmer. Er selbst saß auf einem ledergepolsterten Stuhl an dem Sekretär. Es war das beste Zimmer, das der *Hamburger Hof* zu vergeben hatte, mit Blick über den Markt. Das beste Zimmer war aber eigentlich nur das größte und hellste. Den Sekretär hatte Frau Meininger extra für Förster aufgetrieben und dem üblichen Mobiliar hinzugefügt, der würde nur solange dastehen, wie der wichtige Gast ihr Haus beehrte.

»Er hat mit ihr Schluss gemacht, von einer Minute auf die andere. Stell dir vor. Am Montag steckte sie ihm das Ding mit dem Kussmund zu. Am Dienstag sagte er ihr, sie habe da einen tollen Fund herbeigebracht. Und am Mittwoch sagte er ihr, er wolle sie nicht mehr sehen, sie sei ihm unheimlich.«

»Deine Chance, Hans-Heinrich.«

»Aber wie wütend sie das gemacht hat. Sie war es nochmal richtig, als sie es mir erzählte. Sie hat es wohl überhaupt nur aus Wut erzählt.« Bratspieß ließ den Fauteuil links liegen, trat an das Fenster und sprach auf den Markt hinaus, als würde er eine Rede ans Volk halten. Seine O-Beine, wie dünn die waren.

Förster lächelte: »Und diese Wut musst nun auch du noch, der Nachfolger Luckis, aushalten. Wo du sie doch eigentlich trösten solltest. Also die Frauen heutzutage …«

»Hör mal, mein Lieber, so eine Frau wie Charlotte verlässt, die wird nicht verlassen. Den Zornow hat sie verlassen, wie es sich für sie gehört. So was hätte der Luckmann doch wissen müssen. Da hat er schon so viele Feinde, und dann fügt er kurzerhand noch einen hinzu, an der weiblichen Front, dort, wo eben noch eifrig geliebt wurde. So schnell kann es gehen. Aus Liebe wird Hass. Charlotte fand die Kugel, die er abgefangen hat, nur gerecht.«

»Hat sie das so gesagt? Na, dann pass bloß auf, dass dir irgendwann nicht auch einer eine verpasst und Charlotte das gerecht findet.«

»Sie wüsste nicht genau, ob sie den Schützen an uns ausliefern würde, kennte sie ihn. Hat sie gesagt. So aus Spaß.«

»Aus Spaß, hört, hört.«

»Frauen, mein Lieber, sie sind so. Alle. Getrieben von ihren Leidenschaften. Wie Jagdhunde, die das Wild riechen. Nichts anderes zählt mehr. Fort. Festbeißen. Blut. Töten.«

»Nun, nun. Hans-Heinrich, ich sollte dich hier besser unterbrechen. Schon zu deinem Schutz. Du redest dich noch um Kopf und Kragen. Ich dachte bislang, du bist verliebt in dieses Fräulein und magst Frauen überhaupt. Das klingt jetzt nicht so. Außerdem kenne ich mindestens eine Frau, die deinem Schreckensbild keineswegs entspricht.«

»Ja, ja, wissen wir. Ric.«

»Nicht alle Frauen. Nie: alle. Dazu sind die Menschen zu unterschiedlich, ob Weib oder Kerl.«

»Versteh mich nicht falsch, diese Leidenschaftlichkeit wirkt ja gerade als Würze. Ohne Leidenschaftlichkeit der Frauen keine leidenschaftliche Liebe, die deine selbstverständlich ausgenommen. Ich leide darunter, möchte es aber nicht missen. Die kleine Moltke ist so verrückt und so, entschuldige den Ausdruck, herrlich scharf.«

Förster wischte das beiseite und fuhr fort: »Und schließlich müssen wir uns sputen, ich wollte mit dir über das Urteil sprechen. Wir müssen uns eine Meinung bilden, beide, eine übereinstimmende, wenn möglich, sonst wird es unnötig schwierig. Und wir wollen doch nach Hause, ich jedenfalls.«

Endlich wandte sich der Pan vom Fenster ab und setzte sich. Er schlug die Beine übereinander, was wegen ihrer verbogenen Form schwierig, beinahe unmöglich aussah, aber dann doch gelang. »Ricarda kennt natürlich keine Leidenschaften«, sagte er, »außer die für dich, natürlich, du Glückspilz.« Und nach einem Moment des Nachdenkens, in dem er an seinem Ziegenbart zog: »Woher nimmst du die Gewissheit, dass es so ist?«

»Keine Gewissheit, nenne es besser Vertrauen. Und Liebe. Liebe ist immer Vertrauen, nicht alles Vertrauen freilich Liebe. Zwei unterschiedlich große Mengen, die sich überschneiden. Aber nun zur Sache.«

Bratspieß wechselte die Stellung der Beine und beugte sich vor: »Wieso hast du es eigentlich auf einmal so eilig mit dem Urteil? Schon gestern dieses Dahinrasen. Es war, als würdest du sogar schneller reden, nur damit wir schneller fertig werden. Ich bin übrigens für Milde beim Priester. Unsympathisch ist er, finde ich, vorlaut und aufbrausend. Aber so muss man wahrscheinlich sein im Geschäftsleben. Jedenfalls in seinem, wenn Leute wie die Bothmers seine Entscheidungen kassieren, aber seine Gewinne fleißig einstreichen, über die Pacht, meine ich. Außerordentliche Gewinne, wie wir hörten.«

Förster schlug die Aktenmappe auf, die vor ihm auf dem Sekretär lag. Es war dieselbe wie neulich auf seinem häuslichen Schreibtisch mit den allzu zierlichen Löwenfüßen. »Ich sehe das ähnlich, ich hielte den Fall auch für überschaubar, wenn da nicht Luckmann wäre.«

»Tja«, machte Bratspieß und zog den Ton lang. »Wissen wir, wer da geschossen hat und warum? Wir wissen es nicht, obwohl wir nun so viel darüber gehört haben, dass einem der Kopf brummt. Und wir werden es auch morgen nicht wissen, befürchte ich. Zumal es Freitag der dreizehnte ist. Ergo: Wir können kein Urteil fällen, solange das nicht geklärt ist.«

»Eben das will ich mit dir besprechen, Hans-Heinrich. Ich denke, wir trennen den Fall Luckmann vom Rest. Wir geben Luckmann zurück ans Criminal-Kollegium. Wir können, glaube ich, schlüssig nachweisen, dass der Schuss auf Luckmann nichts mit dem Aufruhr der Priesterschen Truppe zu tun hat. Jedenfalls war dieser Schuss kein Bestandteil des Aufruhrs. Da stimmst du mir doch zu, oder?«

»Unbedingt. Du willst die Bützower damit belästigen? Ernsthaft. Finde ich lustig. Erst nehmen wir es ihnen weg,

dann werfen wir es ihnen wieder halbgar vor die Füße.«
Bratspieß lachte auf. »Wo die uns schon so Scheiße finden.
Für die sind wir doch die arroganten Fatzkes aus Rostock.«

»Ganz recht, und gleich wird es klopfen, weil ich Bützow
hergebeten habe.«

»Wenn du nicht als der würdige Rostocker Richter gelten
würdest, dem sogar das Hotelzimmer extra möbliert wird,
müsste ich sagen: Du bist ein Schelm.«

»Das mit Luckmann war eine persönliche Sache. Ich bin
überzeugt davon. Es wäre nicht angemessen, das Schuld-
konto von Priester damit zu belasten. Ich denke, das können wir gut begründen.«

»Einverstanden. Und was bleibt dann noch? Ich meine,
wegen des Aufruhrs?«

»Das ist die eigentliche Anklage, darauf konzentrieren wir
uns. Dein Vorschlag?«

»Priester freisprechen. Die Anklage steht auf tönernen
Füßen, wenn nicht einmal klar ist, wer die Anklage erhebt.
Oder genauer: Wer bei den Bothmers das Sagen hat, de
jure, meine ich.«

»Dies hatten wir schon, Hans-Heinrich. Das zu klären,
dürfte länger dauern als mein Berufsleben noch währt. Unter uns: Soll Priester noch all die Jahre auf sein Urteil warten müssen? Auf seine Hinrichtung, möglicherweise? Das
können wir ihm nicht zumuten. Unterschrieben ist alles
– falls du mal in die Akte geschaut hast, ist dir das vielleicht aufgefallen – von Rippen, nicht von der Gräfin. Da
ist die Erbfolge beim Besitz erst einmal zweitrangig. Denn

egal ob die Gräfin tatsächlich die bothmerschen Geschäfte führen darf oder laut männlicher Erbfolge irgendein Mann aus der Familie es tun muss, Rippen wäre so oder so da. Er war es Jahrzehnte vorher und wird es vermutlich Jahrzehnte noch bleiben.« Förster pochte mit dem Knöchel auf die Aktenmappe.

»Ja, solche zähen Typen altern nicht, weil sie zeit ihres Lebens schon aussehen wie Freund Hein.«

»Ein Freispruch geht nicht. Priester hat klar gegen den Pachtvertrag verstoßen. Einen Pachtvertrag, der seit einer Ewigkeit gilt. Gutsherrschaftlicher Vorbehalt, er hat ihn missachtet. Zum zweiten Mal schon. Seine Durchlaucht würde schäumen, wenn es einen Freispruch gäbe. Schlicht wegen der Politik. Der Adel würde vor Schloss und Staatskanzlei aufmarschieren und protestieren. Dann könnte doch jeder Pächter machen, was er wollte. Er wäre nicht mehr Pächter, sondern selbst Gutsherr. Das lassen sich die geborenen Gutsherren nicht gefallen. Und vermutlich zu Recht, aber darüber will ich gar nicht erst richten.«

»Jetzt müsste ich sagen, das Befinden seiner Durchlaucht hat mit Rechtsprechung nichts zu tun und du, mein Lieber, bist zu unterwürfig. Aber ich bin nicht besser, ich gebe es zu. Opportunistisch. So nennt man es doch.«

»Bleibt unter uns.«

»Es bleibt auch unter uns, wenn ich dir sage, dass Charlotte mit mir Sachen gemacht hat, von denen ich nicht mal zu träumen wagte.«

»So genau wollte ich es nicht wissen.« Förster versuchte gelangweilt zu klingen, aber ertappte sich bei dem wärmenden Gedanken an die häusliche Ottomane.

»Um Genaueres zu erzählen, müsste ich vorher eine ganze Menge getrunken haben.«

»Zur Sache, Hans-Heinrich.«

Aber der Pan war noch nicht wieder bei der Sache. »Grevesmühlen. Als ich auf dem Dienstplan an unserer Flurtafel las, dass ich dahin muss, dachte ich: Straflager. Und dann das, die heißesten Nächte meines Lebens. Schamlos. Schamlos wie die Wahrheit, um den komischen Rippen zu zitieren. Es kommt immer anders, als man denkt. Sogar in Grevesmühlen. «

»Was sagen wir also?«

Bratspieß kam zu sich. »Ein halbes Jahr Bützow, Untersuchungshaft anrechnen. Damit ist allen gedient, am Ende sogar unserer tollen Bützower Haftanstalt. Rechtlich wäre es auch blitzeblank.«

»So machen wir es«, sagte Förster. »Ich hatte auch schon daran gedacht.« In seiner Stimme klang Erleichterung mit.

Der Pan seufzte. »Du hast es gut, wenn das hier vorbei ist, bist du wieder mit deinem Schatz vereint. Aber ich?« Er sprang auf und ging auf seinem O abermals an das Fenster.

»Du bist so unruhig. Was ist?«

»Ich kann es nicht ertragen, dass ich nicht weiß, wo sie jetzt ist. Vielleicht sehe ich sie da unten irgendwo.«

»Ich vermute, du hättest gern noch weiterverhandelt, um bei deinem Schatz zu sein? Ach, Hans-Heinrich, du mit deinen Affären. Was machst du mit dem Hoffräulein? Entführen? Wolltest du es mit in die Kutsche einladen? Ich befürchte, justizfremde Personen dürfen in unserer Gerichtslaube nicht mitreisen.«

»Charlotte will nicht weg, sie will bei den Bothmers bleiben. Das eigene Einkommen sichere das eigene Leben. Sagt sie. Daher vermutlich ihre Freizügigkeit oder was sie selbst Leben nennt. Aber es stimmt, ich scheide ungern. Abschiede sind mir eigentlich noch nie schwergefallen. Aber bei ihr weiß ich das nicht so genau. Sie hat was. Hattest du das nicht auch schon mal gesagt? Man muss nicht immer gleich so perfekt und ewig lieben wie Ric und du. Ich weiß gar nicht, ob ich Charlotte länger als, sagen wir, neuneinhalb Wochen ertragen könnte. Sie ist so fordernd, so bestimmend. Du kannst dich fallenlassen bei ihr, sie kümmert sich um alles, der Rheinwein funkelt im Kerzenlicht durch die schönen Gläser. Das Tischchen dafür steht gleich neben dem Bett. Der Preis für all die Hingabe ist aber eine unerbittliche Unersättlichkeit … Und auch da bestimmt sie. Wahnsinn! Ah, da unten geht einer der Stones. Steininger. Rosenstein war sich schon immer zu fein, zu jemandem zu kommen, rein dienstlich, meine ich. Er empfängt allenfalls. Er schickt den Steininger, der sieht auch viel athletischer aus.«

»Kommst du eigentlich nach dem Urteil am Samstag mit, wenn unsere Gerichtslaube wieder nach Rostock schaukelt? Wir wollen möglichst früh aufbrechen. Oder verliere ich dich auch dann noch in den schmächtigen Armen deiner Charlotte?«

Bratspieß kam nicht mehr dazu, darauf zu antworten. Es klopfte und herein trat, von der Stubenmädchenschönheit Agnes geleitet – Rosenstein.

»Ah, Gunther, tritt näher. Wenn du dich beeilst, sitzt du im Sessel, bevor mein Kollege dort am Fenster sich für den Fauteuil entscheidet«, sagte Förster.

Der Kollege entschied sich nicht dafür, Pan blieb am Fenster, drehte sich allerdings jetzt halb in den Raum hinein und nahm, so gut es eben ging, auf der Fensterbank Platz. Von dort sprach er lächelnd: »Da gelten Sie nun als die Stones, beinahe wie Zwillingsbrüder. Aber, Kollege Rosenstein, wenn man Sie so solo sieht in Ihrer Größe und Autorität, frage ich mich, wie wir zu dem Urteil kommen, Sie und den Kollegen Steininger ununterscheidbar zu finden. Ist beinahe wie bei unseren Sagenhelden, Hagen und Gunther, von denen man auch nicht recht weiß, ob sie miteinander verwandt sind, gar Brüder. Oder ob der eine nur der Freund des anderen ist und bei der Frauenbeschaffung hilft, um im Gegenzug an den goldglänzenden Schatz zu kommen. Na ja, nichts für ungut.«

Rosenstein schaute Bratspieß in einer Mischung von Verwirrung und Verärgerung an. Dann nahm er doch den Sessel, fiel buchstäblich hinein und sagte zu Förster: »Friedrich, ich bin lange genug im Dienst, jahrzehntelang. Im Dienst ergraut. Ich weiß, weshalb du mich einbestellt hast.«

»Einbestellt«, wiederholte Förster mit gehobener Stimme. »Gebeten trifft es wohl besser. Wie heißt es doch gleich beim Hexeneinmaleins im ›Faust‹? ›Du musst verstehn! Aus Eins mach' Zehn.‹ Auf unseren Fall bezogen, aus einem Fall, Aufruhr in Arpshagen genannt, werden, wenn es so weitergeht, bald zehn Fälle.«

»Zehn ist eine deiner typischen Übertreibungen. ›Und Zwei lass gehn, und Drei mach' gleich‹ – damit kommen wir der Sache schon näher«, erwiderte Rosenstein.

»Das passt«, freute sich der Pan vom Fenster her. »Fall eins ist der Aufruhr, Fall zwei der Rechtsstreit der Gräfin, ob sie das bothmersche Erbe antreten darf – das lassen wir gehen. Fall drei aber machen wir gleich, die Schüsse auf den Holzvogt.«

»Ich habe also richtig getippt, Fall drei, um den geht es? Ihr seid zu der Überzeugung gekommen, das sei Mordversuch, Täter und Motive unklar. Der klassische Kriminalfall. Kein Aufruhr, nichts Politisches. Und deshalb sollen wir uns kümmern. Aber gehört das eine nicht zum anderen?«

»Höre, Gunther«, setzte Förster an und wiederholte, in gemessenen Worten und den einen oder anderen hier fälligen Paragraphen aus dem Gesetzbuch zitierend, was er eben schon dem Pan erklärt hatte. Rosenstein hörte aufmerksam und freundlich zu, nickte auch ein paarmal.

Steininger, säße der jetzt da im Fauteuil, hätte uns bestimmt für verrückt erklärt, dachte Förster, während er noch sprach. Und Rosenstein habe genau das verhindern wollen, deshalb also war er gekommen und ließ seinen Kollegen, wie sich alsbald herausstellte, derweil ein paar private Einkäufe auf dem Markt erledigen, bevor sie morgen nach Bützow zurückfahren würden. »Jedenfalls wenn das Urteil gesprochen ist«, wie Rosenstein in Försters Darlegungen hinein sagte. »Ein Urteil am Freitag dem dreizehnten halte ich für angemessen, deshalb wird es klappen, nicht wahr, liebe Kollegen?«

Als Förster geendet hatte, trat ein Augenblick Stille ein. Die Rostocker Richter sahen erwartungsvoll auf ihren Bützower Kollegen. Der lächelte verschmitzt, bevor er sagte: »Soeben eine Wette gewonnen. Um was in aller Welt hatten wir doch gleich gewettet? Na, nicht um alles in Welt, klar. Ich glaube, eine Flasche Lübecker Rotspon. Aber das war nur so dahingesagt, ich mag bestimmt keinen Rotspon, und Steini ist eher der Biertrinker, wenn er überhaupt mal was trinkt. Es ging bei der Wette um den Holzvogt. Ich habe gesagt, die Rostocker drücken uns den aufs Auge. Steini wies das weit von sich: Das können die doch nicht machen. Nun, sie können.«

Förster sah betreten vor sich hin, Bratspieß wandte sich wieder dem Ausblick aus dem Fenster zu.

»Alle Welt meint, wir seien nicht zu unterscheiden. Die Stones, wie es heißt. Aber wir sind sehr wohl verschieden, ich bin der Pessimist, Steini der Optimist. Ein Optimist mit Blessuren, will ich gerechterweise hinzufügen. Pessimisten aber sind doch nur Optimisten mit Lebenserfahrung. Wie auch immer, mir war gleich klar, dass wir etwas zu tun bekommen, als dieser nervöse Hecht uns seine Details jenes Aufruhrs präsentierte. Dass es etwas Besonderes um den Holzvogt gibt. Seitdem habe ich auf das gewartet, was du, Friedrich, nun ausgesprochen hast. Aber ich habe dabei nicht untätig gewartet. Ich habe mich ein bisschen umgehört, gegen den Widerstand Steinis, am Ende auch ohne sein Wissen.«

»Und?«, fragte der Pan, sich nun doch wieder auf das Geschehen im Zimmer besinnend.

»Hecht erwähnte einen Justizrat von Paepke. Aus Lütgenhof. Der ist ein alter Bekannter von mir, wir waren Schüler im Katharineum, in Lübeck. Ich will nicht gerade sagen, wir seien befreundet gewesen, aber zwischen Schülern hat es immer irgendwie eine Nähe, die fürs Leben reicht. Dass wir Juristerei studieren wollten, dessen waren wir gewiss, das hat uns ein wenig zusammengeführt. Ich tat es in Rostock, er aber irgendwo im Ausland, ich glaube, in Berlin. Seitdem hatten wir nichts mehr voneinander gehört. Jetzt aber habe ich ihm geschrieben. Ich fragte ihn, ob er etwas wisse über unseren Sommer, den Holländer. Ob der tatsächlich wieder in Dassow sei und wie er von Arpshagen weg sei, so urplötzlich.«

»Und?«

»Sommer scheint die Umtriebigkeit zu bevorzugen, er zieht über die Güter und legt es gar nicht darauf an, auf einem vielleicht für immer zu bleiben. Ein Zigeuner der Milchwirtschaft. Leider kam dein Hinweis, Hans-Heinrich, auf diese merkwürdige Konfekt-Geschichte zu spät, um auch danach zu fragen. Immerhin gibt sie ein Motiv für diesen Sommer, dem Holzvogt ans Leben zu wollen, wenn der verkauft, was Sommer erfunden hat, nicht wahr? Aber Sommer hätte keine Rache üben können, selbst wenn er gewollt hätte. Ich meine, an jenem Aufruhr-Morgen. Er kann nicht geschossen haben, womit auch immer.«

»Wieso?«, fragten Förster und Bratspieß wie aus einem Mund.

»Weil er einen Slapstick-Abgang hingelegt hat, er ist über eine Milchkanne gestolpert und mit dem rechten Arm unglücklich auf einem Melkschemel aufgeschlagen. Genauer gesagt: mit der Hand. Sie war jedenfalls heftig gestaucht. Sommer hätte keine Waffe mehr halten können, er ist Rechtshänder. Aber ohnehin hätte er sich nicht einfach so aus der Szene stehlen können, um dem Holzvogt von der Seite aufzulauern. Er war während seines Abgangs nicht eine Sekunde allein. Die Mägde, die Knechte vom Priester – sie alle haben geholfen, dass ihm die Hand verbunden wurde und er rechtzeitig genug auf einem Fuhrwerk losfahren konnte, sozusagen durch den Hinterausgang hinaus, während vorn die Bothmerschen anmarschierten.«

»Ist er noch in Dassow?«

»Paepke – wir nannten ihn damals an der Schule Paepi – schreibt, Sommer sei längst weitergezogen und jetzt im Holsteinischen. Nun, da gibt es auch eine Menge fetter Güter. Er wird sein Glück machen.«

Pan Bratspieß brachte es auf den Punkt: »Ein Verdächtiger weniger. Aber es bleiben noch einige, und wer weiß, wer es tatsächlich war. Vielleicht jemand, von dessen Dasein wir noch gar nichts wissen, geschweige denn den Namen.«

Rosenstein wandte sich an den Pan: »Es gelüstet mich zu sagen, wir werden das schon herausfinden. Jetzt, da wir uns wieder bemühen dürfen.«

»Nun, nun«, machte Förster.

Auch Bratspieß wollte keine Missstimmung: »Davon bin ich überzeugt. Und wenn wir helfen können, den Fall zu Ende zu bringen ... Wir könnten den Rotwein bezahlen, damit Ihr Kollege sich nicht auch noch über seine Wettschulden ärgern muss.«

»Gute Idee«, lachte Rosenstein. »Allerdings hat Steini noch eine Eigenschaft, die mir abgeht. Also, von wegen, die sind sich gleich wie Zwillinge. Er nimmt hin, was nicht zu ändern ist. Er hakt ab, atmet durch und geht weiter. Zukunft, pflegt er zu sagen, solange wir noch Zukunft haben, sollten wir sie nutzen, egal wie sie aussieht. Ich dagegen hänge immer so schrecklich am Vergangenen. Noch etwas, Herr Kollege Bratspieß, man erzählt sich, Ihnen sei dieses Hoffräulein der Bothmers nicht eben gleichgültig.«

Vom Fenster wurde geantwortet: »Soll ich es zugeben, Friedrich, oder kann es gegen mich verwendet werden?« Und zu Rosenstein sagte er: »Sie hat mir einiges erzählt.«

»Ah, das stimmt also tatsächlich, das mit der Moltke«, murmelte Rosenstein.

Bratspieß sagte: »Leider erst gestern Abend hat sie mir erzählt, dass sie es war, die Zornow und den Holländer in dieser – Ihre Worte, Herr Kollege – merkwürdigen Konfekt-Sache gegen den Holzvogt aufgebracht hat, wenn auch ohne Absicht. Sie hat ihm in einem Umschlag das Rezept gegeben, dass er zum Patent anmelden wollte oder vielleicht auch angemeldet hat. Ziemlich übel, nicht wahr? Sie wusste aber nicht, was drin ist in dem Päckel. Sagt sie jedenfalls.«

»Wir werden das prüfen«, entgegnete Rosenstein. »Ich wollte Sie nur bitten, dass Sie ein Gespräch zwischen dem Fräulein und uns arrangieren. Wir wollen es nicht Vernehmung nennen, nicht einmal Befragung. Nur um uns ein Bild zu machen, von den bothmerschen Verhältnissen, von Zornow und was sie sonst noch weiß. Am besten gleich für morgen.«

Der Pan nickte: »Mache ich, versprochen. Unten läuft Ihr hochverehrter Kollege, tatsächlich beladen. Er trägt eine Kiepe zum Gehrock.«

»Eine Kiepe?«

»Wie ein Bauer, der auf den Markt geht, um seine Eier loszuwerden. Und kommt in unsere Richtung. Richtung Hoteleingang.«

Rosenstein lachte: »Nun, dann begebe ich mich mal wieder ins Duett der Stones. Er mag Süßes sehr, vielleicht hat er Konfekt dabei, vielleicht aus Erbsbrei. Ein Scherz, meine Herren. Ich empfehle mich. Nun weiß ich gar nicht, was das hohe Gericht dem Priester aufbrummt. Na, ich höre es ja nachher. Bis dann.« So nahm Rosenstein seinen Abschied. Dank eines gewaltigen Windzuges widerstand die Tür seinem Versuch, sie sanft zu schließen. Sie knallte ins Schloss.

»Die war zu. Bis Grevesmühlen ist die Erfindung der Türangel noch nicht gedrungen. Da unten gehen sie hin, die Stones, im Gleichschritt, in Würde ergraut und beleibt, ununterscheidbar beim flüchtigen Blick.« Unter diesen Worten sprang Bratspieß vom Fensterbrett. »So, mein Lieber, schreiben wir gleich mal auf, was wir im Namen des Gesetzes beschlossen haben? Dann hat Fräulein Ulrike weniger Arbeit.«

»Ich gehe und frage die kleine Agnes, ob wir noch Tee bekommen können.«

»Bist ein bisschen verliebt, was? In deine, wie sagst du, Stubenmädchenschönheit? Das Wort trifft es allerdings. So was gefällt dir, stimmt's? Und ich finde es entsetzlich langweilig.«

Förster verdrehte die Augen: »Hans-Heinrich, bitte, konzentriere dich. Da liegen Stift und Papier. Bin gleich wieder da.«

FÜNFZEHNTES KAPITEL

Das Urteil über den Pächter Priester wird gesprochen,
Richter Förster bekommt einen Besuch und begegnet
Rotkäppchen auf seinem Weg zum Wolf

Wollte da etwa Beifall aufkommen? Im Saal des Amtes Grevesmühlen? Bei einer Gerichtsverhandlung? Das gehört sich nicht, so wenig wie sich Beifall in der Kirche gehört. So unterblieb denn auch das Klatschen. Aber beifälliges Gemurmel, ziemlich laut sogar, gab es doch. Und einer im Publikum klatschte tatsächlich, freilich nur für sich, leise und selbstvergessen. Es kam von irgendwo aus der linken Ecke hinten bei den Besuchern. War es der treueste Besucher gewesen, der Mann mit der gewaltigen Hakennase? Oder neben ihm das Fräulein mit den großen Augen? Oder doch weiter hinten der junge Mann mit dem leuchtend-blauen Blick?

Sechs Monate Gefängnis unter Anrechnung der Zeit in der Untersuchungshaft. Ein paar Wochen würde Pächter Priester demnach noch in Bützow absitzen müssen. Unangenehm für einen so tüchtigen Mann, aber doch eine Kleinigkeit, wenn man bedachte, dass eben noch die Gefahr über ihm geschwebt hatte, wegen Hochverrats und Aufruhr hingerichtet zu werden.

Der Richter da vorn hat dem Pächter Priester das Leben bewahrt, so dachte der Saal. Wer hätte das der Großherzogliche Justizkanzlei zugetraut, von der, offen gesprochen, niemand, jedenfalls niemand aus den niederen Rängen, so etwas wie Rechtschaffenheit oder Gnade erwartet hätte. Die Obrigkeit hatte immer recht und damit auch immer Recht. So schien die Welt eingerichtet, in Mecklenburg wie anderswo. Vielleicht in Mecklenburg noch etwas mehr als anderswo. Und nun das Urteil, von Förster und Pan Bratspieß einvernehmlich, ohne langes Wägen gefällt. Ein mildes Urteil, ein stimmiges aber ebenso. Fast alle im Saal empfanden so.

»Nehmen Sie doch bitte wieder Platz«, sagte Friedrich Förster, nachdem er die Entscheidung verlesen hatte. Auch er setzte sich, nahm sein Barett ab in einer Bewegung, die Prozessbesucher wie die gräfliche Hackennase oder die großen Augen inzwischen allzu gut kannten. In seiner leutseligen Art fuhr er fort: »Ich will einiges zur Begründung des Urteils sagen. Herr Seeliger, Herr Hecht, das alles geht Ihnen noch schriftlich zu und Sie können sich dann entsprechend einlassen. Auch wenn es nur ein Rechtsmittel gegen das Urteil gibt, ein Gnadengesuch bei Durchlaucht. Oder natürlich eine abermalige Anklage. Aber das wissen Sie ja selbst.«

Seeliger mit hochrotem Kopf, schlaganfallgefährdet, nickte, Hecht, blass dagegen, grinste, sogar etwas blöde, es war wohl die Erleichterung.

Förster richtete seine Augen auf das Kreuz gegenüber und fuhr fort: »Es gab hier für das Gericht eine ungewöhnliche Nuss zu knacken. Und ich befürchte, ganz liegt ihr Inhalt auch noch nicht vor uns, obgleich sich nun schon zwei Gerichte damit befassen mussten, zuerst das Criminal-Gericht in Bützow …« – eine freundliches Kopfneigen in Richtung der Stones, das etwas gelangweilt erwidert wurde, wenn auch im Gleichtakt von Steininger und Rosenstein – »… dann wir in Rostock. Uns hatte nicht zu interessieren, dass Pächter Priester zweimal gegen seinen Pachtvertrag mit dem Hause Bothmer verstieß, indem er eigenmächtig einen Holländer für seine Milchwirtschaft anstellte. Auch nicht, welche Gründe er dafür hatte. Das ist, wenn überhaupt, eine verwaltungsrechtliche Frage. Sehr wohl hatte uns jedoch zu interessieren, dass unser Pächter seine Knechte angestiftet hatte, gemeinsam mit ihm sich gegen die Einhaltung des Vertrages zu wehren, nicht zuletzt durch Androhung von Gewalt gegenüber den Vertretern des Verpächters, dem Haus Bothmer.« An dieser Stelle konnte Förster das Wort einfügen, dass am zweiten Prozesstag dem Munde Seeligers entschlüpft war und dem Richter so gefallen hatte. »Das Mistgabelschwingen subsumiere ich dabei unter Gewaltandrohung.« Er machte eine kleine Pause, aber niemand schien sich an diesem seltsamen Einwurf zu stoßen, nicht einmal Seeliger selbst bemerkte das Zitat, ließ jedenfalls nichts dergleichen erkennen.

So fuhr Förster, ein wenig enttäuscht, fort: »Das alles verstieß gleich gegen ein halbes Dutzend Gesetze und Verordnungen, und Herrn Priester war das sehr wohl bekannt. Nun ist es bei der Gewaltandrohung durch Pistolenschüsse, Knüppelschwingen und bösen Worten nicht geblieben, der bothmersche Holzvogt wurde durch einen Schuss schwer verletzt und beinahe getötet. Das, lieber Herr Priester, wäre Aufruhr und versuchter Mord zugleich gewesen, wenn es auf Ihr Konto gegangen wäre, das Urteil hätte sich gleichsam von selbst gesprochen, es wäre, das muss ich Ihnen wohl nicht sagen, nicht gut für Sie ausgefallen.«

Förster legte eine kleine Pause ein. Das Publikum nutzte sie abermals zu allgemeinem Gemurmel.

Dann nahm der Richter wieder das Wort: »Aber ich spreche im Konjunktiv, in der Möglichkeitsform. Und komme damit zu dem, was Pächter Priester entlastet. Die Verhandlung hier ergab, dass der Holzvogt kein Opfer des Aufruhrs selbst war, auf ihn wurde vielmehr von einem Unbekannten geschossen, der wahrscheinlich – ganz ist das nicht geklärt, wie ich zugebe – zu keiner Partei gehörte, die hier ihren Rechtstreit auszufechten hatten, also nicht zu den Arpshagenern, nicht zu den Bothmerschen. Es muss jemand gewesen sein, der sich vielmehr gleichsam auf neutralem Boden versteckt hielt und von dort seine Tat verübte, auf eigene Rechnung, mit ganz eigenen Motiven, die Umstände eines gewissen Trubels ausnutzend, wenn ich das so sagen darf. Der Fall Holzvogt kann deshalb nicht mit dem Fall Priester verbunden werden, ein sehr entlastendes Moment für den Inculpanten. Es gibt ein weiteres, das freilich rechtlich längst nicht so schwer wiegt: Herr Priester hat seine an sich rechtswidrige Entscheidung für den Holländer begründet mit einer Notsituation in seiner Milchwirtschaft. Hier hat das Gericht aber einzuwenden, dass auch dies keine Eigenmächtigkeit erlaubt, Herr Priester hätte früher und dringlicher bei den Bothmers vorstellig werden müssen, wenn es pressiert.«

Damit wandte sich Förster an Advokat Hecht. »Kein entlastendes Moment jedoch ist aus Sicht des Gerichts die Tatsache, dass die Holländer-Entscheidung erschwert wurde, weil um das bothmersche Erbe ein Rechtsstreit anhängig ist, in dem Gräfin Rantzau erreichen will, dass sie de jure wird, was sie derzeit de facto offenbar ist: die Erbin und Verwalterin in Bothmer. Nach Ansicht des Gerichts hat der Rechtsstreit keinerlei Auswirkungen auf den Pachtvertrag mit Herrn Priester, der gilt in jedem Fall, und er ist einzuhalten, von beiden Parteien.«

Hecht grinste nicht mehr, er saß jetzt wie teilnahmslos da. Und sein Mandant neben ihm passte sich vorsichtshalber seinem Rechtsbeistand an, auch wenn er wohl gern gelächelt hätte, wer weiß.

»Damit liegt unser Fall hier klar zu Tage. Unübersehbar ist die Gewaltandrohung von Pächter Priester gegen den Versuch der Bothmerschen, das Recht des Pachtvertrages durchzusetzen. Unübersehbar ist die Anstiftung anderer zu dieser Gewaltandrohung. Aber die Gewalt wurde nicht ausgeübt. Auch das entlastet den Inculpanten. Und der Gegenstand der Auseinandersetzung hatte sich sogar aus dem Konflikt verabschiedet, will sagen: Der vom Pächter widerrechtlich eingesetzte Holländer war über alle Berge, als der Aufruhr geschah. Unsere rechtliche Würdigung all dieser Faktoren führt uns zum ergangenen Urteil.«

Damit schloss Förster die vor ihm liegende Mappe. Er nestelte seine silberne Uhr, die Uhr seines Vaters, aus der Westentasche hervor und nickte, als würde die Uhr alles bestätigen, was er zu sagen hatte. Schon wollte im Saal die Unruhe eines allgemeinen Aufbruchs entstehen, als der Richter noch einmal die Glocke anschlug und das Wort nahm. Seine Tonlage hatte sich verändert, von der offiziellen Ansprache einer Urteilsbegründung hin zu einer Mitteilung, als würde er den nächsten Verhandlungstermin bekanntgeben oder den nächsten Zeugen hereinbitten. Dennoch wurde es derart still im Saal, dass diesmal draußen die Vögel zu hören waren, denen der milde Abend das Gefühl eingab, wieder Frühling zu erleben. Wie der August manchmal so wirkt und die falsche Hoffnung weckt, es könne alles noch einmal beginnen, obwohl der Hochsommer schon den Geruch des Herbstes in sich trägt, gleichsam als Anfang vom Ende. Jedenfalls aus Sicht des lebenserfahrenen Pessimisten Förster.

»Erlauben Sie mir noch zwei persönliche Bemerkungen. Herr Priester, Sie kommen glimpflich aus der Sache heraus. Nehmen Sie sich das zu Herzen und erfüllen Sie künftig den Vertrag. Sie wissen, Ihre Arbeit wird geschätzt. Das aber sollte Sie nie zu Hochmut und unbedachter Handlung verführen, auch wenn sie gelegentlich ungeduldig zu sein für ihr Recht halten. Und was nun den Fall des Holzvogtes betrifft, so wird er von unserem Verfahren hier abgetrennt und gelangt wieder in Ihre bewährten Hände, verehrte Bützower Kollegen vom Criminal-Gericht. Die Verhandlung ist damit geschlossen.«

Und wie alle sich erhoben, sah Förster noch einmal zum Abschied in den Saal. Jetzt, da er stand, war aus seinem Blickwinkel ein Teil des Querbalkens am Kruzifix ihm gegenüber verdeckt, verdeckt von einem herabhängenden Leuchter. Da hatte ihm das Kreuz die ganze Zeit über als Ersatz für seine Justitia im Rostocker Gerichtsgebäude dienen müssen, und nun mahnte es auch noch, dass etwas offengeblieben war. Förster liebte die Ordnung, und er wusste selbst, dass hier noch nicht endgültig aufgeräumt war. Aber auf die letzte Unordnung, auf den Fall des Holzvogtes, hatte er nun keinen Einfluss mehr.

Habe ich einen Verdacht, fragte er sich, gleichsam als Privatmann. Wüsste ich zu richten, wenn ich in diesem Fall zu richten hätte? Morgen auf der Rückfahrt nach Rostock würde er mit Pan genug Zeit haben, darüber zu spekulieren. Sie konnten sich mit solchen Spekulationen unterhalten, andere, die Gendarmen, die Stones, mussten die Arbeit machen und herausfinden, wer warum den Holzvogt so zugerichtet hatte.

Unter solchen Gedanken schloss Förster hinter sich die Saaltür. Bratspieß, der ihm vorausgegangen war, drehte sich um und klopfte seinem Freund auf die Schulter: »Mein Lieber, haben wir doch gut gemacht. Ich hoffe nur, du willst das jetzt nicht feiern, ich habe anderes vor.« Dabei traten seine gewaltigen Zähne über dem Ziegenbärtchen in einem Lächeln hervor. Sie sahen schon etwas angegilbt aus.

»Hau schon ab zu den großen Augen, aber morgen um 8 Uhr ist Abfahrt«, rief Förster dem Davoneilenden nach.

»Und bist du nicht pünktlich, rolle ich ohne dich davon und erlaube mir, zu Hause Ric von dir zu grüßen.«

»Bin da, versprochen«, rief es vom Treppenabsatz her. Es klang seltsam im hallenden Flur, als hätten die Wände selbst gesprochen.

Fräulein Ulrike verpackte die Barette und Roben, sagte, dass sie noch ein paar Tage bei ihrer Tante bleiben wolle und wie froh sie sei über den Ausgang des Prozesses. Sie fügte hinzu, einmal mehr habe sie Gelegenheit gehabt, ihn, Förster, in seiner Gelassenheit und seinem maßvollen Abwägen zu bewundern. Und wie es sie gefreut habe, dass auch der Saal den Spruch so gütig aufgenommen habe.

»Liebes Fräulein Ulrike, danke für die Blumen. Aber nach so vielen gemeinsamen Jahren sollten Sie doch wissen, dass auch ich nichts anderes bin als ein armer Sünder, dem es immer wieder gelingt zu fehlen.«

»Ich weiß, Ihr Lieblingsspruch: Auch das geht vorüber. Aber heute gilt das mal nicht, Punkt.«

»Nun, ich weiß nicht. Aber was nützen mir all meine Heldentaten, wenn ihr mich alle allein lasst.« Mit diesen Worten lüpfte er den eben aufgesetzten Hut noch einmal vor seiner treuen Mitarbeiterin und schritt, seiner Dienstkleidung ledig, hinüber zum *Hamburger Hof.*

Kaum hatte er sich vor dem Abendessen auf seinem Zimmer etwas frischgemacht und mit einem Glas Wasser die etwas überanstrengte Stimme gekühlt, als die Stubenmädchenschönheit anklopfte: »Frau Meininger lässt sagen, zwei Herren warten unten auf Sie.«

Förster seufzte und folgte Agnes. Die Stones standen mitten in der Hotelhalle, in gewohnt ähnlicher Haltung, die Hände vor dem Bauch, die Finger verschlungen. Förster bat sie mit einer Handbewegung in eine Fensterecke, wo sie in ausgesprochen bequemen und wohl deshalb auch schon etwas abgeschabten Fauteuils Platz nehmen konnten. Draußen begann der Augusttag sacht, dafür aber spektakulär zu verglimmen. Die drei Männer, von der schrägstehenden Sonne beschienen, gaben sich dem Schauspiel vor den Fenstern kurz hin und schwiegen, während hinter ihnen ihre Schatten sich aufbauschten, immer größer und länger werdend.

»Nun, ich hatte mit Ihrem Besuch gerechnet«, begann Förster schließlich und legte die abgespreizten Finger beider Hände unter seinem Kinn aneinander, so dass das Kinn auf den Daumen ruhen konnte. »Der Holzvogt, natürlich der Holzvogt.«

»Der Holzvogt«, bestätigte Rosenstein. »Wir setzen unser Gespräch von gestern fort, allerdings im Angesicht neuer Entwicklungen.«

»Heftiger, abnormer Entwicklungen«, betonte Steininger.

»Ja, der Holzvogt. Neue Entwicklungen?«, fragte Förster und ließ die Daumenspitzen immerzu gegen das Kinn schlagen.

Steininger sagte: »Es scheint, dass wir denjenigen haben, der auf den Holzvogt Luckmann geschossen hat. Und das wollten wir Sie noch wissen lassen, vor Ihrer Abreise.«

»Es scheint so?«, fragte Förster.

Rosenstein antwortete: »Ja. Zornow ist tot. Wir können ihn nicht mehr fragen.«

»Aber alle Indizien deuten auf ihn«, setzte Steininger hinzu. »Von Anfang an lag ein Verdacht schwer auf ihm.«

»Zornow?«, fragte Förster. Es klang nicht überrascht, aber doch zweifelnd. Er nahm die Hände herunter und legte sie auf den Oberschenkeln ab.

Steininger ärgerte sich sichtlich über das Zweifeln, sein Gesicht, rot von der Abendsonne, verfärbte sich noch mehr, geradezu ins Glühende: »Kollege Förster, nun tun Sie nicht so. Natürlich Zornow. Sie haben doch selbst angeregt, dem Verdacht nachzugehen. Von Zornows Feld aus wurde geschossen. Er wurde am frühen Morgen des Aufruhrtages dort gesehen und hatte zuvor Streit mit dem Opfer. Er hat ein Motiv, seine Eifersucht, dazu diese völlig verrückte Erbsen-Geschichte.«

Förster konnte sich nicht enthalten: »Erbsbreit. Erbsbrei und Zucker, gar nicht schlecht.«

»Drei Patronenhülsen haben wir auf dem Feld gefunden, noch drei Patronen klemmten in Zornows Revolver. Und der lag bei ihm in seiner Wohnung. Im Laboratorium, wie Sie es selbst genannt haben, Herr Kollege.«

Förster warf ein: »Eine Revolvertrommel sollte immer vollständig geleert werden, und das sollte auch jeder Schütze wissen. Und dann legt er die Waffe einfach so zwischen seine Säckchen mit Erbsen? Nun, wir wissen, er ist von ganz eigener Natur. War von eigener Natur, wenn ich Sie richtig verstanden habe.«

»Sie haben schon recht, hochverehrter Kollege«, antwortete Steininger und lehnte sich im Sessel zurück. »Die Patronen, die Waffe, die Eigentumsverhältnisse von Grund und Boden – das alles muss nicht zwangsläufig auf Zornow hinführen. Auch nicht, dass er schon einmal in einen Mordprozess verwickelt war. Aber er hat sich am Ende selbst verraten.«

»Durch seine Flucht«, setzte Rosenstein hinzu, sich jetzt ebenfalls zurücklehnend.

»Er ist geflohen?«

»Er hatte es jedenfalls sehr eilig, nach Lübeck zu kommen. Seine Haushälterin meinte, es sei ein überstürzter Aufbruch gewesen. Er muss sein Pferd so gehetzt haben, dass es den Reiter abwarf, fast abwarf, denn ein Fuß verfing sich im Steigbügel. Zornow wurde gegen einen Baum geschleudert. Ein schreckliches Ende. Wir können ihm im Nachhinein nur wünschen, dass die Wucht ausgereicht hat, ihm augenblicklich das Genick zu brechen.«

»Zornow tot?« Förster hatte Mühe, die Nachricht in sich aufzunehmen.

»In Lübeck hatte er genug Geschäftsfreunde und Einfluss bis in das Rathaus hinein, um unserer Justiz zu entwischen«, sagte Rosenstein.

Und Steininger: »Das war sein Ziel, eindeutig, nach Lübeck wollte er, schnell wie der Wind.«

Rosenstein wieder, gerade als die Abendsonne noch einmal aufschien, als hätte es Gott gefallen, seine Fackel in den Himmel zu werfen: »Tja, Friedrich. Er ist gerichtet.

Und wir sind den Fall los, eben bekommen, schon wieder erledigt.«

Förster hob den Kopf: »Entschuldigen Sie mich einen Augenblick, bin gleich wieder da. Ich will nur etwas aus meinem Zimmer holen, was Sie interessieren wird.« Die Hände stützte er jetzt auf seinen Oberschenkel und drückte sich so unter einem kleinen Seufzer empor, denn auch da bemerkte er sein Altern: Das Aufstehen bereitet schon Schmerzen, in den Füßen und in der Hüfte.

Als Förster wieder erschien, saßen die Stones wie schlafend da. Sollten sie tatsächlich geschlafen haben, wurden sie davon geweckt, dass vor ihnen auf der Glasplatte des Tisches plötzlich drei leere Patronenhülsen klirrten. Förster sagte: »Die will ein Hirte gefunden haben, auch auf der Zornowschen Wiese.«

Die Stones besahen sich die Hülsen, als könnten sie ernsthaft etwas daraus ablesen.

»Wir wissen nicht, wie oft geschossen wurde an jenem Morgen, es ging ja offenbar sehr durcheinander. Wir wissen nur, dass ein Geschoss den Holzvogt getroffen hat. Aber zweimal drei Hülsen, das sieht mit Verlaub ein bisschen wie doppelte Ration aus. Und ich wette, Ihre Hülsen wurden genau dort gefunden, wo der Hirte auch die hier aufgelesen hat.«

Steiniger fand als erster die Sprache wieder: »Und was sagt uns das, verehrter Kollege?«

»Vielleicht hat es nichts zu bedeuten. Aber erklären ließe es sich …«

Rosenstein vollendete: »Du meinst, jemand wirft die drei Hülsen hin in Erwartung, sie werden gefunden?«

»Genau. Aber sie sollten bestimmt nicht zufällig von einem Hirten gefunden werden. Als die Dinger weg waren, durch den Zufall, dass der Schäfer vorbeikam und sie einsteckte, mussten noch einmal welche hingelegt werden. Drei Schüsse. Der erste daneben, der zweite ein Treffer, der dritte – nun, vielleicht in die Luft, wer weiß.«

»Aber, Friedrich, das ist doch ...«, meinte Rosenstein. »Das kann auch Zornow selbst gemacht haben. Der soll doch häufiger dort auf seiner Wiese Schießübungen veranstaltet haben.«

Steininger fügte hinzu: »Er gilt den Leuten hier im Winkel als Superhirn, der Zornow. Galt vielmehr.«

Förster dachte einen Augenblick lang nach, dann winkte er ab: »Wenn ich es recht bedenke, Sie haben recht, Kollege Steininger. Indizien hin, Indizien her. Ich mache mir wohl zu viele Gedanken. Es stimmt schon, Zornows Flucht reicht als Geständnis. Gratulieren wir uns. Das Holzkreuz ist wieder vollständig.«

»Welches Holzkreuz?« Die Stones sahen ihn verwirrt an.

»Die Waage der Justitia. Oder was immer Sie wollen.«

Wie sollten die Bützower das mit dem Kreuz auch verstehen können. Man erhob sich, gab einander die Hand, schlug sich auf die Schultern und lobte sich gegenseitig.

»Nie wieder Grevesmühlen«, grüßten die Stones zum Abschied. Förster staunte einmal mehr, wie ähnlich sich die beiden dann doch wieder waren, sah man sie zusammen. Wie sie aussahen, wie sie sich gaben, aber auch ihrer Art zu denken und zu sprechen. Zu solcher Vollkommenheit würden sie es nie bringen, der Pan und er. Wozu auch?

Förster erwiderte in einem etwas gekünstelten heiteren Ton: »Nie wieder Grevesmühlen.«

Als sich die Tür hinter den Stones geschlossen hatte, wandte er sich in Richtung Speisesaal, eher Speiseraum, keineswegs so fröhlich, wie er getan hatte, vielmehr wie so oft in letzter Zeit beschwert von finsteren Gedanken. Nur mal angenommen, dachte er, es ist doch nicht Zornow gewesen, der auf den Holzvogt geschossen hatte. Müsste es die Justiz belasten, das nicht herausgefunden zu haben? Andererseits: Hatte er es nicht oft genug erlebt, dass Zweifel blieben, wenn er sein Urteil fällte? Restzweifel, kleine Zweifel, vielleicht wirklich nicht von Bedeutung, mehr so als private Angelegenheit? War der Arbeiter Lasen aus Liepen vielleicht doch ein gut getarnter Kommunist, der die Fürsten gern selbst aus dem Weg geschafft hätte, um die Arbeiterschaft an die Macht zu bringen?

Und der Schiffbauer Petersen mit seinem geldklingenden Bäumchen? Nein, da konnte es keinen Zweifel geben, er war wirklich schuldig gewesen, es stand in den Rechnungsbüchern, genauer gesagt in den Lücken darin, dass da jede Menge Geld unterschlagen worden war. Und das mit dem angeblichen Grafen Knyphausen war ohnehin ein nicht aufgeklärter Fall geblieben. Ein Fall, der jetzt auch der Sache Zornow ähnelte. Damals schwamm die Leiche im Hafenbecken wie ein verirrter Zwergwal, jetzt hatte sie im Baum gehangen wie Absalon.

Um auf andere, zuversichtlichere Gedanken zu kommen, beschloss Förster noch einen Abendspaziergang durch die Stadt. Wie er aus dem *Hamburger Hof* heraustrat, öffnete sich gleich nebenan unter lautem Klingeln die Tür des Delikatessengeschäfts, wo es, wäre es nach Zornow gegangen, schon bald ein Konfekt geben sollte, nicht ganz so edel wie Lübecker Marzipan, dafür erschwinglicher. Heraus trat Charlotte von Moltke, fast wäre sie in den Richter hineingelaufen. Sie trug ein herzrotes Tuch über dem Kopf und hatte einen Korb im Armwinkel, aus dem zwei Flaschenhälse sahen.

Förster lüpfte seinen Hut: »Oh, Rotkäppchen auf dem Weg zu seinem Wolf?«

»Aber, Herr Richter, Rotkäppchen geht zu seiner Großmutter, der Wolf drängt sich ihm nur auf. Das sollten Sie doch wissen. Und Rotkäppchen hat zum Wein Kuchen dabei, ich aber nur Wein, freilich feinen Rheinwein.«

»Märchen haben oft etwas Unheimliches, finden Sie nicht auch? Wein und Kuchen, ausgerechnet für die Großmutter im tiefen Wald, die noch dazu bettlägerig ist. Da stimmt doch was nicht.«

»Ist es nicht viel unheimlicher, dass Rotkäppchen vom Wolf vernascht wird?« Charlotte lachte herzlich über ihren Scherz, und Lachen, dachte Förster, macht auch diese so blasse Frau schön. »Oder war es umgekehrt?«

»Das ist mir zu viel Doppeldeutigkeit. Wenn Sie damit auf meinen Kollegen anspielen, zu dem Sie ja wohl gerade eilen, so darf ich Ihnen vielleicht sagen, dass er mich mehr an Pan erinnert, den Gott der Hirten, als an einen Wolf.«

Die Moltke lachte laut auf. »Pan? Den ziegenbeinigen? Nicht Ihr Ernst?«

»Ist Pan nicht auch eine Art Gott der Lebensfreude?«

»Das ist mir nun wieder zu viel Doppeldeutigkeit. Ich möchte bestimmt keine Ziege in einer Herde sein, von einem Bock behütet, auch wenn er sich einen Gott nennen darf … Nein, lassen wir das.« Und sie versagte sich sogleich alle Albernheit, auch ihr Lächeln schwand noch schnell dahin, bevor sie fragte: »Was meinen Sie, was wird aus der Geschichte mit dem Daniel?«

»Daniel?«

»Na, dem Herrn Luckmann, dem Holzvogt.«

»Ach, so. Tja.« Eine innere Stimme sagte Förster, dass einem verliebten Fräulein mit zwei Weinflaschen im Korb der Todesfall Zornow besser vorenthalten bliebe. Beinahe hätte dieser Zornow sich mit ihm verlobt, dem Fräulein Moltke, vor längerer Zeit. Früh genug würde sie erfahren, dass da ein Baum dem Schicksal im Wege gestanden hatte oder selbst das Schicksal gewesen war. Warum also sollte das Fräulein es ausgerechnet von ihm erfahren, noch dazu an diesem mit Restglut gefüllten Augustabend, bevor das Rotkäppchen seinen Wolf vernaschen würde oder umgekehrt. So beließ es Förster bei dem Satz: »Nun, der Herr Zornow wird derzeit gesucht.«

»Aha. Aber ich sage Ihnen, selbst wenn Sie ihn fänden, er würde sein Schlupfloch finden. Er hat immer eines gefunden. Ich wünschte übrigens, er hat mit der Sache, ich meine, mit dem Daniel, nichts zu tun.«

»Ah, so.«

»Die Bützower Criminalen werden es herausfinden, wenn ich Sie richtig verstanden habe.«

»Bestimmt.«

»Und was machen Sie als nächstes?«

Förster lachte auf: »Nach Hause fahren. Meine Studien über Wallenstein fortsetzen.«

»Seltsam. Darf ich das sagen? Zu so einer distinguierten Persönlichkeit, wie Sie eine sind? Aber es liegt mir auf der Zunge: Wie wäre es denn mal mit leben?«

»Ach, das Leben. Auch das geht vorüber.«

»Sie nun wieder.«

Unter solchem Geplauder gingen sie zusammen noch einige Schritte über den Markt.

An einer Ecke blieb die Moltke stehen: »Herr Richter, ich empfehle mich, ich wohne da hinten, Blick auf die Rückfront Ihres Hotels. Ich gehe mal eben leben.« Sie knickste und war ähnlich rasch fort wie vorhin ihr Hirtengott aus dem Amtsgebäude.

Friedrich Förster setzte seinen Abendspaziergang durch die Stadt noch etwas fort. Die Luft ist hier besser als zu Hause in Rostock, dachte er. Zu Hause die vielen Dampfschiffe, der ewige Rauch, das ewige Getute. Hier in Grevesmühlen war es so herrlich still. So dachte Förster, obgleich er wusste, dass die Stadt ihm nur deshalb heute Abend so gut gefiel, weil er sie morgen verlassen würde.

In den *Hamburger Hof* zurückgekehrt, begann er am geborgten Sekretär, das Urteil zu schreiben. Er ließ sich ein Fässchen Bier auf sein Zimmer kommen, die Stubenmädchenschönheit brachte es unter dem schelmischen Hinweis, es sei kein Rostocker, sondern Lübzer. Auf ihre Weise war Agnes wirklich hübsch und witzig, fand er. Verliebt, wie Bratspieß wieder frech gesagt hätte.

Förster sah dem Mädchen noch nach, selbst als es durch die Tür längs wieder entschwunden war. Dann fragte er sich, als er sein schräg gehaltenes Glas langsam, rücksichtsvoll der Schaumbildung gegenüber füllte, warum sich nicht wie sonst nach einem Urteilsspruch Befriedigung und Erleichterung in ihm einstellen wollten, jetzt, da auch die letzte Unordnung ausgeräumt war und alles so einfach dalag, wie er es schätze. Aber ehe er eine Antwort hätte finden können, machte das Bier müde, und er ging zu Bett.

Im Traum hörte er den Gott Pan auf seiner Flöte spielen, es lauschte ihm aber gar nicht Charlotte, sondern der Hirte, der Hirte hieß. Strahlend, ja stechend blaue Augen sahen in sehr große und konnten den Blick nicht lassen. Dann begann das Schäfchenzählen. Und um die Herde herum kreiste der gute Wallenstein.

LETZTES KAPITEL

Hier geschieht, was in einem Kriminalroman normalerweise schon am Anfang geschehen sollte – ein Mord, wobei Friedrich Förster immerzu lateinisch denkt

»Guten Morgen, hochverehrter Herr Staatsrichter. Freuen Sie sich, wieder nach Rostock fahren zu dürfen? In die große, schöne Stadt? Dann und wann bin ich auch dort, jedoch immer nur wegen Besorgungen. Aber wenn ich da bin, lasse ich es mir nie nehmen, wenigstens für eine halbe Stunde zum Stadthafen hinunterzugehen. Die vielen Schiffe, eine Freude, das Treiben dort, so ganz anders als unsere Beschaulichkeit hier. Stadt ist eben doch etwas anderes als Land. Und Rostock wegen des Maritimen ein Tor zur Welt. Sehe ich das richtig, Herr Richter? Ja, eine Stadt an der See. Ich kann mich nicht sattsehen. Das hat so etwas von Weite, Sehnsucht und Glück. Es riecht nach Welt.«

»Ach, Frau Meininger, da bringen Sie mir Spiegelei mit Speck zum Abschied, wie schön. Auf Rostock sich freuen – oh, nein. Auf mein Zuhause freue ich mich, auf meine Frau und meinen Hund. Und mit dem Glück und der Weite ist es auch nicht so recht was, glauben Sie mir. Es gibt so viel größere Hafenstädte, die viel mehr Tore zur Welt sind, wie Sie sagen. Überhaupt: Schön ist es immer anderswo, das macht die Sehnsucht aus. Und wenn wir hinkommen zu diesem Anderswo, und sei es nach Rostock, ist es doch wieder woanders schöner. In Lübeck vielleicht oder Hamburg oder Java oder Island. Nach Hamburg wäre ich einst gern gegangen, aber es wurde nichts draus, ich glaube, zu meinem Glück. Ein schönes Frühstück. Herrlich geschlafen, schönes Frühstück, die Arbeit beendet, die Aussicht auf Zuhause – was will ich mehr. Haben Sie meinen Kollegen schon gesehen?«

»Nein. Wenn mich nicht alles täuscht, war er gar nicht hier in dieser Nacht. Ich spioniere meinen Gästen nicht nach, nicht dass Sie so etwas von mir denken. Aber sein Zimmerschlüssel hängt unberührt am Brett.«

»Das sollten Sie freilich tun, Frau Meininger, ein bisschen spionieren. Oder sagen wir, Sie sollten die Übersicht haben«, lachte Förster. »Und die haben Sie auch, da bin ich mir sicher.«

»Die Übersicht haben – Sie können das so hübsch ausdrücken. Die Rechtsleute können ja alle so gut reden, sie reden einen in Grund und Boden. Und schwupps ist der Bösewicht auf freiem Fuß und der Unschuldige hinter Gittern.«

»Aber Frau Meininger, da muss ich widersprechen, Sie berühren meine Berufsehre.«

»Ja, was rede ich überhaupt. Und ausgerechnet vor Ihnen. Sie haben ein weises Urteil gesprochen beim ollen Priester gestern. Ich habe es schon im Anzeiger gelesen. Was man so über den Kerl hört, ist er ein fleißiger Bursche, nur manchmal ein bisschen auffahrend. Aber er macht und tut auf seinem kleinen Gut, und er hat es dauernd mit den Bothmers zu tun. Ist bestimmt nicht leicht. Die kann hier keiner leiden. Der Graf soll sehr hochnäsig sein, in Grevesmühlen sieht man ihn selten.«

»Er muss hochnäsig sein, schon wegen der Nase. Ein gewaltiger Haken, Frau Meininger. Er war übrigens fast immer bei unserem Verfahren dabei, als Zuschauer«, warf Förster ein. Als er bemerkte, dass die Anspielung auf die Nase von Frau Meininger nicht verstanden wurde, setzte er hinzu: »Der Graf hat eine Nase wie der Adler einen Schnabel hat.«

Frau Meininger verstand dennoch nicht recht. »Die Gräfin sieht man zwar häufiger, aber wenn sie irgendwo in ein Geschäft tritt, kommt auch gleich schlechte Stimmung auf. Das passt ihr nicht und das nicht, und immer von oben herab. Und so einer wie Priester, der was machen will, der in die Hände spuckt, dem muss sie bei jeder Gelegenheit Knüppel mangte Beine werfen. Es ist ihre Natur.«

»Mangte?«

»Na, zwischen die Beine. Sagt man doch so. Up platt. Herr Staatsrichter, ich bin nur eine schlichte Frau …«

»Sie sind so wenig eine schlichte Frau wie ich ein Staatsrichter.«

Die Wirtin überhörte den Einwurf und fuhr fort: »Aber statt einer Hinrichtung sechs Monate ins Gefängnis, das haben Sie gut gemacht. Dabei sagen wir hier immer, bei der Obrigkeit hackt die eine Krähe der anderen kein Auge aus. Das Nachsehen haben immer wir, die Kleinen.«

»Halten Sie mich für eine Krähe?«, fragte Förster, merkte aber, das würde die Wirtin vom *Hamburger Hof* auch nicht recht verstehen. Und so war es auch. Also sprach er rasch weiter: »Tja, Recht und Gerechtigkeit sind oftmals sehr unterschiedliche Dinge. Ich habe da nichts gut oder schlecht gemacht, für oder gegen die Obrigkeit gehandelt. Ich habe mich nach dem Gesetz gerichtet. Die Gesetze sind so wie sie sind. Ich mache sie nicht.«

»Das Gesetz hätte auch die Hinrichtung erlaubt. Wie auch immer, die Leute loben Sie jedenfalls.« Und lachend fügte Frau Meininger hinzu: »Bleiben Sie dem Gerichtswesen in diesem Land mal noch eine Weile erhalten. Schreiben Sie ein paar Sätze in mein Gästebuch? Würde mich ehren. Wann habe ich in unserem stillen Nest mal solche Herrschaften.«

»Gern. Unsere fahrbare Gerichtslaube steht bereit? Ich nenne den alten Kasten im Scherz so.«

»Fährt gerade vor, am Hintereingang, sehen Sie.«

»Ah, ja. Danke, Frau Meininger. Ich sehe es nicht nur, ich höre das Quietschen und Knarren. So quietscht und knarrt ausschließlich das Fahrzeug der Großherzoglichen Justizkanzlei. Und nun gehen Sie und machen die Rechnung fertig. Und das Gästebuch bitte.«

»Sehr wohl.« Frau Meininger nahm im Gehen die Schürze ab. Schon thronte sie als unumstrittene Herrin des *Hamburger Hofes* hinter der Registrierkasse. Friedrich Förster blieben noch ein paar Minuten, um sein Frühstück in Ruhe und ohne jedes Gespräch, das naturgemäß am Essen hindert, zu beenden. Er sah, wie sein Koffer vom Hoteljungen gebracht und in der Kutsche verstaut wurde, ebenso der vom Pan.

Schließlich, als alle Formalitäten mit Frau Meininger erledigt, alle Trinkgelder ausgeteilt, eine Seite im Gästebuch gefüllt, Verbeugungen und Knickse vollzogen waren, trat er durch den Hinterausgang des *Hamburger Hofes* hinaus in den Augustmorgen. Es war frisch, aber das Sonnenlicht gleißte schon an den oberen Fenstern auf der gegenüberliegenden Seite des kleinen Platzes, der sich hier erstreckte. Das versprach einen warmen, schönen Tag. Der Hochsommer noch einmal in seiner ganzen satten Pracht.

Beim Einstieg in die Kutsche sah sich Förster noch einmal um. Alle Fenster waren geschlossen, nur an einem erschien eben eine Frau, verschwand aber gleich wieder. Ein Straßenfeger mit gebogener Pfeife im Mundwinkel war unterwegs. Oft kam er wohl nicht vorbei, denn es stank doch sehr auf dem Platz. Die Bäckersfrau – dick wie alle Bäckersfrauen – trat eben, die Hände in die weiträumigen Hüften gestützt, vor ihren Laden in das Sonnenlicht. Sie verschwand aber gleich wieder, weil ein Kunde heranschlenderte, den sie devot schon in der Tür begrüßte und der auch so aussah, als hielte er eine solche Begrüßung für angemessen. Vielleicht der Bürgermeister? Egal.

Förster, der Unpünktlichkeit als persönliche Beleidigung zu nehmen pflegte, wollte eben ungeduldig werden, weil Bratspieß noch immer nicht zu sehen war, da eilte der Pan herbei, so gut das auf seinen dünnen O-Beinen gehen wollte. Drei Minuten über der Zeit, immerhin nicht die gewohnten fünf. Er kam nicht aus dem Hotel, sondern aus einer Seitenstraße.

»Entschuldige, mein Lieber«, japste er und knöpfte noch rasch seinen Gehrock zu. »Abschiede sind manchmal etwas anstrengend und brauchen mehr Zeit, als man eigentlich drangeben wollte.«

»Ich dachte, Ihr wolltet nur Spaß miteinander, das Fräulein und du? Da sollte ein Abschied doch kein Problem sein.«

»Dachte ich auch. Aber nun ging es los: Ich möchte ein Kind von dir. Nachtigall, ick hör' dir trapsen. Ein Kind von mir, so plötzlich? Ausgerechnet von mir? Mit Verlaub, mein Lieber, da ist der Braten doch schon in der Röhre. Da wird ein potenter Papa gesucht, und zwar rasch. Und mit Potenz meine ich ausdrücklich mal nicht die Zeugungsfähigkeit.«

»War es der Luckmann?« Friedrich Förster warf das nur so hin, während er damit beschäftigt war, es sich in der Kutsche irgendwie bequem zu machen.

»Daran habe ich auch schon gedacht. Gab jedenfalls eine Riesenszene. Das Fräulein ist ja sehr bestimmt, leider auch im Streit, nicht nur im Liebesspiel. Aber ich mache mich doch nicht zum Obst. Dann lieber ein Abschied mit Schrecken. Verdammt, das Mädchen wird mir fehlen. Aber heiraten kann ich doch so ein Flittchen nicht. Unmöglich. Und mir ein Kind andrehen lassen, noch dazu eines vom Luckmann oder womöglich vom Zornow oder sonstwem, nein. Vielleicht weiß sie selbst es nicht.«

»Hans-Heinrich, ich bitte dich: Flittchen. Sie hat dir doch so gefallen.«

»Diese Weiber, Lug und Trug. Ric natürlich ausgenommen. Ric immer ausgenommen. Ich fange an, dich zu beneiden.«

Förster drängte: »Jetzt kein Wort über meine Frau, die wartet auf mich. Steig endlich ein, dein Gepäck ist da, alles verladen, die Rechnung beglichen. Frau Meininger steht in der Tür, um noch ihren letzten Knicks loszuwerden, und sie hat bestimmt heute noch anderes zu tun, als unserer langwierigen Abreise beizuwohnen. Wir wollen sie nicht warten lassen, los.« Und hinauf zum Kutschbock: »Wanderer, fahren Sie ab.«

»Du bist so rücksichtsvoll, ganz anders als ich«, erwiderte Bratspieß, halb wirklich selbstkritisch, halb im Spaß. Und da so ein Satz als letzte Worte für ein alles in allem recht erfolgreiches Leben doch zu banal klingen würde, setzte Pan, als ahnte er sein Ende, noch hinzu, auf dem gelben Leder entgegen der Fahrtrichtung sitzend: »Mehr Licht.« Dabei schob er die kleine Gardine am Fenster der Kutsche auf, um der Sonne Platz zu machen.

Da fiel der Schuss. Anders als in Arpshagen, wo der Holzvogt Luckmann mit großem Glück überlebt hatte, war es diesmal ein Volltreffer. Das eine Auge des Gottes Pan war plötzlich nicht mehr da, es klaffte ein dunkles Loch, das noch zu zwinkern schien. Blut spritzte umher, vermengt mit Gehirn, aber auch mit Glassplittern. Bratspieß fiel zurück, als würde er sich zu einem Schläfchen einrichten. Ohne jeden Laut, und es war ja überhaupt ganz still auf einmal.

Der ist hin, dachte Förster. Es war der Schock, der ihm diese Gewissheit brachte, dann aber auch eine Flut von Gedanken oder eher Gedankenfetzen auslöste, wie das normalerweise manchmal so ist beim Dösen auf ein Sommerwiese in großer Hitze. Jetzt wartet Ric vergeblich, dachte er. Was würde sie Wallenstein sagen, wenn Herrchen nicht zum gewohnten Abendgang erschiene? Was sollte es wohl zum Abendessen geben? Endlich mal wieder ein gebratenes Huhn? Ric machte viel Curry daran. Es war ein Privileg, ausreichend Curry in der Küche zu haben, der Einkauf eine teure Sache. Er liebte ihr Curryhuhn. Bier hatte er gestern Abend beim Schreiben genug getrunken. Er hätte heute zu gern einen Weißwein entkorkt, einen Grünen Muscateller, der eigentlich zu jedem Essen schmeckte, wie er fand. Und des Huhnes Innereien wie auch der Hals wären, wie immer, für den Hund reserviert gewesen.

Förster sammelte Gehirnteilchen und Glassplitter vorsichtig von seinem Jackett und versuchte das Blut abzuwischen, so wie man Staub abzuwischen versucht. Es verlangte ihn nach einem Spiegel, ob er womöglich im Gesicht etwas abbekommen haben könnte. Die Criminalen aus Bützow, waren die noch im Hotel? Bestimmt, sie wollten heute noch mit der Moltke sprechen. Konnte er nach ihnen rufen lassen? Ach, nein, sie waren in einer anderen Herberge etwas abseits vom Markt abgestiegen, die beiden Stones. War der Besitzer jenes kleinen Hotels nicht ein Verwandter des Herrn Steininger? Irgendeine Beziehung gab es doch? Ein Bruder? Ein Onkel? Ein Schwager?

Egal, jetzt würden sie herkommen müssen, rasch. Wie kriegt man eine derart blut- und gehirnbespritzte Kutsche wieder sauber? Oder verschwindet sie aus dem großherzoglichen Fuhrpark des Rostocker Gerichts, abgeschrieben nach einem Mord darin, weil nicht mehr zu säubern?

Das rechte Auge, warum ist das rechte Auge beim Pan weg? Und warum sieht mich das linke noch so durchdringend an? Wer kann so zielen? Oder war das Zufall? Frauen zielen so, dachte der Richter in seinem Schrecken. Das hatte er oft beobachtet in seiner langen richterlichen Laufbahn: Die Motive für ein Verbrechen gingen bei Frauen zwar oft genug allein auf ihre Einbildungskraft zurück, lagen also im Irrationalen, dafür mordeten sie umso exakter, kaltblütiger, ihrer Sache gewiss. Frauen waren gute Mörder. Mörderinnen, pardon.

Aber wie kam er ausgerechnet jetzt auf so etwas? Kein Gedanke, der durch Försters Kopf flutete, fand Halt. Ihm war, als würde die ganze Welt und er mittendrin einfach so davonschwimmen. Als wäre Sturmflut, wie er sie von der See her kannte. Plötzlich dachte er, es würde also abermals einen Prozess in Grevesmühlen geben müssen, gegen den Mörder von Bratspieß. Oder würde das in Bützow verhandelt werden? Oder doch in Rostock, weil es die Großherzogliche Justizkanzlei sozusagen in ihrem Kopf betraf? Was sagten da die Vorschriften?

Plötzlich musste er an die Hakennase denken, den Grafen, der so viele Kriminalromane konsumierte. Hatte der Graf nicht gesagt, die Mörder zeigten sich erst, wenn sie ein zweites, ein drittes Mal zuschlügen? Wenn denn ein Schuss als Zuschlagen gelten kann. Egal. Auch das geht vorüber.

Wäre der Prozess in Grevesmühlen, würde er jedenfalls wieder bei Frau Meininger wohnen müssen. Er sollte Frau Meininger noch etwas Nettes sagen, damit sie ihm auch beim nächsten Mal zum Frühstück Eier briet, mit Speck. Die waren aber auch vorzüglich gewesen. Warum dachte er jetzt an Frau Meininger?

Weil Frau Meininger die Tür der Kutsche aufgerissen hatte und gellend schrie. »Einen Arzt, ich laufe rasch nach Doktor Jahn.« Das war der einzige Satz, der sich klar aus ihrem Geschrei schälte, ein an sich sehr vernünftiger, wie Förster fand.

Und doch antwortete er: »Nicht nötig.« Auch er klang vernünftig, wenn auch tonlos. »Der Kollege ist tot, mausetot. Sein Gehirn befindet sich nicht mehr im Kopf, eines seiner Augen nicht mehr in seiner angestammten Höhle. Wir brauchen einen Gendarmen. Holen Sie die Polizei. Gibt es hier nicht einen Gendarmen. Städte haben doch so etwas, oder?« Förster sah den fetten Edgar. Saß der auf der Schulter der Meininger, wie es sich für eine Hexe gehört? Nein, das war wohl doch nur eine Sinnestäuschung. Ungeduldig wiederholte er: »Nun lassen Sie schon die Gendarmen holen.«

Aber dazu war Frau Meininger gar nicht in der Lage. Sie schrie, hörte jedoch schlagartig damit auf und übergab sich, kaum dass sie der sterblichen Hülle von Bratspieß ansichtig wurde, des leeren Auges rechts, des aufgerissenen links, in die Kutsche hinein, Förster beinahe auf die blankgeputzten Schuhe. Der Kater leckte erst am Blut, dann an Frau Meiningers Mageninhalt.

Worauf der Richter angewidert ausstieg, nach der anderen Seite natürlich und so aufrecht, wie es ihm möglich war. Sogar helfende Hände spürte er dabei. Ah, Wandersee. Der Kutscher würde alles richten. »Danke, Wanderer.« Gott, sah der Wandersee blass aus. Und wie er zitterte.

Försters Blick ging wie vorhin über die Häuser ringsum. Jetzt waren fast alle Fenster aufgerissen, wie viele Menschen auf einmal in dieser Stadt lebten. Der Straßenfeger lief eben quer über den Platz auf die Gerichtslaube zu. Vor der Bäckerei bildete sich eine Menschentraube, alles starrte in seine Richtung. Nur das Fenster, wo eben noch die Frau kurz erschienen war, wohl nur um etwas auszuschütteln, war jetzt geschlossen.

Was man im Schock so mitbekommt, dachte Förster in seinem Schock.

Während er zurück zum *Hamburger Hof* ging – er fühlte, er müsse in der Lobby sogleich einen der bequemen Fauteuils aufsuchen, um eine Ohnmacht sitzend zu empfangen – sah er sich zu Hause in Rostock an seinem lächerlichen Löwentatzenschreibtisch schon den Nachruf auf den Kollegen schreiben. »Er starb als Muster dienstlicher Pflichterfüllung. Er handelte, wie es seine Art stets war, klug, fleißig, mit ungetrübtem Blick auf die Wahrheit.« Konnte er, durfte er das schreiben? Von Blick konnte überhaupt keine Rede mehr sein. Außerdem, so wehte es weiter durch Förster, es ließe sich bei der sicher sehr würdigen Trauerfeier im großen Saal des Rostocker Gerichtsgebäudes wohl kaum sagen, der unvergessene, unvergleichliche Bratspieß habe den Prozess, der ihm den Tod bringen sollte, nur deshalb um eine Nacht verlängert, weil seine größte Leidenschaft nicht der Rechtsprechung galt, sondern den Röcken der Weiber und dem, was sich darunter befand. Aber klar, über Tote nur Gutes reden, und das hieß, menschlich gesprochen: niemals die Wahrheit.

Försters Gedanken verwirrten sich wie Wallensteins Leine, wenn er versuchte, dem Wild nachzusteigen und doch nur hin- und herspringen konnte, weil er nun einmal an der Leine und mit der Leine an Herrchen hing. Immerhin hatte der Richter jetzt einen Sessel in der Lobby des *Hamburger Hofes* erreicht. Draußen war längst großer Auflauf, auch Gendarmen liefen umher, wohl ein halbes Dutzend. Wo kamen die so schnell her, um alles in der Welt?

Förster sah Agnes auf sich zukommen, die Stubenmädchenschönheit, wie er sie für sich nannte. Blass sah sie aus, auch sie sehr blass, aber ihr Blick zeigte, wie bemerkenswert gefasst sie innerlich war. Sie sah gleichsam dem Chaos entgegen, ohne mit der Wimper zu zucken, sie hatte ja noch beide Augen, wenn auch in einer Farbe, die dem Richter unbestimmbar blieb. Der Pan hatte so etwas langweilig gefunden, er jedoch bewunderte das Mädchen jetzt.

Er war ihr dankbar, dass sie nicht mit den anderen hinausgelaufen war, sondern sich um ihn kümmerte. Er musste ihr unbedingt sagen, dass das Gepäck aus der Kutsche genommen werden solle und dass er einen Raum benötige, um sich umzukleiden. Unmöglich konnte er in diesem besudelten Anzug seines Amtes walten, was doch von ihm verlangt werden würde, als Zeuge, als Richter, als Vertreter des großherzoglichen Gerichtes. Zugleich war es ihm peinlich, vor Agnes so besudelt dazusitzen. Ihr Stubsnäschen würde sich bestimmt kräuseln, was es zwar ohnehin häufiger tat und was er auch gern sah, aber bestimmt nicht, wenn das Kräuseln eine Kritik an seinem jämmerlichen Zustand ausdrücken wollte.

Was ging ihm nur alles durch den Kopf. Er schloss für einen Moment die Augen. Das half, der Übelkeit, die ihn hierhergebracht hatte, in diesen Fauteuil, Einhalt zu gebieten. Jetzt ein Glas Wasser!

Friedrich Försters erster klarer Gedanke, nachdem ihm die Stubenmädchenschönheit wortlos und mitfühlend ungefragt tatsächlich ein Glas Wasser gereicht hatte, war folgender: Die Großherzogliche Justizkanzlei verliert auf einen Schlag gleich ihre zwei fähigsten Männer. Bratspieß war tot, und er, Förster, würde seinen Abschied einreichen, noch heute. Er war nun alt genug, und was sollte er ohne Hans-Heinrich, den immer gutgelaunten Bratspieß? Wie seltsam, einen Menschen erst richtig von Herzen zu mögen, ja unersetzlich zu finden, wenn er tot dasitzt, erschossen in der Gerichtslaube, einmal glatt durchs Auge hindurch.

So geht es hin, dachte Förster und sah zwei Gendarmen, der eine große und schwer, der andere zaundünn, auf sich zukommen. Ein Kommen und Gehen ist das auf dieser seltsamen Welt mit dem seltsamen Mecklenburg mittendrin, dachte er. Und nicht einmal sein Vater von seinem düsteren Porträtbild aus im Treppenflur würde ihn von seinem Entschluss, Abschied zu nehmen, abhalten können, mochte er auch an seiner Treppenhauswand toben, wie er wollte, das alte Scheusal. Egal.

Und weil der Rostocker Richter Friedrich Förster sehr gebildet war, kleidete er seinen Entschluss in einen Vers. Natürlich nur still für sich, da jedoch selbstverständlich im Original des Lateinischen: »Doch wir durchmaßen im Lauf schon eine gewaltige Strecke; auszuschirren die dampfenden Rosse, gebietet die Stunde.« Oh ja, er kannte die Alten und allen voran seinen Vergil. Der hatte schließlich schon Dante durch die Hölle begleitet. Wie Förster jetzt der fette Edgar, der inzwischen die Schulter der Wirtin verlassen haben musste, denn schnurrend, seine blutige Schnauze leckend, rollte er sich neben ihm am Fuß des Sessels gerade zu einem Schläfchen ein, satt und zufrieden, müde von der Aufregung.

Und dann dachte Förster noch, wie recht der alte Graf Bothmer, Hans Kaspar aus der Londoner 10 Downing Street, doch hatte mit seinem in Goldbuchstaben am bothmerschen Palast prangenden »Respice finem«. Bedenke das Ende. Quidquid agis prudenter agas et respice finem. Was du auch tust, das tue bedacht und bedenke das Ende. Vergil? Seneca? Ovid? Horaz? Nein, es musste aus irgendeiner anderen Quelle sein. Vielleicht aus den »Taten der Römer«, da fand sich so manches dergleichen.

Pan Bratspieß auf seinen O-Beinen und mit dem Ziegenbärtchen, der Mann und Liebhaber, der das Leben immer so leicht und lustig nahm, hatte eben das nicht getan, das Ende bedacht. Und die kleine Moltke war seit jeher ein verdammt guter Schütze. Hatte sie doch selbst erzählt. Damals beim Mittagsmahl. Als es die Grützwurst gab, die ein bisschen so aussah wie das, was jetzt nach dem Schuss …

Nein, den Vergleich lassen wir lieber.

Erst gegen zehn Uhr abends an diesem 14. August 1852 kam Friedrich Förster endlich zu Hause an, von Wallenstein stürmisch begrüßt und von Ric, die bemerkenswerterweise schon alles wusste, wortlos in den Arm genommen.

Liebe Leserin, lieber Leser, wir freuen uns über Ihre Bewertung im Internt!

Die Deutsche Nationalbibliothek verzeichnet diese Publikation in der Deutschen Nationalbibliografie; detaillierte bibliografische Daten sind im Internet über http://dnb.de abrufbar.

© Hinstorff Verlag GmbH, Rostock 2022
Herstellung: Hinstorff Verlag GmbH
Lektorat: Andrea Struck
Titelbild: Timm Allrich
Druck: GGP Media GmbH, Pößneck
Printed in Germany
ISBN 978-3-356-02428-9